［日］**林真理子** 著

荆红艳 译

遗失的世界

LOST WORLD

人民东方出版传媒
People's Oriental Publishing & Media

东方出版社
The Oriental Press

序　言

　　此次，我创作的小说《遗失的世界》和《平民之宴》将在中国出版，内心感到由衷的高兴。

　　尽管之前也有几部作品被译成中文，但因销量有限，并没有引起特别强烈的反响。

　　我曾经很长一段时间认为："也许是日本作家还没有能够真正打入中国的阅读市场。"不过，最近听说一些同辈，甚至更年轻的作家的作品在中国跻身畅销书的行列，这令我信心倍增。

　　让中国内地的读者能够读到我的作品，让更多的中国人了解林真理子这个作家，也是我一直以来最大的心愿。

　　这次新翻译的两部作品对于我来说非常重要。其中,《遗失的世界》是一部报刊连载小说。在日本，各大报纸会邀请时下的人气作家撰写每天的连载小说，我想中国的报纸可能也是这样的。据说，小说的人气指数甚至影响了报刊的销量。

　　《遗失的世界》是 18 年前连载在订阅量高达一千万份的日本第一大报《读卖新闻》上的一部小说。作品具体讲述了 30 年前发生在日本的泡沫经济时代。

　　当时，日本全国上下土地价格不断高涨，有钱人层出不穷。股票和工资也大幅增值和提高，很多人挥金如土、享受生活。现在的午轻人经常会问："泡沫经济时代到底是怎么一回事？真的曾经有过那样的年代吗？"这部小说能够很好地诠释这个问题。

几年前，曾经有一位中国媒体人士跟我说："现在的中国和30年前的日本一样，也出现了经济泡沫。"所以我相信中国读者也会饶有兴致地欣赏这部作品。

此外，创作完成《遗失的世界》10年之后，日本社会的贫富差距日趋扩大。在这样的背景下，我又创作了《平民之宴》。同样，也是一部报刊连载小说，刊载期间就引起了强烈反响，一跃成为畅销作品。随后，NHK电视台将其拍成电视剧，让更多的人了解了这部作品。小说讲述了一个传统意义上的典型中产阶级家庭，因儿子的高中辍学，以及孩子们的婚嫁问题而逐步坠入"下层社会"的悲喜剧。

我记得当时收到很多读者的来信。有的说："故事就像发生在自己家似的。"也有的表示："读的过程中，感同身受，非常心痛。"

到目前为止，我已经创作了200多部作品。其中包括历史小说、恋爱小说等多种体裁，然而这两部作品则是聚焦现代日本社会问题的两个特例。大家也许会在其中惊奇地发现一些与中国共通的问题。在此，真心希望有更多的读者能够欣赏到这两部作品。

林真理子

2017 年 3 月

译者序

　　初识林真理子，是在 2008 年留学日本时。因为对日本友人口中的泡沫经济时代充满了好奇，畏于经济类书籍的艰涩，萌发了阅读相关背景小说的念头，当时被推荐的小说中便有林真理子的泡沫经济时代三部曲，《不愉快的果实（不機嫌な果実)》、《遗失的世界（ロストワールド)》和《厚子的时代（アッコちゃんの時代)》。

　　从发表的时间来看，三部曲中出版最早的是 1996 年 10 月文艺春秋社出版的单行本《不愉快的果实》，之后是 1999 年 4 月读卖新闻社刊行的单行本《遗失的世界》，最后才是 2005 年新潮社出版的单行本《厚子的时代》。当时就按照时间先后顺序拜读了这三部作品。

　　从内容来看，《不愉快的果实》着力描写了女主人公水越麻也子不甘于平淡生活，周旋于不同的男人之间寻找真爱和激情，泡沫经济时代的背景基本属于隐性存在；《厚子的时代》则是以真实人物和事件为原型，明确以八十年代为背景，描绘了女子大学学生北原厚子深受泡沫经济时代衍生的暴发户们的喜爱，先后成为"地产大王"早川、有名餐馆的富二代五十岚的情人，并最终俘获五十岚的心，令其和演员妻子离婚娶了自己，一跃成为泡沫经济时代传说中的女性；而《遗失的世界》在三部曲中构思最为巧妙，以电视编剧瑞枝制作反映泡沫经济时代的电视剧剧本为明线，巧妙地将现在和过去、现实和电视剧融合在了一起，充分表现了尽管囿于泡沫经济时期的过去、赌上爱的真实与可能性、也要寻求重生的电视编剧——瑞枝的爱恋故事。

2008 年初读林真理子的泡沫经济时代三部曲时，便对《遗失的世界》情有独钟，时隔八年之后竟然成为这部小说的译者，莫非冥冥之中自有定数？

《遗失的世界》中，泽野瑞枝是一名职业编剧，虽然在泡沫经济时代曾经和被誉为泡沫经济时代的宠儿的郡司雄一郎结婚生子，但很快就因为丈夫另有新欢而惨遭抛弃，离婚之后机缘巧合之下成为了职业编剧。正当瑞枝没有工作可接为生计烦恼之时，新东京电视台的女制片人奥肋文香邀请瑞枝担任电视剧《我的记忆》的编剧，而《我的记忆》实际上是以瑞枝和郡司的故事为原型改编的，瑞枝百般犹豫之下还是接下了这份工作，从而开始了一段新的人生之旅。

在制作剧本的过程中，瑞枝回顾了自己和前夫郡司相识、相爱、分手的全过程，因为郡司身为泡沫经济时代的宠儿，回忆中郡司的每次出场都场面宏大，奢侈豪华，把泡沫经济时代的场景渲染得淋漓尽致。而以剧本创作为契机，瑞枝也邂逅了她生命中另外两个重要的男人，一个是前夫曾经的好友建筑师高林宗也，高林当年就对瑞枝颇有好感，碍于身份只能引而不发，多年后的重逢让高林重新认识到瑞枝的美，对瑞枝痴迷不已。而高林的良好教养、体面身份、对自己的真挚情感都让瑞枝动心不已，高林可以说是从已经流逝的岁月中浮现出的由过去走到现在的男人；另外一个则是在拍摄电视剧过程中结识的年轻男演员久濑聪，聪很强势，为了博得瑞枝的好感，非常用心地讨好瑞枝的女儿。对于聪的强势，瑞枝有时候会讨厌，有时候会开心。虽然确实被他的魅力所吸引，但这种感情却总是伴随着强烈的不安。瑞枝在这两个男人之间徘徊不定，直到最后和前夫郡司见面之后，才最终确定了自己的心意，决定选择久濑聪，这样久濑聪就成了陪着瑞枝从现在走向未来的男人。

除了泡沫经济的大舞台，《遗失的世界》还设定了一个影视界的背景。瑞枝担任编剧的电视剧《我的记忆》最初爆冷，女制片人奥胁文香为了挽救收视率，雷厉风行地进行了各种调整，包括抹杀男主演、增加当红艺人，甚至考虑过更换编剧。此外，主演签约时的交换条件，演艺圈里的潜规则等插曲无疑也增加了作品的可读性和趣味性。

尽管作品名为《遗失的世界》，正如小说结局部分所说，但作品真正"想要凝视寻找的不是失去的痕迹，而是浮现的重生证明"。无论是瑞枝、文香，还是郡司、高林和聪，甚至包括电视剧《我的记忆》中的登场人物，都经历了泡沫经济崩溃的洗礼，并在痛苦和彷徨中寻找着自己的出路，而只要用心寻找，希望便永存。

目　录

圣诞夜

日花里把一件白色绢织的毛衣递了过来，说是不知在哪儿钩了一下。

"明天还想穿这件，妈妈一定帮我补好啊。"

右肘靠上的地方，毛线被钩了个小洞。不仔细看完全注意不到，可日花里却不能将就。泽野瑞枝有时会讨厌 10 岁女儿对于服装的挑剔和认真，比如女儿嫌袜子脏，一天之内早、中、晚要换三次。

朋友说这是因为女儿自小由保姆带大，对母亲没能照顾自己感觉有些不满，所以故意提出各种要求，就像在要求补偿，以此来确定母亲对自己的爱。瑞枝却不以为然，认为女儿对洋装的挑剔，完全是遗传了她的父亲。瑞枝的前夫也是自恋到极端，对服装超级讲究。恐怕再过两三年女儿的要求也会更多、更细致吧。

想到女儿将来的样子，瑞枝不由得苦笑了一下。与其说是多虑，不如说更多是出于对女儿成长的关爱之情。

照目前的样子看，日花里长大后应该是个相当美丽的女孩。瑞枝时不时用从事写作的知性女人独具的慧眼审视日花里的脸。浓长的睫毛、大而有神的眼睛，完全遗传了自己的优良基因，一笑就上扬的厚嘴唇则遗传自她的父亲。这样的唇形在过去可能不受欢迎，现在也被看作是个性和可爱吧。

为了这样可爱的女儿，修补修补毛衣、清洗清洗袜子当然是心甘情愿啊。

瑞枝站起来想去取针线盒的时候，起居室里的传真机响起了接收信息的声音。那还是四年前刚着手编写连续剧剧本时狠下心买来的商用传真机，出纸的速度相当快。

瑞枝先看了第一页，传真是品川剧本学校发来的："非常感谢您从 4 月份开始担任我校的讲师，附上宣传用的个人简介，请过目。如有需要修正的地方请在 12 月 24 日之前联络我们。"

瑞枝把第二页纸当作完全与己无关的事情浏览了一遍："泽野瑞枝，本名同上。横滨人。立教大学文学部历史系毕业。曾任出版社编辑、自由撰稿人，后到我校学习。1992 年以剧本大赛入围作品《熠熠繁星》出道。作为描写现代题材的女性编剧，人气作品多部。"

瑞枝认为自己的简介里有几处错误，与其说是错误，不如说是虚假或许更准确些。

简介中称曾经在出版社工作，可瑞枝其实从来没有在出版社正式就职过。瑞枝毕业那年出版社求职的竞争尤为残酷，大型出版社不用说了，就连那些中小型的出版社瑞枝也没能进去。所幸的是有位大学的学长在一家女性杂志社工作，就让瑞枝帮着做些数据收集、整理读者明信片之类的工作，之后她就逐步开始向自由撰稿人的方向发展。

作为编剧出道的时候，有人建议说在出版社工作会好听一些，就这么写上去了。反正也没有人会去一一确认，就一直沿用至今。

更严重的问题应该是在"人气作品多部"这句话上。当时正值女性编剧开始流行，所以瑞枝 32 岁出道以来还算顺利。出道的第二年就获得了一份编写连续剧的工作，剧本主要讲述了两位白领女性的故事，虽然连续剧不在黄金时间播出，平均收视率却高达 17%，瑞枝也因此被誉为"电视界的新星"。正是在这个时期，瑞枝不仅接受了电视台、杂志社记者的访问，还同时收到三家电视台制片人伸来的橄榄枝。

瑞枝在圈里逐渐博得了"大红大紫难，但收视率无忧"的评价，可没想到下一部作品的表现却让人大跌眼镜，收视率差点跌到个位数。当时摄影棚现场的气氛也很糟糕，各种让初入影视圈的瑞枝难以忍受的事情接踵而至，被制片人一再地要求修改剧本，也经常深更半夜被叫到现场。

更过分的是还曾经被要求潜规则，说什么："都是因为瑞枝，我才这么辛苦，人都瘦了，来补偿我一下也是应该的吧。"

无数次以泪洗面之后，她接到了一份撰写电视剧特别篇的工作，这次赢得了 20% 的高收视率。但因为只播放过一次，并没能给人留下深刻的印象。

六年来她包括单集在内也写了 50 余部电视剧，其中只有 30% 的作品取得了不错的收视率，所以真的不敢说是"人气作品多部"。

如果真的是"人气作品多部"，怎么可能屈就到剧本学校当老师呢。

这半年来，瑞枝没有收到任何电视台的工作邀请。和那些几年后都日程满满的大牌编剧不同，瑞枝这个级别的编剧就只能坐等制片人的电话了。虽然这半年来也和他们吃了两顿饭，但都不是工作邀请。

没有工作邀请的编剧是很悲惨的。现在手头的收入只剩下两年前小有人气的电视剧改编成小说时的版税了。在接到下份工作之前，只能靠这点版税为生，可无论怎么计算她都觉得难以支撑。

拜托了一位关系不错的编辑，做了点名人传记的代笔和修订工作，可这样的工作也并不是总有。和朋友们喝酒时发了不少牢骚，就有位朋友说可以让出一个讲师的位子。据说他来年要开始写 NHK^① 早间剧，就没时间上课了。

在业界，剧本中心的讲师一向被看作是不走运的编剧迫不得已的选择。可是在转运之前，也只能先接下这份工作了，至少可以养家糊口啊。

若是真的有更好的机会，抓紧将手中的工作转给别人就好。

瑞枝盯着自己的履历出神，这应该是看了电视台或者杂志社的资料制成的简历吧。泽野瑞枝作为编剧的求职信件投了很多地方，看来还是没被选中吧。那些制片人是不是已经把自己的材料完全删除掉了呢？

瑞枝看了眼贴在传真机上方的挂历，12 月的数字在北欧雪景的映衬下稍显冰冷。如今正是电视台开始备战 4 月节目的时期。如果不增加娱乐和新闻节目，每周应该需要制作 24 部或者 25 部电视剧，这其中除了绝对不会找自己编剧的 NHK 大河剧（NHK 自 1963 年起每年制作一档的连续剧的系列名称）和时代剧以外，瑞枝应该有机会参与其他 18 部剧的制作。如果走运成为这 18 位编剧之一，瑞枝应该就能有半年的时间从事编剧的工作。

瑞枝想再等 10 天看看。10 天后正好是平安夜，应该会有好运吧。

---

① 日本放送协会的简称，是日本广播领域的先驱，下辖多个电视频道。

"妈妈，圣诞节给我买什么礼物啊？"

"买件大衣或者毛衣好吗？"

"大衣或者毛衣是本来就该买的吧，给我买件连衣裙吧，能和超可爱小包搭配的那种。"

这种时候，日花里就会噘起小嘴。尽管谁也没教过她，但她很明白在索要喜欢的东西时一定要卖萌装可爱。这种时候，日花里的少女心就表露无遗，鲜活地表现在脸上。

日花里继续说："我想要亚美的那种。亚美的品位很好。"

日花里在家附近的公立小学上学，据说同级生中有一个由没考上私立小学才在这里入学的学生组成的时尚小团体。

日花里说："亚美穿着中野裕通的衣服，超级可爱。她还有拉尔夫·劳伦、博柏利的衣服，都很漂亮。"

"亚美家里很有钱吧，所以才买了那么多名牌衣服。"瑞枝劝说着日花里，但还是对10岁的女孩就穿品牌有些介意，"咱家今年经济上有点紧张。妈妈也很着急想找份工作，可总是不顺利。所以，今年的圣诞节就不要特别期待了。"

单亲家庭这种和孩子开诚布公的谈话，最近也不是很有效。女儿的脸马上就阴了下来，"妈妈，我们家真的这么穷吗？圣诞节真的不能买礼物吗？"

"不是说了会买吗？"瑞枝特意后仰了一下笑着说，"还记得妈妈去年写的那部周三剧《今夜不归》吧？"

"您之前不是说我不能看吗？"

"是呢，好吧不说这个了。很多人都看了那部电视剧，而且，妈妈还把剧本改编成了小说，也很畅销。还有影像制品也有收入。所以，妈妈就是一两年不工作，也没有关系的。"瑞枝心里想，如果真的是这样该有多好啊。"日花里，我们去吃饭吧！"

瑞枝关掉了遥控器的开关。32 英寸的电视屏幕上，正好播放着一个女孩哭着向心仪的男生表白的场面。这部满是煽情场面构成的电视剧收视率竟然一直位列榜首。负责剧本编写的是位年轻编剧，瑞枝还和她喝过几次酒。

现在的瑞枝果然还是看不了别人写的电视剧。

"今天咱不去家族亭了。今天妈妈请客，我们吃点好的去。"

"那去哪儿呢？"

"去 KAJIKI^① 吃汉堡和沙拉吧。可以点土豆沙拉。"

"太棒了。"日花里做了个胜利的手势。瑞枝最不擅长的就是做饭了。

日花里还小的时候，瑞枝请了个可以做饭的保姆。现在如果自己做，还不如在附近的家庭餐馆吃点儿。如果瑞枝的经济状况或者是心情比较好的话，也会去站前商店街的西洋餐馆。

因为今天要去西洋餐馆吃大餐，日花里很快就穿上了大衣。那是一件去年买的深蓝色大衣，尽管买时也稍稍大了点，但现在毛衣的袖口一下子就从大衣袖子里露了出来，看来还是得买件新的啊。

编剧这种工作就和演艺界那些演员一样，收入起伏很大。如果工作顺利收视率稳步提升，就会以采访费的名义把原来约定的剧本费用提高，改编小说如果大卖就会有大笔版税进账，这时花起钱来就比较大方，女儿的大衣买一百件都没有问题。

但是瑞枝认为现在的自己很不走运，女儿的大衣也想勉强凑合就

---

① 日本地名，加治木。

是最好的证明。"走吧。"瑞枝大声催促，又问了句："妈妈今天可以喝点啤酒吗？"

日花里撇嘴说："即使我说不行妈妈也还是会喝吧。"

"这么了解我啊，那我就不喝啤酒来点红酒吧。"

"妈妈你也太能来劲了，还喝什么红酒，太赶潮流了吧。"

正想对女儿的埋怨回应几句时瑞枝的电话响了。不是起居室里的电话。

电话的响声，来自沙发旁边的大包。瑞枝刚刚从大包里取出了钱包和手帕，放到了平常使用的布包中。笔记本和手机这些不常用的还放在原来的包里。

瑞枝是从去年开始使用手机的。刚开始编写连续剧剧本时，制片人要求必须配备手机。现在这部手机只用于和日花里联系了。现在日花里就在身边，一定是别的什么人打来的。不过，有些人知道家里的固定电话号，知道自己手机号的人却不多——和年轻人不同，瑞枝很少把手机号告诉别人。

"您好，是泽野编剧吧？"瑞枝对电话里传来的女声有些印象。那是一种在媒体界工作的女性特有的快速而且比较自来熟的语气，"我是新东京电视台的奥肋。"

"哦，是小文啊……"在电视界，但凡一起工作的人，大都以比较亲昵的方式来称呼。如果年轻的女制片人被人称呼了姓氏，就一定会被认为是相当不受欢迎。

奥肋文香是位出道四年的制片人。去年春天，和瑞枝一起制作了一部两个小时的电视剧特别篇。如今从事电视导演的女性很少，从事电视剧制片的女性就更少了。制片人需要安排演员，需要反复在文艺界周旋，这样的工作对于女性来说负担很重。

然而，奥肋文香却以30岁难得的稳重和沉着，游刃有余地活跃在影视界。她身上也没有电视业界常有的那种浮夸和伪善。

在和文香制作电视剧的过程中，瑞枝和文香也有过几次不快和争执，但在瑞枝看来，文香还是自己喜欢的制片人之一。

在大型电视台里，有好几个道德有缺陷、性格异常的制片人。这其中还有被称作大腕的人物，特别喜欢欺负女性编剧，瑞枝在几年前也差点遭遇强奸。

对女性编剧来说，能与一位认可自己、作品质量也很高的女性制片人合作是一件非常幸运的事情。

"泽野，想和你说点事，方便吗？"

一般情况下，制片人这样来打电话的话，就无疑是工作的事情了。

"当然方便"，这样的时候，瑞枝也就毫无掩饰地开心回答，"我什么时候，去哪儿都方便。"

"那就早点儿好吗？明天或者后天一起吃个饭吧。"

"我明天或后天都没问题。"

"那就选更早的，我们明天见吧。"文香又再次确认了时间是晚上七点，还问瑞枝是否喜欢意大利料理，"就是广尾的爱育医院附近的一家店。泽野应该还没有去过吧？"

"肯定没去过。这段日子一直在家当保姆，完全是隐居的状态，一听说广尾就有点胆怯呢。"

"突然就变成贤妻良母了啊……"文香笑了。

似乎从电话的另一端传来了电视台的空气。这种隐隐的刁难语气正是那个世界独有的产物。瑞枝心里想，总归是好事情啊，这个世界上最忙碌最嘈杂的地方又要向我发出邀请了。

"明天是22号，又是周二，那些圣诞节的情侣应该还不多。详细的地图我用传真发送给你。你的传真号没变吧？"

难道对文香来说，去年的事情已经是很遥远的过去了吗？瑞枝稍稍有点介意。"那明天就拜托了啊。"

"客气了。我还得麻烦你呢。"

两个人稍稍客套了一下就挂了电话。日花里在门前以稍显恐惧的目光看着这边。之前也经常会这样。瑞枝用电话和别人商洽工作的时候一抬头就看见女儿以这样的表情站在那里。一旦母亲接了电视剧就不分昼夜地工作，大半夜也经常被电话叫走。小的时候还有保姆陪着，现在就只能一个人在家了。难道这样的日子又要开始了吗？日花里的眼里充满了不安。可是没有办法啊。尽管能感受到女儿眼中的悲哀，可是妈妈的幸福确实在别处啊。瑞枝故作轻松微笑着说："日花里，看来妈妈的圣诞礼物是提前到了啊。"

文香指定的餐馆前面，矗立着一棵巨大的圣诞树，上面的彩灯闪烁不停。圣诞树的巨大和灯光的闪烁足以震撼前来的客人。

一打开门，就会感觉是家别有洞天的店。餐厅内部远比想象的要大，也摆放着一棵圣诞树，比门外的那棵要小很多，装饰着各种常见的人偶和雪花，没有彩灯。

向穿着黑色衣服的服务员报了文香的名字，瑞枝就被带到了预订的座位。跟着侍者从圣诞树旁走过的工夫，瑞枝吃惊地发现店里竟然有很多名人。在靠近入口的窗边，坐着一对情侣，是上年纪的导演和女演员。在圣诞树旁边喝红酒的是位年轻的歌舞伎演员，尽管名字一时想不起来，但他那清爽的脸让人印象深刻。

旁边的位子上，坐着的是刚从棒球明星转行的棒球评论家。坐在他旁边的是娱乐节目中助手级别的年轻女艺人，穿着件领口很大的连衣裙，让人忍不住担心，如此寒冬真的可以穿成这样吗？

有些意大利餐馆会在入口前面摆着些前菜，试图以干酪生乳牛肉片、鲍汁墨鱼刺激客人的食欲，吸引客人进店用餐。对这家餐馆来说，这些名人就发挥着前菜的作用。文香预约的座位并不在最里头，就在过道旁边，设计得很巧妙。那些名人对瑞枝起到了很好的刺激作用，虽然没有明显提升食欲，但至少已经感觉口渴了。

所以当侍者问"您要喝点什么"时，瑞枝马上就回答来杯啤酒。

把啤酒当餐前酒是瑞枝一直以来的习惯。尽管有时候也装样子点杯皇家基尔鸡尾酒，或者是雪莉酒，但都感觉太甜并不适合自己。

尽管马上就要到来的文香确实是个重要的客人，但在等待期间喝杯啤酒她应该不会介意的。毕竟文香要比自己小七岁呢。

把侍者送来的小瓶啤酒注满杯子之后，瑞枝环视了四周。这应该是家中等偏上的意大利餐厅。和银座那些专门接待用的豪华意大利餐厅不同，这里无疑是家主打味道的餐厅，吸引了无数口味挑剔的名人，客人的档次还是相当高的。这恐怕是目前最有人气的餐厅吧。瑞枝很感谢文香特意选了这样一家餐厅。她有时候也会被叫到电视台的咖啡馆谈事情。一般来说最初选什么档次的餐厅进行洽谈，是和之后付给的编剧费用成正比的。

文香比约定的时间晚了 10 分钟。好久不见，她好像稍稍丰满了一些。尽管身着黑色套装，还是能够感觉到她大腿周围的紧绷。

但这并不有损文香的美貌。一说起新东京电视台的奥肋文香，大家公认是个美女。她总是很低调，几乎不化妆，甚至都不怎么注意仪表。在电视界工作的女性有一个共同的烦恼，就是不规律的生活导致皮肤很干燥。所以就有人说"文香也是不如以前了啊"。但是瑞枝并不这么想。如今的文香，浑身散发着 30 岁女性的光芒和坚强，嘴角挂满对工作的自信，别有一番风情。

"对不起，我来晚了。"文香一到就先道歉。不止是文香，严守时间是新东京电视台的准则。

"没事，我也刚到。我先点了杯啤酒你不会介意吧。"

"当然不会，我也来杯啤酒。"

文香点的啤酒也送来之后，两个人礼仪性地碰了杯。

"好久不见。"

"是呢，这么长时间不见，你又变漂亮了呢。"

"哪有。一年到头都披头散发的，都被男人抛弃了呢。"

这么一说瑞枝想起来去年一起工作的时候，文香应该是和一个独立制片人同居在一起。本想问一下两人最近如何，话到嘴边还是忍住了。如果以后一起工作的话自然就会知道了。因为在文香工作的世界里，隐瞒私生活会被人不齿的。

男侍者拿来了菜单。两个人分别点了自己喜欢吃的食物，主菜点的都是鱼。因为喝太多啤酒会有饱腹感，所以文香看了酒单之后选了北方的白葡萄酒。一年前点酒时文香可没有这么娴熟。

"我呢，其实和泽野你一样最喜欢喝啤酒，可还是抵挡不了流行，或者说是不能与时代抗争吧，最近就常喝红酒。这种性格也是蛮可悲的啊。"

两个人不禁同时笑出声来。瑞枝问："这个店还真是有很多名人光临啊。刚才我在入口的地方看到了向井导演和远山洋子。"

文香附和道："是呢，我也与他们打了声招呼。"

"这家店应该是刚开张不久吧。怎么会有这么多名人来呢，真有那么好吃吗？"

"这家店，是把 BABBINO 的职员全部挖过来建成的。"

一听说是 BABBINO 瑞枝就明白了。BABBINO 可不只是一家单纯的老牌意大利餐厅，它还兼具演艺界、文化界沙龙的性质，是在日本人尚不知比萨和意大利面为何物的昭和三十年代^①，由一位留学意大利的富豪创建的。

在 BABBINO，即使是深夜也能享受到各种美食，餐厅里坐满了因工作或游玩归来的演艺界人士。瑞枝的脑海里不由得浮现了 10 年前窥到的 BABBINO 的场面，美貌女演员相伴的财阀二代，桌子下面紧握混血青年的手的同性恋作家……

这么一说，难怪总觉得刚才带位的那位穿黑色衣服的中年侍者有些眼熟。没错，他正是 BABBINO 的领班，他总是和常客简短地打个招呼，巧妙地满足客人的各种要求，如果白头发再少一点，就和当时没什么区别。

"你明年有什么工作计划吗？"文香打断了瑞枝的回忆，一下子直奔主题。

"还没呢。这不正为我们母女俩的生活犯愁，正打算去做剧本学校的讲师呢。"

"这个世界啊，连你都这么说的话，唉……"

瑞枝本以为文香会说自己是在开玩笑，笑着打断自己，可没想到文香却深深叹了口气，接着说道："我刚进入这个行业的时候，人人都说现在是编剧的时代，作品是靠编剧的名字来博得收视率的。只要有好的剧本，就能制作出好的电视剧。但是现在就完全不同了。剧本、表演什么的都无所谓，只要有人气偶像出演就总能取得高收视率。所以现在得根据那些偶像的人气排序来决定主演和配角。得先确定偶像

---

① 1955—1964 年。

的档期，才能开始做企划，选择编剧……"

"好了，小文，你这个制片人就不用替我们这些编剧发牢骚了。"

"但是，泽野，我真的觉得这样下去不行啊。"

瑞枝觉得双唇紧闭的文香是当之无愧的美女。

文香很自然地把放在地板上的包拿了起来。普拉达的黑色尼龙包因为装满了资料变得鼓鼓的。

"泽野，我把企划书带来了，你先看看吧。"

瑞枝本以为文香会在上甜点的时候拿出企划书，没想到文香在前菜的餐具还没撤下去的时候就直接把企划书摆到桌子上了。

文香很早以前就以企划书的完美制订著称。在那些制片人中，有人会拿着只写了一页纸的企划书和原著就过来，可文香写了近 10 页。看来最初入行时确实被前辈要求进行了严格的企划书训练。如果是没有原作的原创性企划，企划书的内容甚至涵盖了电视剧的基本内容框架。

在用订书机订好的企划书的第一页上，赫然写着标题："三十岁的男与女，怀念初生。"之后则写着散文式的企划说明。

"10 年前，这个国家处于被称为泡沫经济的华丽时代，创造出了令人难以置信的金钱和财富，人们都天真地投身于追求快乐的行列。

"本以为这样的日子会永远持续，可在一夜之间所有的美梦都破灭了。当时还正值青春年华的人们，如今也已是人到中年了。那些日子究竟如何呢？对于青春和那些狂乱的日子完全重合的人来说，这种怀念无疑是更加痛苦的。该电视剧想要通过一对将要迈入 40 岁的男女的故事，描绘时代的变迁和已经不再年轻的爱恋。"

翻开下一页，"女主人公 30 多岁，是一位自己带着孩子的职业女性。她曾经和被誉为泡沫经济的宠儿的男性相爱……"

看到这里，瑞枝吃惊地抬起了头。眼前的文香稍稍放松了嘴唇，只是剪短了指甲且没有美甲的手指，因为不安在白色的桌子上来回跳动着。

"我们已经和川村绘里子约好了档期。她因为之前的连续剧受挫很是慎重，很想用这部电视剧再拼一把，所以特别有干劲。"

"我在意的不是这个，"瑞枝小声叫了声，嗓子干得要冒烟一样，"这部电视剧的女主人公难道不是和我很像吗？这讲的就是我的故事吧。这可不行……"

文香微微一笑，"职业编剧这么说可是很奇怪啊。"文香举起了盛着红酒的酒杯，好像在催促干杯一样，"生存在泡沫经济时代的女性，不也就是这些事情吗？被称作时代的宠儿、泡沫经济的神赐之子的男人不是也有好几个嘛，和这样的人相恋生子的女性，在思考连续剧的时候一下子就浮现出来。这样的剧本就只能由泽野你来完成了……"

"稍等一下，稍稍给我点时间。"瑞枝伸手把杯子里的酒一饮而尽。产于意大利托斯卡纳的白葡萄酒，比水更为柔滑，直接从喉咙滑向胃。

"之所以想让我接受这份工作，并不是出于对我作为编剧的认可，而是因为我过去和一个特殊男人结过婚吧？所以认为如果是我的话，应该对那个时期的一切很了解吧。"

"泽野，这不是顺理成章的吗？"比瑞枝小七岁的文香竟然以教训的口气沉着地说着，"要拍时代剧的话，当然要找擅长写时代剧剧本的编剧。对有丰富白领经历的人，当然希望他能创作和白领相关的作品。这次也是同样。而且，我很早以前就很喜欢你写的剧本。在通过这个企划的时候，首先就想到你了。"

瑞枝很容易就能想象出电视台开企划会议的样子。在那里，演员和编剧的名字就像蔬菜一样被挑来拣去。

"茄子如何啊？现在开始谈的话保证档期比较难。"

"茄子很难提高收视率吧？"

"剧本让黄瓜来编写如何啊？"

"不行不行，还是找个比较听话的年轻点儿的吧。"

以编剧的姓名来吸引观众的时代很快就一去不复返了，如今的电视剧全看什么人来出演。在这样的时代，那些特别有名的编剧还好，一般的职业编剧往往被敬而远之。在制片人掌握主导权、决定电视剧基本内容框架的体制中，制片人更喜欢的还是那些对自己言听计从的年轻编剧。

文香就是在这样的时期，对并没有多少成就的瑞枝，发出了四月开始的连续剧的工作邀请。瑞枝明白文香想要表达能通过企划选自己做编剧并非易事。

"这不是竞标，我是一定要邀请你来做编剧的。"文香的手指停止了动作，瑞枝推测文香是在犹豫是否要透露报酬情况。在最初阶段的交涉中，制片人是很少会谈及报酬的。因为编剧的等级基本是固定的，每家电视台都对编剧的报酬情况了如指掌，没有专门交涉的必要。文香在这里想要提及报酬，就一定是准备了相当破格的数目。

果然，不一会儿文香就开始进入了重点，"这也是我们想要大力投入的一个企划。所以报酬也打算尽可能地多给一些，应该能给到一根手指。"

听到这里，瑞枝差点惊呼出声。所谓的一根手指，是一种符号，代指 100 万日元。目前瑞枝的报酬基本上是每集连续剧 80 万日元。一下子增加了 20 万日元就不只是钱的事情了，这会直接提升瑞枝在业界的地位。如果这部电视剧成功的话，瑞枝作为 100 万级别编剧的地位就被确立下来了。

瑞枝很快地计算了一下。如果是从四月开始的节目，因为是从特别篇开始，应该有11集或者12集吧，13集就更好了。按最少的集数计算，100万日元乘以11集也会有1100万日元的收入。如果是在新东京电视台的黄金时间播放的话就一定会有重播，重播的时候还能收到一半的编剧费用。而且应该也会录制成影像制品发行。这样瑞枝就会有一笔相当大数额的收入。

在接到文香的电话之前，瑞枝还在考虑来年的吃饭问题，可一转眼就将会有以千万为单位的收入进账。

虽然如此，瑞枝还是很矛盾。毕竟这是一个太有企图的企划方案，想要事件的当事人来讲述事件的经过。了解瑞枝过去的人，一看就知道这是根据什么改编的。

"小文，坦率地说，我不怎么想接。"瑞枝刚一说完这句话，日花里的蓝色大衣就突然浮现在眼前。如果接了这部连续剧，就能给孩子买大衣了，10件、20件都没问题，"总感觉是在出卖自己的隐私换钱。"

"这样想就很奇怪了。"文香盯着瑞枝看，那是双炯炯有神的大眼睛。同龄的女孩一般会描描眼线之类的，文香却是素面朝天。不施粉黛的大眼睛，看起来凛冽纯洁。有着这样眼睛的女性，无论出现什么情况都会坚持自己的意愿和选择，"我从事电视剧制片人的工作以来，感受最为深刻的就是过去是一笔宝贵的财富。有着多彩过去的人，因为这一点就值得钦佩。我是很羡慕泽野你的啊。"

"羡慕？……"

"难道不是吗？和被称为'时代宠儿'的人结婚生子，现在作为编剧活跃在业界。在我看来，这不正是拥有诸多收获的美好人生吗？"

"诸多收获？"瑞枝联想到放了豆腐和蔬菜的酱汤，苦笑了一下。在年轻女性看来，自己就是这种形象啊。

"如果泽野是作家的话，就不会这么踌躇了。"文香的眼神很坚定，仿佛可以洞悉一切，"作家更具想象力。如果自己的过去有价值，不，即使没有价值也完全可以改写成有意思的内容，从而形成作品。你作为编剧，为什么就不能做相同的事情呢？"

"小说和电视剧不同啊。电视剧更为鲜活，看的人数也不同。电视剧的话会有数百万人观看，和那些只能卖三四万本的书当然不能相提并论啊。"

"正因为是电视剧，才能够创造另一个世界啊。"文香抑扬顿挫、不慌不忙地劝说着。瑞枝可以想象文香一定是用这个方法说服了各个人气偶像和他们所属的经纪公司。"我并不想制作泽野你的纪录片，只想表现一下 10 年前那个时期的事情。我相信如果是你的话，一定能创作出优秀的作品。我们要创作的不是纪录片，是电视剧，是故事。"

"知道了……让我考虑一段时间吧，"瑞枝首先转移了视线，"给我两三天时间吧。"

文香也没再坚持，只是说："好吧，那我平安夜给你打电话。"

电视、FM 广播，到处都播放着圣诞歌曲。

瑞枝感觉这几年圣诞节来得越来越早。原宿的表参道周围，一进入 11 月就开始有店家装饰圣诞树形的彩灯。大家恐怕都想借此冲淡如今的不景气吧。

瑞枝一边叼着一支沙龙香烟，一边听着 FM 广播播放的甜美歌曲。虽然之前的戒烟一直很顺利，但遇到文香之后，每天都要吸上几支。让女儿日花里知道的话一定会被唠叨的。自从学校里讲授了吸烟的危害以来，日花里就开始严格禁止母亲吸烟。

瑞枝扭动窗户的把手，想要在日花里回来之前换换气。窗户一打开外面的冷空气就窜了进来。瑞枝缓缓走到阳台，远眺着东京的风景。富谷位于山手道的附近，到处矗立着中等规模的公寓。有些地方还保留着旧住宅，一到春天还能看到四处飘落的樱花。

但是，如今放眼望去只能看到一望无际的灰色和茶色，并无特别之美，这才是真正平凡的东京风景。瑞枝的脑海中突然回响起一个声音。

"来吧，看看东京的街道吧！"这个年轻男子的声音，是前夫的声音，还是别的什么人的声音呢？"这四年里东京四分之一的建筑都翻建了，都是奥运会之后才开始的。很厉害吧！"

那是什么时候的事情呢？应该是结婚以后了。正值临港商业区计划在全国轰轰烈烈地展开，在昔日的仓库街里面相继出现了各种被称作"吧"的店。"探戈"、"InkStick"等主题酒吧到现在还有。在阳台上吹着海风品着鸡尾酒，或在东京湾巡游，在当时都是非常流行的。海水中倒映出的东京，城市巨大且到处闪烁着灯光。

日本将要成为世界上最有钱的繁华国家了，那一夜谁都相信日本已经是了。

那位充满炫耀之情、指点着东京夜景的究竟是谁呢？

"我们可以依靠自己来改变这座城市！不需要去问如何做，不管以前是谁建造了这座城市，从今以后我们要一起去打造这座城市！"

想起来了。当时站在瑞枝身边、评价东京夜景的不是前夫，而是前夫的好友，建筑师高林宗也。

高林在10年前，也是经常在杂志上露脸的新锐建筑师，尽管不是什么专业性的建筑杂志。在前所未有的建设风潮中沸腾的日本，建筑师这个职业也突然被套上了光环。高林就是这股风潮的缔造者之一，他在东京大学研究生院、耶鲁大学研究生院的学习经历以及理性优雅的风貌也极大地助长了人气。

BRUTUS 杂志制作的"八十年代的七大建筑师"特辑中，高林名列首位。

离婚以后瑞枝就再也没有见过他。离婚时关于金钱、孩子的争吵，让瑞枝对与前夫相关的所有事情都抱有浓厚的厌恶之情。

即使高林打来电话说"若有什么事情可以随时找我"，瑞枝也想要冷淡地挂掉电话。从报纸上得知高林在建筑学会上获奖大约是距今三年前吧。也是那个时候听说他把工作室搬到京都了。

要不试着与高林联系一下吧，瑞枝一边呼吸着冬天的空气，一边思索着。他一定知道前夫所有的事情吧，现在在哪儿生活、10年前的那个时候究竟是怎么了。

瑞枝在脑海里把可以告诉自己高林联系方式的朋友理了一遍。看来只要认真去分析那些交错的人际网络，总能找到那根和他有联系的线。若是想要更快点儿找到他，只要给报纸或者专业杂志打个电话就能马上拿到高林的联系方式。

然而，瑞枝还是取出了通讯录。翻页的时候，瑞枝深切感受到自己离婚的时候，确实切断了和很多人的联系。如今记载在通讯录上的朋友和熟人，都是瑞枝完全靠自己经营出来的。可结婚那会儿，连朋友也都是前夫介绍的。

那时候和瑞枝夫妇有来往的一对夫妇，丈夫是牙医，妻子是演员。妻子演员做得也就凑合，她本身已经厌烦了演艺工作，更热衷于来往欧洲和香港之间购物。做牙医的丈夫那时也就35岁左右，却有钱得不可思议。那时候有很多人让人完全不能理解他为何那么有钱。只靠修补牙齿的话，怎么可能和妻子一起穿着昂贵的豹皮大衣呢？总之，瑞枝离婚以后那对夫妇就完全从她的视野中消失了，顶多也就是偶尔注意到那位妻子在面向已婚妇女的杂志里担任模特。

牙医夫妇、瑞枝和前夫还有高林一起吃过好几次饭。

相约见面时，牙医夫人选了一家在千驮谷刚刚建成的店，据说是由巴黎著名的设计师设计打造的，在店的正中间设置了台阶，那阶梯设计得巨大而隆重，让初次到店的客人赞叹不已。客人都必须经由这个阶梯抵达用餐位置，瑞枝因为穿着高跟鞋一步步小心翼翼地走着，而做演员的那位夫人则完全演绎着优雅的仪态，在下面餐桌边坐着的食客的注视下，交替着美腿飘然而下。

"瑞枝"，"玲子"。尽管两个人像老朋友那样亲切地打了招呼，但瑞枝并不想继续和她保持联系，也不认为她能知道高林现在的住址。

没听说过在那个时代一起夜游的朋友，如今还有紧密联系的。因为那个时代把大家联系在一起的纽带"金钱"已经消失殆尽，这也是无可奈何之事。

最终瑞枝还是从在报社学艺部工作的熟人那里打听到了高林的联系方式。高林果然还住在京都，这么一说瑞枝想起来他的老家在奈良。一看到拨打京都市外电话的那一长串数字，瑞枝就又开始犹豫起来。出于职业习惯瑞枝很快就采取了几个行动，追查到了昔日朋友的电话号码。可这样和他联系真的好吗？

瑞枝和高林取得联系，无非是想通过他探听前夫的消息。就像要把这种联系当作突破口一样，瑞枝是想把所有残存的记忆都联系起来。而且把这些积累的记忆有效组合，再加以修饰，就可以创造出一个故事吧。

瑞枝能清楚地感受到，出于写作的本能，自己在热切期待着这一切的发生。

制片人的想法也是显而易见的。制片方当然希望当时备受媒体关注的前夫的私生活能在电视剧中得以展现。离婚之后妻子成了编剧，把当时被誉为“泡沫经济的宠儿”的前夫的一切改编成了电视剧，这本身也会成为周刊杂志两三期的热门报道，应该会成为一个备受关注的话题。

但是瑞枝作为编剧应该可以进行一定的对抗，制作出与最初企划意图不同的电视剧。尽管也没把握能做到什么程度，但是瑞枝想要赌上自己作为编剧的尊严，尽可能促使电视剧向自己希望的方向发展。瑞枝现在特别渴望开始这份工作。

不知从何时起，瑞枝的呼吸变得急促起来。就是从感受到“这剧本好像写得来”的那一瞬间吧。瑞枝心中一直呐喊着，“写得来”“写得来”，已经好久没有这样需要拼命抑制写作热情的感觉了。

瑞枝想马上就坐到电脑前开始写作，至少先把脑中翻腾着的那些还尚未形成台词的语言和一些故事情节写成文字。

“妈妈，外边好冷啊。”

日花里推开起居室的门走了进来，看样子是冻得够呛，她一进来屋里的温度马上就下降了不少。

“妈妈，站前开了好多家蛋糕店呢。咱家之前在哪家店里买的啊，我觉得天使屋的草帽蛋糕最好吃。”

“日花里……”

瑞枝盯着女儿的眼睛，自从决定和女儿相依为命那一刻起，瑞枝就打算不把她当小孩子看。日花里上小学之后，瑞枝就把家里的经济状况、自己工作的事情之类简单地告诉女儿。

“妈妈又想工作了，可以吗？”

“可以啊……”

日花里的嘴唇噘了起来。瑞枝想起了自己第一次写连续剧剧本时候的事情。当保姆和女儿玩得正欢，自己打算偷偷溜出家门的时候，可能是直觉的作用，女儿马上就会跑到玄关。那时五岁的女儿闹着不让妈妈出门一直哭鼻子的样子，和如今装作若无其事的样子简直是如出一辙。拍摄之后深夜等待制片人电话的日子又要开始了。制片人一说需要马上商量一下，就必须马上打车赶到电视台或者是远在神奈川的拍摄地的夜晚很快就要开始了。

日花里在努力忍受这一切。

"不好好工作的话，妈妈和日花里就无法生活啊。而且，更重要的是，妈妈喜欢这份工作，无论如何也想把它做好。你能懂吗？"

"是吗？我懂。"

"所以，妈妈想拜托你再忍耐半年。我们两个人一起努力。"

"没办法，谁让咱家是单亲家庭呢。"

日花里很喜欢瑞枝常常挂在嘴边的"单亲家庭"这种说法，有时会抢先说出来。瑞枝看着女儿的反应，苦笑了一下，突然想起必须马上回绝剧本学校讲师的事情。

纪念

　　每次开始连续剧的工作之前，瑞枝都会提前做好各种准备。首先做的就是找位每周三次来帮忙做饭和打扫房间的钟点工保姆。能找个全职的保姆当然更好，但暂时还没有那个经济实力。

　　日花里还小的时候，瑞枝找了个育婴师，加上到深夜的延长费用每个月要 40 万日元。当时剧本费用也低，为了支付育婴师的费用真的是很辛苦。

　　瑞枝以此为鉴，只能最小限度地使用保姆。写电视剧剧本的时候，饮食就很简单，常常是拿外卖比萨或买来的便当之类的对付，还得总这样劝说日花里。

　　"妈妈很努力，日花里也会很努力吧。妈妈可是依赖着你呢，你要好好鼓励妈妈啊。因为咱们可是命运共同体啊。"

　　"命运共同体"和"单亲家庭"都是日花里喜欢的词。每次听到，日花里都会觉得被当作大人看待而很开心，一定会羞涩地笑着妥协说："知道了，不用那么在意我啦。"

"怎么能不在意呢？任何时候对妈妈来说，你都是最重要的。但是工作的时候，有时候难免会顾不上你。好在时间不长，忍耐一下吧。"

圣诞节时母女二人一起吃了蛋糕，买来的各种料理也摆了满桌。因为日花里说西服比大衣好，就给日花里买了件厚点儿的轻便西服做礼物。

过完平安夜，瑞枝就开始着手整理工作间，特意换了新靠垫，驱使自己做好战斗准备。

如果是四月份开播的电视剧，就必须在三月份的第一周开始拍摄。文香说想要多拍点外景，拍摄就应该更早开始。所以第一稿一定要在一月中旬前完成。编剧或者制片人如果有四月份开播的节目的话，是没有正月可以过的。在正月里必须完成大概的情节，完成各种角色分配。文香寄来了大量的资料，大多是 10 年前的杂志和报纸的复印版，中间也混杂着住宅的宣传广告。虽然说是城市中心位置，一套三室一厅的旧公寓竟然能标价到五亿日元。这是哪个国家的事情，瑞枝一时之间真的是难以置信，于是马上给文香打了电话。

"小文，有没有被愚弄的感觉？如今无论多么豪华的公寓也就每套两亿日元吧。但你看这则广告，连埼玉县和神奈川偏远地方的公寓每套也动辄就超过了一亿日元。"

"这样的事情并不少见啊。我们公司就有人花了一亿两千万买了一套代代木的公寓。真的是套不怎么样的公寓，但据他说，如果当时不买一辈子就买不起了。如今那套公寓连六千万日元都卖不了，只能心痛着还贷了。"

"反正电视台的报酬高，应该不至于付不起吧……"

瑞枝含糊地岔开话题，因为回忆起自己也有相同的经历。很多人都推测自己和前夫离婚的时候，得到了一大笔赔偿金。

　　其实，并没有世人想的那么多。瑞枝用这笔钱的大部分买了一套小公寓。因为感觉只要有了自己的房子，自己和女儿无论如何都能生活下去，然后剩下的钱打算留作将来之用。之所以想要实现之前成为编剧的梦想，也是受之前从事自由撰稿人的职业所影响。

　　剧本学校的学费绝对不便宜，瑞枝一狠心一下子就付了一年的费用。

　　到此为止走的还算是作为离婚女人相当顺利的道路，可之后就发生了几次失算。

　　随着经济的恶化，公寓的价格也一下子跌到一半。不仅如此，很戏剧化的，前夫的公司轻易就倒闭了，而且留有大量负债。前夫被逼得走投无路，卷入了之前绝对不可能出现的欺诈纠纷，被各类周刊杂志所围攻。

　　通过律师确定的日花里的抚养费等费用，也难以兑现。瑞枝为此发愁得好长时间晚上都睡不着。

　　但也有意外之喜。在讲师的推荐下投稿的作品，竟然在电视台主办的剧本比赛中取得了优胜，并被当地电视台拍成了电视剧，瑞枝就在不到两年的时间内走上了专业编剧之路。

　　现在想来，那是一个多么危险的选择啊。稍有差池母女二人就很可能坠入深渊。瑞枝也因此认为自己是一个幸运的人，所以即使最近公寓贬值，瑞枝也能够坦然接受了。

　　和文香通完电话之后，瑞枝接着看资料。

　　资料中有一位经济学家为综合杂志所写的文章的复印件，他在文章中把 1985 年到 1991 年定义为泡沫经济时代。也正值"筑波国际科学技术博览会到海湾战争期间"。日经指数上涨到 38900 点，大量余钱流向海外。日本人不断到欧洲、美国购买高价的奢侈品。不只是奢侈品，名画也是当时日本人购买的目标。某企业斥资 53 亿日元购买凡·高的《向日葵》仿佛就在昨天。

随着经济持续高速增长，企业逐步陷入了慢性的人才不足的窘境。为了高额的打工收入而不愿就业的年轻人不断增加……读这篇叫作"自由职业者"的报道，宛如在看久远的传说一样。

无论如何，瑞枝都觉得把那个时代拍成电视剧是一项很艰难的工作。原本在电影和电视世界里，最难把握的就是这种"近过去"。"二战"之类的题材已经被划入"时代剧"，操作起来反倒比较容易，毕竟了解那个时代的人已经越来越少。

然而 20 世纪六七十年代的题目，制作者就会非常辛苦。经常听到制作者为了寻找那个时代刚投入使用的个人电脑或者台式机而频繁地光顾电机公司。因为这次的电视剧成败的关键在于是否能够成功重现 20 世纪 80 年代，所以文香很早就开始抱怨。

"即使想拍实景，到处都被破坏得不像样子，完全变成了别的店。"这家迪斯科过去非常有名，之前是需要严格检查着装后才能进入的，如今已成为卡拉 OK 了，文香对这一变化感慨不已。

"如果不拍摄两三个当时很有名的地方，就很难被关注，同时也很难让观众感觉怀念，所以咱们一定得想想办法啊……"

最重要的海边景色，数十年来也发生了巨大的变化，也只能拍摄夜景了。

"这样的话就只能在服装上狠下功夫了。要和造型师好好商量一下，无论如何都要把那个时代完美地重现。"

文香追问瑞枝，那时泽野都穿着什么样的衣服呢？一定买了好多高级时装吧。

瑞枝巧妙地转换了文香提出的泽野结婚时穿着什么衣服、有什么想法之类的问题，塑造了一个和自己不同的职业女性的形象。

文香同意了这一安排，但是提出女主人公也得有两位。一位是离婚后独自抚养孩子的女性白领，关于她从事什么工作，在反复讨论的基础上，终于确定其在外资研究咨询机构工作。瑞枝认为如果是外资的话，就会与日本企业不同，就不会去关注员工的私生活。

"这样的话挺好。川村绘里子不喜欢母亲的角色，都不怎么开心。如果设定为外资研究咨询机构的白领，会形成很具知性的职业女性形象，绘里子应该会喜欢的。"

文香就是通过这样的方式来解决角色分配难题的制片人。

另一位女主人公被设定为平凡的主妇，在女子大学读书的时候，曾经做过富翁实业家的情妇。当然这位实业家就是刚才那位女白领主人公的孩子的父亲。也就是说这两位女主人公曾经在一个时期内，同时和同一位男性保持着关系。

故事设定目前这位男性被卷入了土地方面的犯罪案件，处于很艰难的境地。两位女性由于旁听案件的审判，10 年后再重逢。

这位主妇看起来是和富裕的男性组织了家庭，过着稳定的生活，但却难以忘记昔日的情人。她七岁的大儿子，是结婚后还一直秘密幽会的情人的孩子……

瑞枝不仅仅想制作怀旧电视剧，还决定加入悬疑色彩。因为加入恋爱桥段是电视剧的常用套路，所以瑞枝想再加入一组恋爱关系。就是在外资工作的白领和担任前夫辩护律师的律师间的交往。

之所以想要设定律师这一形象，很大程度上是受了高林的影响。

高林曾经是瑞枝前夫的好友和合伙人。两人常常突发海外旅游的念头，会在起意的三天后结伴出发。前夫曾经放出豪言，为了高林，他可以马上拿出 50 亿日元。"甚至拜托下朋友，给高林准备 500 亿日元也可以。我想让高林建摩天大楼。"

所谓的摩天大楼，是指日本最高的超高层建筑，这个让朋友设计日本最高的超高层建筑的计划，对当时的前夫来说，并不算荒唐。在那个时代，豪言壮语和现实的界限日渐消失。

尽管感觉应该给高林打个电话，但瑞枝还是没有下定决心。

所谓的记忆，看似可以随时浮现和消失，但实际并非如此。偶尔想要唤醒某些记忆的时候，身体却会拒绝。于是头脑就会左右激烈摇摆，仿佛想要抹去这些记忆。

对瑞枝来说，五年的婚姻生活正是如此。确实有过幸福的时光，既有财富又有名誉的年长男性的热烈追求，对年轻的瑞枝来说，是一种难于抵御的体验。当时男方还有妻子，但他发誓说只要是为了瑞枝，他愿意抛弃家庭。

"现在如果和老婆离婚的话，需要支付两亿日元的赔偿金。但这都无所谓，钱的话想赚多少有多少，可你只有一个。"

而且男方遵照约定和妻子离了婚。当瑞枝听说因为他前妻的辩护律师非常厉害，实际上支付了更高的赔偿费用时，差点就晕了过去。

为了和自己在一起，竟然支付了数亿日元的赔偿。在这世间，被男人疼爱的女人有很多，但能让男人心甘情愿如此破费的女人又有几个呢。自己就是拥有着这样价值的女人……

但是瑞枝很快就品尝到了苦果。

能够为了别的女人抛弃妻子的男人，还会再做一次同样的事情。

在这世界上，有些男人会对女人抱有特殊的热情。一般的男性是不能实现这种热情的，可也有极少数男性因为拥有金钱的力量可以随心所欲地生活。瑞枝的前夫就是这种男人。

瑞枝最早发觉丈夫有外遇，是在怀日花里的时候，但应该是更早就开始了。在瑞枝看来，丈夫在性事方面并不奔放，也没有什么变态嗜好，在床上的表现也应当归入常人。

可就是这样的丈夫，在追求女性的时候就会判若两人。他会用追求瑞枝时候同样的热情，甚至是同样数额的金钱把美女们变成情人。除了银座的女招待、模特外，还有相当有名的女演员。或许正是当时那种异常的成功、超常的赚钱模式刺激得丈夫的精神也有些异常吧。

一天夜里，瑞枝问他："你能放弃外遇吗？"

丈夫严肃地回答："那就意味着我要放弃做人了。"

是的，并不是从一开始就不幸。但是瑞枝因为离婚前的两年里受了太多的苦，就把之前幸福的日子也湮没了。

在瑞枝心中，对高林的感情也很微妙。因为高林经常和丈夫在一起，可能对丈夫的厌恶也转移到了高林身上。

离婚时帮忙的律师也曾透露过："高林也提出了很多好的想法。"

"正是有了出资人，才成就了建筑师啊。对高林来说，您丈夫是最好的资助者吧。高林那么年轻，就可以在城市中心建造自己喜欢的东西了。"

也是因为如此，瑞枝和高林连招呼都没打就离开了。贺年卡也好几年都没回复，据说他搬家了。事到如今再和高林联系的话总觉得有点厚颜无耻，更何况还是为了采访才联系的。

为了描绘泡沫经济时期的日本，最近瑞枝和文香一起拜访了很多人。有那时候做了有钱人情妇的女性，也有一下子收到公寓做礼物的女招待。有经济评论家，还有泡沫经济崩溃之后从事善后工作的律师。

但是瑞枝还是感觉不够。从他人那里借来的记忆，是不能很好地浸透到自己身上的。若是完全不了解的话倒也还好，可在那个时代，瑞枝正好屹立在东京的中心地位。所以，瑞枝一直在心中默念——

"不对。那个时候金钱的动向，不是这个样子。"

"如果是我的话，应该知道一些更厉害的事情……"

虽然这些想法既没有说出来，也没有表现在脸上，但文香还是稍稍有所察觉了吧。

文香说下次想要去采访泽野的熟人。

"我已经和那个时候的人都绝交了。现在就是拜托别人，别人也未必答应啊。"

尽管真的如此，但文香看起来很是不满。瑞枝最近注意到，文香好像是在秘密追踪自己前夫的消息。前夫的行踪众说纷纭，文香也曾谨慎地问过，是在北海道，还是在海外？因此这次和高林的会面，瑞枝必须得一个人偷偷去。因为文香是机敏的电视人，或许还会尝试沿着高林这条线找寻瑞枝的前夫。

与接受意图利用自己的过去谋利的工作相比，给高林打电话则需要瑞枝下更大的决心。因为一旦见了高林，就会像打开了潘多拉盒子一样，各种事情都会不期而至。潘多拉盒子中最后还保留着希望，但是等待自己的会是什么呢？更深的悔恨还是憎恶呢……

在瑞枝犹豫的时候，挂历就更新了，不只是变了一张，而是因为新年的到来，挂历变成了全新的。之前采访时接触到的航空公司广告部，每年都会寄来印刷着世界风景的挂历，瑞枝每年都把它挂在起居室里。对于瑞枝来说，今年的正月，可不仅仅是挂历换了而已。

因为工作的截止期限迫在眉睫，瑞枝就没时间准备新年菜肴和杂煮。吃着便利店买来的便当的日花里一句也没抱怨。瑞枝觉得日花里很可怜，就决定从2号开始把日花里送到茅崎的姐姐家。姐姐比瑞枝大三岁，和一位中国香港的生意人结了婚，日花里小的时候曾经在她家住过。因为是不太熟的阿姨，日花里老实地把换洗衣物装进包里。瑞枝打算让日花里在阿姨家住四五天。

"不要太勉强自己了。你看眼睛都向上挑了。"

姐姐给瑞枝带来了装在漆盒里的新年菜肴，她和瑞枝一样也不擅长料理。幸亏她在美国接受教育的丈夫也不怎么在意这些。打开盒盖一看，全是市场上买来的，没有一样东西是自己做的。即便如此，烤了年糕，用海苔卷着一起吃的话，突然就感受到了正月的气氛。姐姐开车带走日花里之后，瑞枝终于能歇会儿，有点儿时间可以看看昨天寄来的贺年卡。瑞枝拿起了日花里已经做好分类的贺年卡，大约300多张，大都是印刷的，多是工作认识的电视台职员和制作公司寄来的。

哗哗地翻看着一张张贺年卡，瑞枝突然发出了一声惊叹。有一张在光滑的白色纸面上嵌入黑白照片的贺年卡，没有任何附言，只是简单写着"谨贺新年"，本是一张很普通的贺年卡，可寄件人的名字却足以让瑞枝吃惊。

贺年卡上工整地写着"高林建筑研究所"这一名称，还有电话号码、传真和邮件地址。瑞枝已经好几年都没有和高林互送贺年卡了。然而今年高林就像洞察了瑞枝的心事一样寄来了贺年卡。

瑞枝条件反射一样地把手伸向了电话，就像小孩上课做小动作一样，什么也没想就拨了号码。因为是大年初二，高林应该不会在事务所的。瑞枝想要听几声呼叫音，借此确定一下自己的些许勇气。可没想到电话刚响了一声，那头就传来了低沉的男声。

"喂，你好。"

瑞枝确定这个声音是高林的。因为接电话的职员是不会发出这样焦躁的声音的。

"喂，你好？"

听到对方语气加强，瑞枝意识到已经无可回避，只能硬着头皮通话了。

"你好，请问是高林先生吗？"

"是我。"

"我是泽野瑞枝。可能说是郡司瑞枝您更好想起来吧。"

"啊，是瑞枝啊。"

高林的声音突然就变得柔软而年轻起来，"好久不见啊，终于打电话了。"

"今天收到了您寄的贺年卡了。但是真的没想到您这会儿竟然在事务所。"

"无论有多急的工作，也不能让职员新年加班啊。所以从早上开始就只能我一个人着急忙慌地工作。"

"难怪刚才的声音有点可怕呢。"

一说出口瑞枝就后悔了，因为她意识到自己的声音中竟然带着点撒娇的腔调。紧张刚刚缓解竟然就涌起了怀念之情，这真是很奇妙。瑞枝换了个姿势。

"你相当活跃啊，在报纸上看到你获奖的消息了。"

"哪里，你才厉害呢。看电视的时候发现剧本写着泽野瑞枝，总感觉这个名字在哪听到过。之后看到周报上登着你的照片，大吃一惊。"

"也没什么。就是必须要带着女儿生活下去，被生活压得喘不过气，不得不做点什么。"

"日花里长大了吧。"

"是呢，已经自以为是得不得了了。不过，确实是长大了。"

之后，两个人沉默了一会儿。这种时候，出于礼仪必须要由哪一方先开口。

"最近想见你一面。"

瑞枝可说不出这样的话，开口的是高林。

"想最近和你见一面，如果没有什么不方便的话……"不方便这个词中包含了很多内容。

"我也想见你，见面之后想问你很多事情。"

这次是高林那边停顿了一下，应该是会错了意。

"我并不是想要问你郡司的事情。只是想请教你一些别的事情。"

"我能告诉编剧老师什么呢？"高林的声音并非出于警戒，而只是有些惊讶。

"其实也没什么。就是觉得高林先生应该很了解过去的东京。"

"什么事情啊，但凡有我能帮得上忙的地方，什么都行……"

"我最近要去京都。你能否腾出点时间？"

高林说没有这个必要，"我现在正在做东京的工作，正在建青山Killer 大道上的建筑。"高林提到了一个日本著名设计师的名字，"因此我每个月要去东京两次。到时候一起吃个饭吧。"

"好啊，一定。"

瑞枝心里估算了一下日程表，当时女儿应该还在阿姨家。说实话并没有时间悠闲地吃个饭，但是现在不鼓起勇气见高林的话，恐怕这辈子都迈不出这一步了。

"我应该 7 号就去东京，当天晚上得和客户吃饭，8 号见个面如何呢？"

高林就这么直截了当地确定了见面时间，"咱去哪儿呢，好久没去Visconti 了，去那里怎么样？"

"那里换了老板，已经不怎么好吃了。"

"那我们去 Sky·cruise 吃鱼吧。"

"那家店去年秋天就倒闭了吧。"

之后高林深深叹了口气："稍稍离开一段时间，东京就全变了啊。"

"去 Barolo 的话应该没有问题。"

Barolo 位于西麻布，是一家闻名遐迩的老牌意大利料理店。老板和料理的味道不会轻易改变，而且流行风也没有影响到那里。虽然新的店很吸引顾客，但瑞枝很好奇高林看到这家不怎么流行的店会作何感想。

瑞枝对此真的是很好奇，多少有点恶作剧的意思，因为那时候丈夫很喜欢这家店。

当时，预订 Barolo 的座位是相当困难的。特别是店最里头的两个座位非常受欢迎，每晚那里都一定会有名人落座。

瑞枝在那两个座位上，曾经见过年轻的当红女星依偎在恋人肩上轻轻啜泣，也曾见到以喜欢女色著称的作家，用沾满黑色酱汁的嘴把墨鱼意大利面口对口喂食给女性。

那时正值"圣诞晚餐"这个词流行，Barolo 就是年轻恋人们憧憬共享圣诞晚餐的圣地。以这个店平时的水准来看难吃得要命的套餐也被冠以 15000 日元的高价出售，即便如此，平安夜店里也会忙得不可开交。因为店主建议常客们"平安夜前后千万别来"，所以瑞枝从没有吃过那里的圣诞晚餐。这也是将近 10 年前的事情了。

6 天后，瑞枝坐在了 Barolo 最里面的座位。12 张桌子已经有一半有了客人，坐在正中间大桌子边的一群人，应该是广告公司的年轻员工。因为他们衣领上戴着从未见过的徽章，穿着看起来也价格不菲，习以为常地说笑着。

据说最近广告业界的压力也相当大，但他们看起来还是和过去一样快乐无忧。

以前熟识的侍酒师来到了瑞枝的座位旁边。已经比约定的时间晚了 15 分钟，盛餐前酒的杯子也已经空了。

"麻烦再来一杯吧，很好喝。"

"是吧。西柚汁和白葡萄酒调和而成的，口感很好，备受好评呢。"

他在离开的中途停下了脚步，因为看到有客人推门进来，想要为客人让路。

进来的正是高林，他经过了那群广告公司员工的桌子。

瑞枝的第一印象是感觉高林的白发增多了。过去很短的头发稍稍留长了些。正因为如此发色黑白斑驳才更加明显。

"对不起，我来晚了。"

高林郑重地道歉，"前面的商谈延长了……等了很久吧？"

瑞枝回答："没事，是我请你过来呢。"

两个人生硬地互相低头致歉了两三次，才相对坐下。餐馆独有的白色柔和灯光照在高林的脸上，瑞枝发现高林并不像他的头发那样的衰老。

高林之前就很有男人味。他仿佛也充分认识到了自己的魅力，喝醉的时候也曾说过刚成为建筑师时和委托人妻子的风流史。

"所谓的建筑师，在洽谈阶段一般都是和委托人的妻子洽谈。因为经常见面，对方也年轻漂亮，发生点儿什么事情也很正常。"

高林举了位有名的建筑师为例，他的第二位妻子确实曾是委托人的妻子。

从那以后，"委托人的妻子"这个词就一直深深印在瑞枝脑海中挥之不去，总觉得这个词里包含着充满性欲的好奇心和轻微的污蔑。

瑞枝好奇高林和自己夫妇亲密交往时期到底是如何看待自己的，莫非也把自己看成"委托人的妻子"之一吗？

如今，两个人相对而坐，高林作为美男子的自信已经日渐淡薄，与之相应的自由放纵也消失不见了，他稳重娴熟地把餐巾铺至膝盖，已经无疑是一位中年男子的所为了。也不像过去那样突然开始吸烟，餐前酒也不会再点啤酒。瑞枝快速盘算了一下，高林比前夫小三岁，今年应该 43 岁了，想到这里她感到很吃惊。

瑞枝从未想过自己能这么快地想起前夫以外男人的年龄。"比前夫小三岁"这一信息残留在脑中，就说明自己还清晰地记着前夫的年龄。

这里的前菜非常丰盛，其中有一种用橄榄油煎的沙丁鱼。

"啊，好怀念啊。这个好吃。这以前可是郡司的最爱，郡司曾经任性地让店里专门再盛一些过来。还有无花果和生火腿，郡司也爱吃得不行。"

"高林，那个人现在在哪儿？"瑞枝很直接地问。瑞枝本以为至少要等吃完饭，或者是吃完甜点之后才会问这个问题的，可没想到还在吃前菜时自己就毫不费力地发问了。

"现在在德岛。"

"德岛？"

由于太过意外，瑞枝不由得大声质疑。之前听说他住在夏威夷，这才比较像他的风格。

"为什么是德岛呢？他已经去世的父母都是东京人，应该和德岛毫无关系啊。"

"现在和他一起生活的女人是德岛人。"

高林装作专心欣赏杯中的红酒。

瑞枝的左胸涌起一种说不清的痛楚。瑞枝认为本不该如此的，可却切实地感受到了愤怒。

八年前离婚的丈夫和别的女性生活在一起，从前夫的性格来看，这是理所当然的事情，可瑞枝对这个消息还是不能坦然接受。

这八年来，自己一路奋战至今，因为不能指望连孩子的抚养费都没有支付就下落不明的老公，所以自己必须努力找工作。明明马上就30岁了，还要和年轻的学生们一起上编剧学校，为了完成课题而彻夜工作。即使如愿以偿成为编剧，为了获得正规工作自己不知道吃了多少苦头，只能一边应付赤裸裸提出潜规则要求的男制片人，一边一步一步地积累业绩。

即使到了现在，瑞枝一看见表针指向九点心跳还会加快。在制作连续剧的时候，制片人会在电视剧播出的第二天打来电话，告知昨晚的收视率，电话打来的时间一般都在早上九点稍过。

瑞枝经常对别人说："和丈夫分开以后的这八年，真的把我变成了成熟自立的女人。"瑞枝自己对这一点也深信不疑。此刻她更加清楚地意识到了这一点，那时真的是很拼命，怀抱着女儿到底该如何生活下去，瑞枝手足无措地挣扎着，终于走到了今天，今天看来当初应该是做出了正确的选择。

然而在此期间，前夫却一点也没有改变自己的人生。

正如他之前所说的，"放弃女人就如同放弃做人一样"，无论处于多么艰难的环境，他都不能忍受没有女人的人生……

"泽野，你心情不好了吗？"

瑞枝一抬眼就看到高林充满担心的脸。

"怎么会呢。和女人在一起，才像那个人的风格。"

"应该还没有正式结婚。我也只是偶尔打个电话，详细的事情我也不了解。"

瑞枝隐约记起，这样的情景之前有好多次，当时瑞枝为了寻找丈夫的下落而逼问高林。

"你不应该不知道啊，你总是和他在一起，说什么都不知道一定是骗人的。"

"我什么都不知道，真的。"

第二道菜送上来了，是搭配了油菜花的意大利面。油菜花应该是温室产的，所以和春天的不同，黄绿色彩搭配得楚楚可爱。

"好美味啊！"高林再次赞叹。这声音中已经没有10年前充满困惑的稚嫩，从中可以窥探出对一切都能坦然处之的狡猾的温柔。与此相对他不再像以前那样对瑞枝前夫的事情守口如瓶。

瑞枝继续问："那个人现在做什么工作？"

"还在做房产中介。"

"还没有引以为戒吗？"瑞枝由衷地感觉吃惊。

前夫之前总是这么说，这个世界上最值得信赖的就是土地了，"你想啊，到目前为止土地的价格降过吗？将来还会一直上涨的。这么可靠真的是不可思议啊……"

他的口头禅瑞枝直到如今还能脱口而出。然而土地却背叛了他。为了让那么痴爱自己的人类陷入破灭，土地的价格突然之间就开始暴跌。如果当时丈夫能马上脱身而出的话还好，可他却选择了坚守，直到最后的最后他还依然相信土地。

"都被折腾得要死了，还要继续做土地生意……到底想什么呢！"

"没有办法啊。郡司天生就是干房地产中介的，和泡沫经济时代如雨后春笋般冒出来的那帮家伙完全不同。郡司也不仅仅是房地产中介。我至今依然认为他是在日本最早出现的美式房地产投资开发商。"

郡司的父亲在赤坂经营房地产，店面就开设在商住大楼的一楼，窗户上贴满了各类房型图和广告单，是典型的街边房地产店。据郡司后来自夸所说，父亲的父亲，就是郡司的祖父之前也从事向赤坂的艺人介绍房子，或者帮着艺人斡旋其隐退之后的商铺之类的工作。因此郡司才自夸说："我可是第三代。"

20多年以前，这条街异军突起。有家百货商场明确表示要在这里发展，周边的平民区土地价格上涨将会是大势所趋。大型房地产公司闻风而动，命令从事二手房买卖的郡司的父亲开始进行土地收购的交涉。当时已经年近60的他无从入手，就全部委托给刚从二流大学毕业的儿子来做。这就是郡司传奇故事的开始。

郡司当时不过二十三四岁，却成功地说服了很多地主。

从大型房地产公司赚到大笔金钱之后，郡司感受到了商业的乐趣，并立志从事房地产行业。他从父亲那里独立出来，成立了自己的公司。

据他失势之后报纸杂志上的报道，郡司很快就博得了有"东京幕后大地主"美誉的韩国人的喜爱，和他联手发展。郡司把韩国人拥有的停车场和空置建筑等改造成一个又一个时髦的店。资金从别处筹集，因此仅需要提供土地，店的经营则有另外的人来做。总之是各个领域的专业人士实现了合作共赢。他说服60岁的韩国人使其相信这就是新的经营方式。

青山和西麻布附近的咖啡吧据说也是以此为契机才大量涌现的。因此，郡司作为"咖啡吧之父"，备受媒体关注。

几年后，郡司雄一郎的名字更为华丽地登场，他在东京湾开了一家可以容纳1000人跳舞的巨大迪斯科，可谓比那家著名的"JULIANA'S TOKYO"还要早的日本最大的迪斯科，以此为契机，芝浦的仓库街发生了翻天覆地的变化。

之后除了两个高尔夫球场和四个迪斯科，郡司还创建了好几个娱乐场所，凡是他经手的店都会很火。因此他也和制片人冈田大二、室内设计师松井雅美一起成为媒体不可或缺的宠儿。

"好汉不提当年勇啊。"瑞枝已经没有什么食欲了，"曾经过着那样的生活，如今能在地方做房地产吗？"

"当然很认真地在做啊。你想想看，郡司才刚刚46岁，不能把他看成是已经被世界所抛弃的人。"

"但他曾经给人添了那么多麻烦。"

"和过去没什么关系了。"高林加强了话尾的语气，"我的一个熟人，也是位在泡沫经济时代赚了大钱的实业家。说起名字的话你可能也知道。你知道他现在在做什么呢？在和歌山的山里做僧侣，据说是看空了一切。"

瑞枝想可能是那个人。他和丈夫一样，也是靠土地赚了大钱。他对别的东西完全不感兴趣，只是靠倒腾土地赚到了巨额财富。他和郡司完全不同，从不和不可靠的家伙交往，讨厌引人注目，从来不接受媒体的采访。

"但是，我认为这是很奇怪的。他也和郡司一样才40来岁，也并没有犯下什么罪行。只不过是被当时的时代推向了舞台的前面。"

"高林，你即使对那些人也很宽大……"瑞枝不由得讽刺高林。

高林也安静地把餐叉放置到碟子上，"那些人给了我很多美好的回忆。那时候让我们这些年轻人不断建造建筑的人，不是那些财界精英，而是被世人称作暴发户的年轻私营企业家。我想让你明白，他们和我一起不断建造大楼，绝非仅仅是为了逃税。"

"是吗？"

"是的。制作广告之类的话，三四亿日元的花费会马上被算作公共事业经费而免税，可混凝土建筑的话，却需要有60年的折旧。每年只能有六十分之一的费用被当作公共事业经费处理。尽管如此，以郡司为首的那些人还是委托我建造了很多的高楼大厦。"

"我可不认为那个人有那么高尚的思想。"

"或许如此吧。但郡司是很有品位的，他懂得建筑是比任何东西都有价值的载体。"

郡司曾私下讥笑总是挑起争论的高林很稚嫩。中年后的高林虽然能够很好地控制语言和情感，但偶尔还是会一时兴起真情流露。可能也是意识到了这点，高林低声自语："只有我一个人侥幸逃脱，如今还能坐在这里。"

"对你来说，泡沫经济时代到底意味着什么，能想到什么呢？"瑞枝感觉到自己变成了采访的口气，心里想这也是无可奈何啊。

"虽说不可能完全忘记，"令瑞枝意外的是，高林表现出满脸的困惑，怎么看也不像是在演戏，"关于那个时代的记忆，几乎都消失了。真的是很不可思议。但有意思的是，那些快乐的记忆却模糊地存在着。别的人也一定是如此吧……"

瑞枝淡淡地回答："或许吧。"

那个时期，瑞枝谈了恋爱，和一个不同寻常的男人结了婚并做了母亲，恐怕应该是瑞枝一生中最为多彩的时期，尽管如此除了私生活，瑞枝也几乎没有什么强烈的记忆。那个时候，和谁一起吃饭，每晚去哪家店玩儿，集中精神回忆的话倒是可以回忆起一些。但是，这些记忆还没有形成一种形式明确的回忆。

高林接着说："不可思议。高中的时候做了什么都可以清楚地记起。每天早上包裹便当盒的布上的苹果图案都仿佛昨天的事一样可以清楚地想起。然而八年前的事情，对我来说却是一种最模糊的存在。但是，必须得好好回忆一下，因为这是瑞枝的工作。"

高林不知道从何时起，察觉到瑞枝是想把那个时代的事情写成电视剧剧本。

"是呢，所以想要拜托你一定多给我讲一些当时的事情……"

"正如刚才所说的那样，我一点也记不清了。但是关于建筑的事情都做了记录，认真地保留下来了，这些都可以告诉你。我可是亲眼见证了土地所拥有的价值，正是吸收了土地的养分，各种建筑才能应运而生。"

高林稍稍端正了一下姿势，接着问："再也不会和郡司见面了吗？"

"还没有这样的想法。"

"再也"和"还没"这两个词，多少包含着纠缠不清的意味。

瑞枝接着说："就是再缺写作素材，也绝对不想和那个人见面。"

"是吗？我带了这个来。"高林想要从胸前取出什么来。是一个画着白人女子裸体像的打火机。高林打着了火，从女子头发的顶部燃起微小的火焰。

"离开的时候，郡司把这个当作纪念送给了我。当时他笑着说，最后留下来的，也只剩这点东西了。"

快要吃完的时候，店主兼侍酒师的武田走了过来。武田早在10年前就秃顶了，所以在他身上没有感受到岁月的流逝，甚至脸部看起来比之前更有光泽。

"餐后喝点什么呢。今天有上好的卡尔瓦多斯。"

"是吗，就来这个吧。"

武田一边小心谨慎地倾斜着酒瓶本身就像工艺品一样的卡尔瓦多斯，一边寒暄："高林先生可是好久不见了啊。"

高林回答道："真的是啊，自从搬到京都之后就再也没见过了。"

"那个时候您可是经常光临啊，和瑞枝女士的丈夫一起。"武田恶作剧似地看着瑞枝。

瑞枝也笑着回答："不是丈夫，是前夫。"尽管只是点到为止，但拥有共同回忆的人制造出来的温暖令气氛稍稍愉悦了一些。

"对不起，失言了啊，之前高林先生经常和您的前夫一起光临。那个时候，郡司先生和高林先生喝红酒的酒量可真是惊人。"

高林回忆说："那时候还被武田先生训斥说我们这里又不是居酒屋呢。"

武田接着说："但也没办法，那个时候，我们家的意大利红酒是最全的。"

瑞枝插嘴说了句："或许那就是现在的红酒热的开端吧。"

武田连忙摆手，"那个时候和现在可完全不同。泡沫经济时期兴起第一次红酒热时，都是像郡司那样的人，只喝高价红酒。现在的红酒热，大家都只喜欢 1000 日元、2000 日元的红酒。喜欢的品质完全不同。"

高林也补充介绍道："是的，郡司喜欢罗曼尼康帝，还有玛歌、蒙哈榭之类。意大利产的话喜欢巴罗洛。总之就是喜欢连我都知道的有名昂贵的酒。"

武田接着说："那时候，喝红酒的人还不多，大家都是这样只喝名酒。"

瑞枝问："这么看来还是现在的红酒热兴起来比较好啊。"

"也不能一概而论"，武田老练地盖好红酒栓后继续说，"不太热爱红酒的人也喝起了红酒未必是件好事。"

瑞枝突然想起这家店的生意已经每况愈下的传言。

每人喝了两杯餐后酒之后两个人从店里走了出来。不想马上打车，就沿着外苑西路向青山方向步行而去。

高林感叹道："在这样的地方，竟也建了这么多的开放式露台。"

为了防寒，沿途到处都盖上了透明的塑料布。在好像正在施工的工地一样煞风景的塑料布里面，可以听得到年轻男女的嘈杂声。

瑞枝回答："这里还好吧。往表参道后面走的话会更让你吃惊吧。在那么狭窄的路上，在那种车来车往，而且毫无绿化的地方竟然也修建了开放式露台。"

"所谓的流行，说的就是这些吧。大家都想要得不行，很久之后才会考虑是否适合吧。"

西麻布这里即使过了晚上 10 点人流也不会减少。几个工薪族像是刚结束了新年聚会，从旁边的烧肉店里跟跟跄跄地走了出来。

"这周边依然很热闹啊……"瑞枝觉得高林说的这句话，多少有些做作。因为高林应该熟知西麻布 10 年前的样子，当时车要远比人多，十字路口总是因为堵车喇叭不停地鸣叫。每天晚上，在举行男性脱衣表演的大楼周边，都会有很多被称作"的士难民"的人站立在路边，拼命地拦着车。那些举着手像要投降的人，到底是要去哪儿呢？

"别这样了。"瑞枝说，"我们总在回忆过去的事情，就像老爷爷老奶奶一样，我讨厌这种感觉。"

"这是很正常的啊。见到怀念的人当然要聊过去的事情啊。"

"但我觉得这个程度有些过了。虽说是为了工作，但调查过去的事情还是很奇怪。所见所闻都忍不住和那个时代进行比较。"

"你和郡司见一面如何？"

这句话稍显唐突，高林应该是从开始就一直在考虑什么时候说出口，仿佛能感受到这句话在舌尖停留许久的温度。

"郡司很想见你和日花里，可是他好像很难说出口，见一次面很多事情可能就会迎刃而解。"

瑞枝没有回答，只是举起了左手。刚才就一直在观察这边状况的出租车迅速开了过来。

制作发布会

<第十五场> 夜晚的街道

佳代子和泽村走在夜晚的街道上。来来往往的人群。

泽村：还记得吗？那时候，每晚都拼命地打车。为了你，我可几乎是抱着视死如归的心情冲进车道拦车的。

佳代子：别再说这个了，总说过去的事情，我们就像老爷爷老奶奶一样。

泽村：没有办法。谈论过去的事情最能拉近男女之间的距离。

泽村想要用手搂住佳代子的腰。佳代子轻轻躲避。

佳代子：是吗？原来泽村你是想靠近我啊。

泽村：是啊，从过去开始我就想靠近你，可总是被你推开。

瑞枝在这里停下了正在打字的手。这个场景，在前三集中是非常重要的一幕。主人公和曾经做过丈夫顾问的律师好久不见，一起用餐之后步行的场景。设定在这里律师泽村向主人公告白。

进入一月份以后，也逐渐了解到了其他电视台的情况。据说周三晚10点的黄金时间将由三部电视剧进行角逐，四月之后还会诞生一个强势娱乐节目，由人气偶像歌手担任主持，以竞猜形式做世界美食特集。业界评价这个把人们喜欢的偶像、竞猜、世界旅行、美食家各个元素完美地融为一体的节目，应该会获得收视率冠军。

电视剧方面，据说有个电视台会采用当红女演员拍摄一部关于护士的电视剧。据说最近护士题材的电视剧都能取得稳定的收视率，而且这次背景设定不再是综合医院，而是一家私人医院。

"编剧是大冈，很可能打造的也会是一部老式的家庭剧。"文香好像特别在意这部电视剧，仔细探听了制片人和相关演员的事情。瑞枝写的剧本，从第2集开始，购买版权的订单也逐渐多了起来。

瑞枝读着电脑屏幕上的剧本，每一个场景她都会大声读一遍，检查其中是否有拗口的句子。

主人公对男方所说的台词，正是半个月前瑞枝亲口对高林说的话。如果不好意思使用这些生活中鲜活的语言，就很难写出好东西。

瑞枝接着打字。新学期伊始日花里已经开始上学了，所以下午的这个时间段工作进程最顺利。

瑞枝的工作台旁边，摆着加入热水就可以喝的速食酱汤和饭团。这是昨晚买便当作晚饭的时候顺便准备的今天的午餐，放了一个晚上应该没有大碍。瑞枝很庆幸自己不是美食家，因为美食家会坚持必须得去某家店吃，会要求必须是现做的等等，会极大程度地限制行动自由。

吃着简单到极致的午餐，瑞枝所写的下一个场景却以豪华餐馆为舞台。制片人文香和一家受欢迎的意大利餐厅达成了合作协议，电视台是出于实景拍摄方便的考虑，而餐厅则希望通过拍摄电视剧扩大宣传影响，双方的意向不谋而合。因此，剧中的主人公们，就会因为很喜欢这家位于代官山的餐馆而经常光临。

<第二十三场> 餐馆

相向而坐正在就餐的佳代子和阳介。

阳介：你的意大利面，可以给我吗？

佳代子：好啊，我已经吃不下去了。

阳介痛快地吃意大利面。

佳代子：年轻人真好啊。连吃饭的样子都那么有活力。

阳介：别这么说，你不过和我差八岁而已。

佳代子：差八岁也差很多了啊。

阳介：小孩子八岁还是小不点儿呢，从婴儿到小不点也就是转眼之间的事情。

剧本里的阳介是瑞枝和文香商量之后临时补充的角色，设定身份是佳代子所在外资研究机构的后辈。

女主演川村绘里子的经纪公司对她出演该剧并不热心。绘里子之前出演的电视剧以惨败告终，如果再让她出演连续剧，收视率不高就会成为绘里子演员履历的致命伤，所以事务所倾向于在事态冷却之前，只让绘里子拍拍广告片之类的东西。文香每天都拜访经纪公司，并拿着企划亲自找绘里子交涉。

最后才好不容易和经纪公司的女社长达成协议，以绘里子出演为条件，再起用另一名演员。这种所谓的交换条件，是影视界常有的事情。靠交换条件参演的演员就是这位扮演阳介的久濑聪。

久濑聪曾经隶属于一个非常有人气的偶像组合，在组合里他排名第二，以 10 来岁难以想象的美貌容颜，赢得了无数的狂热粉丝。

然而，他在人气冲天的时候离开了组合。说是很讨厌已经过了 20 岁还得又唱又跳的状态，想要成为一名真正的演员。

据说那时候久濑的行为触怒了他之前所属的大型制作公司的社长，社长做了各种安排想要封杀他。因此久濑独立之后几乎没接到什么工作，这一系列的纠纷也被周刊杂志炒得火热。

然而，久濑好像也没怎么在意，利用这段时间一边海外旅行，一边在剧团练习表演。之后很快就出演了 NHK 大河剧的一个重要角色，其东山再起引起了极大轰动，这可以说是久濑最后的辉煌。

现在久濑也就出演一些商业剧，偶尔在电影上露个脸。虽然也可以说是自得其乐，但与他往日的辉煌确实没法比。

恐怕对现在的经纪公司来说，久濑也成为一种负担了。刚刚出道的新人还好，可久濑被当作交换条件和女主演捆绑销售，绝对不是什么光彩的事情。

文香抱怨说："虽然是很有名，但现在没有人气，这样的人最不好用了。经纪公司也是意识到这一点才附送的。"

所谓的附送，就是在进行当红演员的出演交涉时，以此为条件再强迫剧组使用另一位演员。

话虽如此，可瑞枝却认为是意外的收获。最初也认为是迫不得已才设定的角色，可看了第一次的录像之后就发现久濑的演技确实不俗。

瑞枝以前曾经和久濑一起工作过，久濑曾经因为太过整齐而稍显轻薄的美貌，随着年龄的增长也日渐成熟，但也并未失去青春的色彩。

久濑很好地表现了仰慕年长女性的青年形象，特别是从侧面拍摄的特写表情简直无可挑剔。

虽然常被说不好合作，但试着接触一下，却发现久濑还是很好交往的。不但不提那些"磨戏"之类令人讨厌的要求，还认真地记台词，和其他演员也配合默契。瑞枝观察着久濑的表现，觉得可以逐渐增加一些他的出场机会。

手机响了，是文香打来的。从开始这份工作以来，手机几乎已经变成文香专用了。

"关于第4集。"几乎每隔一天见面，每天也要打好几次电话，所以问候之类的就全省了，"川村和古川的夜景拍摄估计够呛，两个人的日程怎么都对不上，请修改成布景交谈吧。"

"好的。"

"还有，和孩子角色的关联也想办法处理一下吧。据说是扁桃体发炎卧床不起呢。"

如果为这样的事情生气是绝对做不了编剧的。瑞枝会根据演员的日程、身体状况随时变更剧本，对整个剧情也没什么影响。扮演孩子的演员生病了，在电视剧中就说孩子到爷爷奶奶家玩去了就好。

瑞枝级别的编剧，在这种时候都会愉快迅速地解决问题，进行下一项工作。

"另外，还有后天的制作发布会的事情。"文香在这儿有点欲言又止，"还是想请你也出席一下，好吗？"

电视台一般都会在新剧开播的一个月之前，举行制作发布会。报纸周刊娱乐版的负责人，电视相关杂志的记者都会前来参加。如果是备受关注的电视剧或者演员，连普通周刊杂志的记者也会参加。

主演演员和重要的配角演员坐成一排，制片人和编剧也会落座。

但是瑞枝判断这次自己可以不去。如果是有名的编剧还好，应该没有记者会向没有知名度的瑞枝提问吧。

剧本工作有些落后，文香之前同意瑞枝可以不出席。但是现在文香却突然提出让瑞枝参加发布会。

"你作为制片人出席不就好了。我不参加也没什么啊。"

"是这样的。"文香轻咳了一下，"有好几个人咨询你是否参加发布会呢。"

瑞枝不由得叫出声来，看来世人还是没有忘记，会迅速把瑞枝和郡司雄一郎妻子这一身份结合起来。

文香接着说："可以吗？我们是希望泽野你一定出席。"

半个月前，是谁说要以剧本优先，发布会是否参加无所谓的。瑞枝对文香的前后变化有些失望。

"真的拜托了，我们派车过去接你。"文香把瑞枝的沉默当成了拒绝，所以最后使用了恳请的语气，"其实我被上司狠狠地训了一顿。因为我告诉他，你可能会缺席发布会。他发怒说，不是因为有了泽野的剧本才能拍电视剧的吗？"

瑞枝本来想说是因为有了我的过去才诞生的电视剧吧，但感觉这样让制片人难堪并非上策就放弃了。接受这项工作时，瑞枝已经做好了被人投以好奇目光的准备。只是没想到会来得这么快，而且也无可回避。

"明白了……是一点半开始吧？"

"太好了。那就拜托了。我安排台里的车 12 点接你。"

瑞枝放下手机，就起身走到配有衣橱的卧室，因为有点担心后天制作发布会的服装。

有一套去年秋天，为了参加电视台的宴会而买的柔和的米色套装，日花里夸这套衣服很漂亮。或者也可以穿那套去工作现场经常穿的深蓝色套装，这套衣服可以让人沉着冷静，充满知性。

明明是勉强答应出席，马上就开始盘算服装，瑞枝对自己这种表现苦笑不已，很吃惊自己的身体里面竟也残留着这样愚蠢的成分。

打开衣橱，发现成为编剧以来，只买了屈指可数的几件衣服。虽然质量都很好，都是些朴素的可以轮换搭配的衣服。

谁会相信这样的自己，之前曾经拥有几十个衣橱的洋装呢。

和郡司结婚的时候，郡司做的第一件事情，就是把新婚妻子过去的衣服全部扔掉。他叹息说，怎么全是些廉价货呢。

"你从今以后就穿阿玛尼的衣服吧。还有香奈儿我选的那些样式也可以。"

自己之后也确实是接受了那天郡司的建议。

制作发布会在市中心的宾馆里举行，发布会举行的地点也体现着电视台的意图。

一般情况下，制作发布会会在电视台的演播室或是会议室举行。使用宾馆或餐厅，为出席的记者准备饮料和小吃，是曾经流行的形式，但因为花费比较大，最近很少用。

今天虽然没有准备三明治和吐司，但是在会场的入口准备了大量的果汁和巴黎水。

瑞枝扫了一眼到场的记者，应该有 80 多人吧，勉强说得过去。前年的时候，某家电视台采用了人气冲天的偶像和女演员作为情侣出演，当时的报道阵容近 300 人，备受关注。但是因为据说中间也混入了为了看偶像而来的打工女孩而广受非议。

"大家好，非常感谢各位在百忙之中光临。"

主持由新东京电视台的年轻女播音员担任，为了凸显春天的气息，她穿着黄绿色的套装，声音中也充满着别样的喜悦。

"现在开始举行 4 月 12 日周三 10 点开播的连续剧《我的记忆》的制作发布会。"

在阶梯式座位上，摆着铺有白布的长桌，坐着七个人。座位的顺序应该是早有定规，首先主演坐在正中间，然后第二主演坐在旁边。这部电视剧因为有主演和副主演，采用了两名女演员，所以她们并列坐在中间，她们旁边分别坐着两位配角男演员。

从面向记者的左侧开始依次坐着制片人、编剧，最右面一般要坐被称作"收视率终结者"的大牌配角，或者是人气偶像。这次最右边的座位上坐着 16 岁的少女配角，她因为在比赛中获奖被大牌制作公司重金揽入旗下，经过打造，唱片大卖。据文香推测，这是她第一次出演电视剧，应该可以引起相当的轰动。

今天的文香，穿了件灰色的短上衣，比平时时髦很多。但是考虑到与两位女演员同台，文香几乎没有化妆。文香在这些方面考虑得相当仔细。

而这两位女演员，五分钟之前还和服装师、发型师进行最后的确认。川村绘里子和古川爱，都以善于驾驭流行服装著称。今天的服装应该也会刊登在女性周刊 Gravure 上。

主持人接着说："首先有请制片人奥肋文香介绍该电视剧的创作动机。"

文香站了起来，"非常感谢各位在百忙之中为了我们的电视剧相聚到这里。"

之前和文香一起工作的时候，这样的致辞都是由她的上司总制片人来做的。所以瑞枝很吃惊，许久未见之后，文香已经可以游刃有余地在众人面前侃侃而谈了。

"现在日本迎来了经济不景气的时代，可正是因为处在这个时代，我们才想去回顾一下 10 年前的泡沫经济时代到底意味着什么。目前，还没有好好反映那个时代的电影和电视剧。正是因为如此我们才想做出这样的尝试。这部电视剧有幸获得了优秀的剧本和最好的演员阵容，正在抱着"出精品"的态度投入制作。该剧已在上个月开拍，我们全体演职人员都在为了尽可能重现那个时代的氛围而努力着。请各位一定多多关照周三 10 点开播的《我的记忆》。"

这样的时候也会有制片人喋喋不休说个不停，但因为记者们的真正目标是主演们，所以尽快结束才是上策。文香似乎很明白这点，很快就结束了致辞。

主持人接着说："接下来有请担任编剧的泽野瑞枝女士致辞。"

尽管已经经历了几次制作发布会，但瑞枝还是很紧张。起身的时候，椅子不小心发出了声音，心跳就更加速了。

"非常感谢大家光临现场。我是负责剧本编写的泽野。"

这时坐在前排的摄影师中，有三个人把镜头聚焦到瑞枝，不断地按快门，这是前所未有的事情。

这几个人是冲我来的，瑞枝咽了口口水稳定了一下情绪。虽说是在意料之中，但今天到场的媒体阵营中确实有人把自己当作目标。

"实际上，关于泡沫经济时代的事情，我几乎全都忘记了，所以参考了各种资料。那个时代的日本人人都如此，好像都只保留了快乐的记忆。电视剧里传达的也正是这种情感。请各位多多关照。"

本来瑞枝准备了更长的发言，但实际上连一半也没说到。

编剧之后，女主演手持麦克风准备发言。前方的摄影师们全都不停地拍照，和瑞枝刚才的情景完全不同。

川村绘里子嫣然微笑着和大家打招呼："我是饰演森冈佳代子的川村绘里子。"

绘里子的声音里透着点拘谨，年过三十，由于现在正处于从偶像演员到实力演员的转型期，稍稍表现得紧张一些正好衬托出了她的天真无邪。

"我扮演的角色是在研究咨询机构工作的职业女性。有一个孩子，在泡沫经济时代和有名的实业家结了婚，是一位复杂的女性形象。而且，还和丈夫曾经的律师产生了感情。读剧本的时候，我为是否能胜任这样一个有深度的角色感到不安，但感觉这是一位非常有魅力的女性，特别想要挑战一下。我一直在努力地演好她，还请各位多多关照。"

瑞枝想起了川村绘里子提出修改剧本的时候，简直是用和眼前值得钦佩的态度判若两人的口气，命令制片人做各种各样的修改。但是，听了这样的演讲，也就懒得和她计较了。演员本来就是这样。

"接下来有请扮演佐佐木奈美的古川爱小姐。"

主持人请出了担任副主演的演员。古川爱是赛车女王出身，拥有着引以为傲的匀称身材，最初作为平面模特很是活跃，出演电视剧之后以不俗的演技博得了认可，成为演员之后虽然也一直保持着稳定的人气，但眼看就 30 岁了还没有达到主演的层次。

"非常感谢大家百忙之中前来捧场。我是古川爱。"

古川爱在这里摆了一个不可思议的姿势——挺胸，微微扭动腰肢，绽放着恶作剧般的坏笑，接着说："为了再现泡沫经济时代，我今天特意穿了身当时最为流行的阿莱亚。这可是那个强调身体曲线的时代代表性的服装，现在穿也没有什么违和感。"

之前觉得她随便穿了件紧绷的衣服，原来还有这样的玄机。

场内一片嘈杂声，大家纷纷开始议论："啊，还有这样的东西啊。"

充满了怀旧和好感。摄影师比刚才绘里子发言的时候拍得还卖力。

看来古川爱今天是完胜川村绘里子了。

之后，扮演律师的演员、扮演仰慕绘里子的青年的久濑聪、偶像歌手都简单地发了言。最后是记者的提问环节。

主持人宣布："有什么问题的话，请举手。"

最先提问的是坐在正中间、戴着眼镜的年轻女性，连瑞枝都知道她是电视信息杂志的记者。

"我想问一下川村绘里子小姐。这次您扮演的是位离过一次婚的女性，现在单身妈妈的数量一直增加，您如何看待这样的风潮呢？"

绘里子接了过麦克风："我还没有结过婚，本来没有资格讨论人生究竟该如何走。但我感觉一个人养育孩子真的是很辛苦，我很佩服那些单身母亲，至少我没有这样的勇气，我必须得先找到一位看起来可以天长地久的老公。"

尽管并不是多有意思的发言，但会场里还是响起了阵阵窃笑，这笑声更多是出于对女主演的尊重。

"还有其他问题吗？"主持人不知为何卖弄风情般地歪头提问的声音刚落，就看到一只灰色西装袖子中的手举起来了，是坐在第二排的一位40来岁的男性。

"我想向编剧泽野小姐提问。"

"好的，您请。"

瑞枝感觉腋下好像突然收缩了一下，在记者发布会上，瑞枝可是第一次被点名提问。

"根据这份资料，川村绘里子所扮演的女性，曾经和被称作泡沫经济时代的宠儿的男性结婚，如今带着孩子工作。这么看来，这不就是泽野小姐您自己的故事吗？"

尽管瑞枝和文香在事前商量时，已经意识到很可能会出现这样的提问，但是男记者的提问还是动摇了瑞枝的决心，舌头也有点不听使唤了。

　　"我也觉得可能会有人这么说……但是作品和私生活完全没有关系。"

　　"即使您说没有关系，但主人公的人生，不就完全是您的人生吗？"男记者的语气很强硬。瑞枝一瞬间甚至怀疑这个男记者对自己的前夫满怀憎恨。

　　"可以把这部电视剧看作是泽野瑞枝。"这时，从意想不到的地方传来了意想不到的说话声，发言的是坐在座位上的久濑聪，"提这样的问题，似乎太无聊了吧。"

　　久濑冷笑着说。因为嘴唇很薄很漂亮，所以冷笑时看起来很是心术不良。

　　"所谓的电视剧，就是要努力让观众相信我们制作的内容是真实的。追根究底到底哪里是真实的，哪里是虚构的，真的让我们很为难。"

　　会场内顿时布满阴云。电视剧的制作发布会，一般应该是在一团和睦的氛围中进行。记者们问一些角色设置之类的无伤大雅的问题，演员们也以机敏的语言来应对。偶尔有绯闻缠身的演员在座，被问及私人问题时，就会被主持人劝诫："请不要提与电视剧无关的问题。"这样反倒可以促使会场的气氛高涨。

　　然而今天聪却直接责备记者的无礼，在中年男性想要再次发言之前，瑞枝抢先开了口。

　　"正如刚才久濑先生所说，这部剧的主人公的经历确实和我有相似之处，但也仅仅是相似而已。编剧的时候我想，如果我所了解的、我所感触到的能对这部电视剧有所帮助就太好了。而这正是我身为编剧理所当然要做的事情，所以对此没什么好说的。"

瑞枝刚才的紧张和害怕都消失了，不仅可以流畅发言，最后甚至还可以微笑着面对众人。感觉到房间里的气氛有所缓和，担任主持的播音员就马上用明快的声音宣布："接下来请问下一个问题……"

记者招待会之后，还有拍照环节。工作人员和演员们排成一列的照片、演员们的照片、主演们的照片、女主演和男配角相拥的照片等等，拍摄了各种不同的照片。

记者们回去之后，演员们还不能离开。好不容易把大家的日程都凑在一起，之后几乎所有的演员都要回电视台读剧本。

瑞枝之前就在犹豫要不要也参加一下。演员们看剧本时编剧到场的话，可以根据演员们的意见当场修改台词，可另一方面有的演员真的很麻烦。瑞枝想要先回忆一下这次的主演级别的演员都是些什么类型的。

瑞枝一边回忆着，一边找寻聪的身影。在人少的房间角落，聪正在接受一位女记者的采访。

聪看到瑞枝，轻轻举了下手，瑞枝也回应了一下。女记者终于离开之后，聪走了过来。

"刚才谢谢了。"

"谢什么？"

面对生硬地仰起脸的美男子，瑞枝有点说不出话来。

"刚才你帮我圆了场啊，帮大忙了。"

"没什么，是那样的问题太让人火大。那位大叔，是周刊杂志的自由记者，去年还是前年，在发布会上也做了奇怪的事情。所以才记着他的脸，就忍不住发作了。"

如果说是去年或前年，那就应该是聪和一位女演员的交往被发现时候的事情。女方相当痴迷，两个人一有点什么事就马上拿出来炫耀，据说聪实在忍受不了这点。总之就是年轻男女常有的恋爱故事，被无所事事的娱乐节目、周刊杂志炒作了很久。

"你去电视台吗？"

"不去了，今天没我的戏。我直接回去。"

那一瞬间，瑞枝感觉自己的剧本被无视了。因为聪的角色是在刚开始创作剧本的时候硬塞进来的，他不重视也很正常，而且，本来出场也不多。

"我送你吧。"

"那太好了。"

瑞枝感觉今天自己也没有必要再去电视台参加演员们的剧本阅读了。

两个人一起向地下二楼的停车场走去。聪的车是辆银色金属光泽的保时捷，这车很适合演艺界人士开，瑞枝上车的时候多少有点害羞。聪戴上太阳镜之后更帅了。他白人一样的侧脸，和流行的彩色太阳镜非常配。

"今天很漂亮。"

保时捷的座椅相当倾斜，所以身体也跟着倾斜了，想说点什么时声音也变尖了。瑞枝意识到无论做编剧多少年，自己看到演艺界的人就会害羞这一点是不会改变了。"别取笑我了。"

聪露出白色的牙齿笑了。出了宾馆的停车场，早春午后的阳光一下子就照到车里。

"其实呢，"聪接着说，"我很久以前见过郡司先生。是我忙得不可开交的那个时候，有一个向备受关注的话题人物学习人生经验的企划，安排我和郡司先生在 *PLAYBOY* 上对谈。"

"是吗……"

这应该是真事。郡司那个时候很喜欢在各大媒体上出现，绝对不装，很坦白地讲述自己的成功故事。当时的时代气息也是如此。

"郡司先生很酷。那时候具体说了什么我已经记不清了，但我还记得他说的那句'男人要知道进退，知道了进退就会交好运'。"

"像是他的风格……"瑞枝笑了。

郡司很擅长说这种箴言，这也正是媒体对他格外青睐的原因。他本人也一定充分意识到了这点。

"是呢，郡司说了这样的话。可能是因为太露骨没能刊载出来……"聪说到这里有些犹豫，可能在想虽然趁势说到这里，但还是不说比较好吧。

瑞枝鼓励他："没关系。那个人很擅长说刺耳的话，我不会吃惊的，你说来听听吧。"

"郡司问我有女人吗，我回答说有很多。之后，他说男人的价值取决于能让自己高兴的女人的数量。但把全部精力都耗在那些蠢女人身上的男人也是蠢货……"

"哈哈。"

聪的全盛时代，应该也是 10 年前。那时瑞枝刚刚和郡司结了婚。郡司说这样的话到底是什么意思呢？他提到的"蠢女人"，指的是他那些外遇对象吗……不，应该没有任何意义，郡司到一个场合，就可以说出仅在这个场合让对方开心的话。也应该不是指和自己结婚的事情。

"我这次见到你，才明白郡司选择的女人原来是这样的。"

"别这么说，我是一个虽然被他选中了，但很快就分开了的女人。"

"郡司说过，金钱散发着甜美的味道，很多女人会被金钱所吸引，聚拢过来。但其中也有感受不到金钱气息的女人。也有女人是奔着自己的男性气息来的。自己的气息和金钱的气息混杂到一起以后区别起来很难，不过也不是绝无可能……"

"男人真的是不可思议。他们还是喜欢被自己的金钱和权力迷倒的女人，认为她们很可爱。"

瑞枝脑海里浮现出和前夫有过关系的几个女性。其中有个混血儿美女演员，主持过深夜节目，失去人气之后就做了银座的女招待，前夫曾经对她很是痴迷。离婚的时候，被律师提醒拿到手的信用卡账单上，有令人咋舌的女性购物记录。在香奈儿、路易威登这样的店里，那个女人分别消费了近百万日元。

"即使知道女人是为了钱，男人还是很高兴。可能有人会想郡司为什么会被那样的女人骗呢。其实他本人也是很清楚的。他会把这看成是有度量，或者是很开心见到自己也可以变得愚蠢吧。我到了这个年龄算是彻底想明白了。对这种男人来说，比起真心和诚意，女性的狡猾反而更能吸引他。"瑞枝说。

"我感觉我好像也明白了……"聪小声嘀咕，"我之前从来没有想过。我很想和不把我看成艺人和名人的普通的可爱女孩交往……但是，最终还是厌烦了这种类型的女孩。好像不被蛮横娇纵地对待，就没有恋爱的感觉。所以最终交往的还是演艺界的女性，还认为只有像我这样的人才能驾驭坏女人，真的是很愚蠢。"

"这挺好的啊。只有没有金钱没有能力的男人才会想要和温柔可爱的女孩交往。像你这样的明星，当然还是有着足够的能力啊。"

之后，瑞枝仿佛自嘲一样吐露心声："像我前夫那样的人也因为一时兴起选择了普通女性。因为对当时的他来说很新鲜。但是，他和你一样，也是特别的男人。娶我这样的女人为妻，他的能量会剩余很多。所以才会变本加厉地出轨。"

感受到一吐为快的瞬间，瑞枝突然意识到可以这么写，很想马上就开始写回忆的场景。

瑞枝命令旁边的美男子："在那边的地铁站停一下。这样会快些。"

回忆之一　一九八六年

1986 年 5 月,25 岁的瑞枝站在青山的 Bell Commons 商业大楼前面,身上穿着刚买的 Agnes b 的短上衣,脖子上系着爱马仕的围巾。好像有谁说过瑞枝长了张"少女漫画中的脸",还确实如此。大大的黑眼睛配上薄而小的嘴,脖子又细又长,过去的话毫无疑问会被当作美女,现在却不怎么受欢迎。

瑞枝也曾模仿屡次造访的出版社的女编辑,穿过 Y's 或是 COMME des GARÇONS 的洋装,但总觉得不是自己的风格。自己的长相如果穿了前卫的衣服就会失去自我。最近一段时间很是老实,固定一副普通白领的打扮,被编辑部的人评价为"无论何时都一尘不染的撰稿人"。也是因此,瑞枝从未被安排过被称作"撰稿人之花"的时尚页面的工作。对名人长篇采访的报道,也会由更专业的撰稿人承担。

瑞枝进入这个行业已经是第三个年头了,被委派的工作也多是介绍新刊的短评、料理店的现场报道之类。因为采访餐馆和咖啡店是非常细致费事的工作，所以出版社大都委派年轻的撰稿人来做。最后的试吃环节，也就是最有意思的一部分内容，一般会派遣资深撰稿人或者出版社的编辑担任，之前的采访申请、店内摄影等工作，则由瑞枝承担。

对当时的瑞枝来说，今天的采访是已经做了很久的工作。瑞枝为之工作的女性杂志有一个连载专栏"东京好男传"，原本是刊登对演艺界人士、文化界人士或者体育选手等人的采访报道。但是，因为只有一页的黑白报道太过简单，不少一流的演艺界人士会因为感觉不划算而拒绝采访。所以最近逐渐改变了编辑方针，更多采访一些人气店面的店主或者主厨，也就是更多地邀请市井名人接受采访。这页专栏几乎固定是由 30 岁左右的女性撰稿人来负责，所以大约每三次就会轮到瑞枝一次。

特别是今天的采访对象可是相当厉害的人物，是郡司雄一郎，一位被称作"咖啡吧之父"的实业家。最近其他杂志也经常刊登关于他的报道。

瑞枝走出位于商业大楼 Bell Commons 一层的咖啡屋"咖啡野郎"，走到墙边的公共电话前。

"我在等摄影师，怎么还没来呢？"

"真奇怪，伊藤一向很守时，一定会到的。"话筒对面传来责任编辑悠闲的声音，应该是下午两点才刚吃完午饭吧。

"但是我从 1 点 45 分等到现在，已经过了 10 分钟还没来。"

"可能是查尔斯王子和戴安娜王妃来访，那边限行吧。"

"不会的。昨天已经举行过阅兵式了　　"

"你再稍等一会儿吧。"

"和对方约的是两点，晚了的话不好吧。"

"是的。今天约的可是郡司雄一郎，人家那么忙还接受了我们的采访。"

"他的秘书再三强调只有一个小时的时间。"

"太摆架子了。那个人刚开始出名的时候，一有采访就高兴得不得了，能聊好几个小时。你再稍等一会儿吧，还不来的话我打一下他的传呼机……"

瑞枝觉得她太自以为是了。本来今天责任编辑也应该参加采访的，可她以各种各样的理由搪塞不想出来，瑞枝只好和不熟悉的摄影师两个人过来。

瑞枝站在 Bell Commons 前面等摄影师。五月的青山大道上，已经可以看到身着白色衣物的人。眼前两位把头发剪短的少女正在步行，最近很流行好像男孩一样的短发。有些人会每天剃干净脖颈发际的头发，那些青色的剃痕酝酿出一种奇妙的性感。

眼前有辆出租车停了下来，背着大相机包的摄像师伊藤下了车。伊藤穿着 T 恤和牛仔裤，牛仔裤前面的拉链上赫然挂着限定版的牌子。

"对不起，我迟到了。"

"这就出发吧。办公室就在那边。"

两个人步行出发，可能是为了拍摄英国的来宾，直升机一直在大楼之间盘旋。

从青山三丁目的十字路口往千驮谷拐的道路，在东京奥运会之后也依然保持着相对的清静。但是最近变化很大。三年前主要出售外国文具的 "On Sundays" 收购了街道对面的建筑，邀请纽约有名的涂鸦艺术家凯斯·哈林画上了壁画。如今像孩子涂鸦一样的绘画，已经成为这周边的新风景。

这栋建筑前面，就是郡司雄一郎经营的咖啡吧"曼谷之夜"，虽说是去年开始营业的，但现在人气丝毫不减。店里装饰了很多热带树木，和一些蓝色、红色的稍稍有点复古感的灯具，反而让人感觉非常时尚。

之前在原宿也开了一家很大的咖啡吧，有一面墙是用水槽做的，里面畅游的热带鱼一度成为热门话题，可是"曼谷之夜"开业之后，模特、演员之类的客人全都被吸引过来了。

郡司雄一郎的办公室在这栋建筑的五楼。这栋建筑并不大，却是有名的建筑师呕心沥血用混凝土和玻璃精心打造而成。瑞枝最近一走进这样的建筑，就不太淡定，因为感觉被太多的"概念""后现代"之类的词洗脑。

如今，东京各种新的建筑如雨后春笋般不断涌现出来。这些建筑就像新品种的植物一样成长速度非常快。不久前刚看到土地被围起来，很快大楼就诞生了。就像成长快速的新品种植物一样，这样的建筑都很有个性。因此瑞枝觉得一走进这样的建筑，就会被其个性所折服。

乘坐透明的观光电梯到达五楼，空间明亮得让人不好意思。天井像天文馆一样开得很大，阳光自由支配着铺有地板的房间。因为阳光实在太好了，在意斑点和皱纹的40多岁的女性，应该在这里待不了五分钟。

郡司的秘书当然是20来岁的年轻女性，穿着垫肩很大的套装，长着与套装不太相配的楚楚动人的脸庞。敬语的使用、倒茶的礼仪，无疑是经过了很好的训练。"社长很快就过来，请稍等一下。"她微笑的样子，就像百货商场的电梯服务员一样。

瑞枝坐在卡西纳的沙发上环视四周。这里应该是接待室吧，摆放着类似仙人掌的观赏植物，墙壁上装饰着几幅大的近代绘画。其中有一幅画上画着的几何学图案，无论怎么看都像是只能在暖炉被单上才能看到的。瑞枝不由得对正在准备器材的摄影师伊藤说："看这个，和我们老家使用的暖炉被单很像，连颜色的搭配都很像。但即便如此，画成画就很贵吧。"

"是的，很贵。"刚想伊藤的声音怎么有些不同呢，就看到观赏植物的后面出现了一位男性。本以为来人会推开接待室的门进来，没想到接待室的后面还有一个房间，他就从那里走了出来。好在瑞枝并不慌张。

瑞枝马上就意识到他就是郡司雄一郎。比照片上气色更好，也更年轻。不过本人长了点肉，已经濒临微胖的边缘。

像大多数在城市居住的男性一样，郡司恐怕也加入了哪家体育俱乐部，在拼命地锻炼吧。

"这幅画的作者是——"那是一个听十遍都很难记住的名字，郡司却非常流利地说了出来。据说是位波兰裔的美籍画家。

"他的画，最近被纽约近代美术馆收购了，你却说像暖炉被单。在油画中能够创造如此韵律的恐怕非他莫属。"

郡司点头致意，瑞枝第一印象感觉郡司开朗但稍显做作。

"对不起，但是真的和我们家使用的暖炉被单很像……"

"没关系，没关系。面对这样的画，能够坦率地说出心中所感也挺好的。"

郡司不慌不忙地端详了瑞枝递过来的名片和瑞枝的脸。

"你作为杂志社的人可是相当可爱。之前过来的女编辑长得都很丑，所以你说像暖炉被单也原谅你了。"

瑞枝开始采访以来，还是第一次被这么露骨地戏弄，所以就用更加郑重的表达来表现自己的不快。

"您是否认为时代在跟随着您的脚步？"

"这是不可能的。"郡司兴高采烈地回答道。长着淡淡黑痣的嘴唇也因为愉快的心情而咧开，看来是很喜欢谈自己的人生，满脸的踌躇满志。

"可能发展到一定程度的人，都会和我说同样的话。我们决不会去考虑是否和时代合拍，是否会被世人所接受。只是认为这样做的话会很有意思或者很愉快，把自己想做的事情——实现罢了。然后就会给人一种引领时代的感觉了吧……"

"能这么说的，恐怕只有极少数特别幸运的人。您认为自己是个幸运的人吗？"

"我确实是个很走运很幸运的人。但是如果被别人说幸运，我会生气的。"

"是吗，那您现在生气了吗？"

"是呢。只能认为别人是在嫉妒。"

"这也是无可奈何的事情。我们日本人，对从事土地交易的人还抱有一定的偏见。认为房地产交易毕竟不像松下幸之助那样有很了不起的发明，只是把已经存在的东西来回倒手赚钱的观念仍然很强。"

"哎呀，还真没看出来，小姑娘说得还头头是道啊。"

郡司把嘴唇噘了起来，瑞枝感觉这也很做作。

"之前，有报社的人过来采访。我看出来他也很想说这个，就是一种婉转的讽刺。"

"如果是男性的话，这种观念会更强。"

"我已经和这种偏见斗争了10多年了。看看人家美国和加拿大，房地产业是一种备受尊重的高尚职业。可在日本，无论何时，房地产业都被不公平地对待。如果说我有一个伟大梦想的话，就是要提高房地产业的地位。"

瑞枝认为郡司的最后一句话所言非虚。"可以问您一个比较无聊的问题吗？"

"可以啊，我很喜欢无聊的事情。"郡司唇间那想要捉弄瑞枝的微笑又掩藏了起来。

"为什么从事房地产业的人，都戴着纯金的劳力士表呢？"

"是吗？"郡司抬起左手，看着从条纹衬衫袖口露出的手表，"也不是都戴劳力士。年纪再大些的人更喜欢浪琴，年轻人喜欢卡地亚和米拉斯卡欧。"

"是吗？我不太了解房地产业的事情，只是感觉在街上看到的人一般都戴着劳力士。"

"这么说的话，周边可能确实是戴劳力士的人更多些。手表对男人来说是非常重要的，而且也是马上可以引人注目的。我们不都是在为了这个目的而赚钱吗。"

"您刚才说了要赚钱，但最近谣传您最浪费钱是怎么回事呢？"

"我可没有浪费钱，即使别人不知道，我可是很注重收支平衡的。"

"从哪儿的杂志上看到，您最近好像刚买了艘游艇吧。"

"哦，你说的是游艇啊。经常在游艇上招待客户或者朋友，时不时举行个宴会，这可说不上是浪费。"

采访对象和采访人之间稍稍有了点不快。和郡司见面时，瑞枝盘算了一下。这个自诩豁达幽默的男人，可能需要稍稍刺激一下才能说出有意思的话。可郡司以成熟和强硬轻松化解了瑞枝的问题。可能郡司已经厌倦了媒体对自己所谓现代英雄、赚了大钱之类的定位。

正在这时，摄影师伊藤过来了，小心翼翼地征求郡司的意见，是否可以在别的地方再拍一组照片。

"那我们去楼顶吧。那里有游泳池,这可是我从没向外人展示过的私人游泳池。"

瑞枝和伊藤相视一笑,这可太棒了。

游泳池的话,就不会有那么重的暴发户气息,一定会拍到很好的照片。

楼顶有一个10平方米左右的游泳池,已经放好了水,那水蓝得不可思议。

游泳池周边立了几根圆柱,里面建了一个用御影石做的吧台。可能是由于季节尚早,吧台上并没有摆放酒瓶和玻璃杯,椅子也都还折叠着。

"您经常在这儿游泳吗?"

"很少。刚建的时候想实行会员制,和熟人也都打了招呼,后来感觉这想法太老土……"

"那么,现在也只是偶尔当风景眺望一下?"

"是的。"

这周围没有高层建筑,所以可以看到远处神宫的绿树。车辆的噪音也传不到这里,正值正午,城市的屋顶非常安静。可能因为圆柱是希腊风格的缘故,游泳池好像是建在废墟里的感觉。听说没人在这儿游泳之后,这种感觉就更强烈了。

"站在这里好吗?"

郡司价格不菲的西装裤的裤脚随风飘扬着。西装和泳池的组合稍显不自然,但也另有一番效果。

"要不要把胳膊交叉到胸前试试,这看起来是不是更像我的风格?"郡司突然说出了这么一句自嘲的话。不知为何,从那以后瑞枝一直想起郡司的这句话。

"很酷。太棒了。"伊藤单手拿着相机从各种角度拍摄，看来是相当满意这样的构图。

瑞枝想拍照还得一段时间，就走到游泳池旁边往里看。刚才还在惊奇这里的水为何这么蓝，一看之下就明白了，原来是因为游泳池的四壁从中间开始刷成了蓝色。尽管很漂亮，但瑞枝还是觉得没有必要刷这么浓重的蓝色，在池边发了会儿呆。

"泽野小姐"，听到叫声之后瑞枝吃惊地抬起脸，从郡司的视线中意识到他一直盯着自己凝视水池的侧脸。

"采访这就结束了吗？"

"是的，约定的就是一个小时。非常感谢您在百忙之中接受我们的采访。"

"你再多采访我一些吧。"郡司笑着说，"你净问些故意刁难的问题，恐怕是写不好报道的。"

"是吗？"

"我7点有空，一起吃个饭如何？如果想要更多地了解暴发户的事情，不一起吃饭可不行。"

正如瑞枝预想的，郡司的车是辆大型奔驰，而且还配有车载电话。车载电话的安装费用、通话费用都高得让人难以置信，即使在整个东京也很少有。瑞枝无论如何都想打一次。

"可以给朋友打个电话吗？"

"当然可以，乡下也打得通。"

瑞枝拨了杂志社的号码，打给和自己关系很好的女编辑。

"喂，是我，瑞枝。"

"哦，瑞枝啊，有什么事吗，这个时间打过来。"

"你知道我在哪儿给你打电话吗？我正在青山大道上行驶呢，我用的可是车载电话。"

"是吗，声音可真清楚。这可是我第四次接车载电话了。"

"声音清楚吧，我可是第一次打车载电话。"在旁边开车的郡司听到这里放声大笑。

"瑞枝是和哪位男士在一起吗？"

"是啊，你可别吃惊，我和郡司雄一郎在一起。"

"哦，是那个开了很多咖啡吧的实业家吧。"

"是的，今天去采访他，就被顺便邀请吃个饭。"

"我的声音，他听得到吗？"

"听不到，听不到。"

"据说那个人很好女色，你可要当心。"

"想到哪儿去了。我是为了继续采访……那回头再联系吧，我先挂了。"

刚放下话筒，郡司就问："朋友是不是提醒你要提防我了？"

"没有。"

"告诉你朋友，是因为你对我抱有很多偏见，为了好好修正一下你的观点，今晚才请你吃饭的……"

奔驰出了青山大道后左拐，往根津美术馆的方向驶去。

"想了好久去哪吃比较好，最后还是决定去小大的店。"小大这个名字到底是谁，也在媒体界工作的瑞枝一听就明白了。小大说的是冈田大二，一家有名的中餐馆 DAINI'S table 的老板，是位很帅的青年，另外他还拥有好几家只招待上层人士的店铺。

是否是冈田大二的朋友，甚至会左右那些城市里自诩为上层社会的人们的价值。

郡司稍稍放缓了车速，左手熟练地拨号，用一种只有常客才能使用的熟稔的口气说："喂，我是郡司，小大在吗？哦，他出去了吗？那你给我准备张桌子，因为是和一位漂亮的小姐一起，最好是里面的座位。你布置一下，我大约五分钟后到。"

在根津美术馆的围屏旁，有一座豪华的宅邸，门口立着两只狮子代替门柱。每次瑞枝从这里通过时都会偷偷称它为"小三越"，郡司就在这里随随便便停下了车。

那家让瑞枝激动不已的餐馆 DAINI'S table，位于砖混建筑不显眼的地下。从狭窄的楼梯下来时，已经可以感受到店内的嘈杂。这家店并不大，像法国料理一样一道道上菜，那些吃着蛋清煮干贝、荷叶蒸虾的客人，看着比任何一家料理店中的客人都奢豪。有名的艺能制作公司的女社长，正和一位初露头角的偶像吃饭。旁边座位上坐着以巴黎为主阵地的服装设计师，传言喜欢男色的他，正大大方方地和一位看似其恋人的年轻男子喝着红酒。

因为收拾座位稍稍需要一点时间，所以两个人就先坐在等待用的吧台。郡司说是开车来的，就点了杯姜汁汽水，瑞枝要了杯金巴利苏打水。这是瑞枝最近终于记住名字的餐前酒。

"这家店什么时候来都是名人满座。"郡司看了眼四周，"即使在东京像这样全是名人的店，也几乎没有了。"

"是吗？郡司先生开的'曼谷之夜'不是也有很多名人光顾吗？"

"水准不同，光临'曼谷之夜'的主要是模特和年轻的配角演员，而来这里的都是女主演级别的人物。这就是所谓的店的格局不同。"

郡司咕咚咕咚地喝着姜汁汽水。

"你也是媒体人，应该明白吧，现在我已经在考虑停止咖啡吧，只有像这样规格的店才能走得长远。"

郡司讲了下面的话——在东京大约有 300 多位被称作名士的人。新的店开张时，如果在开业晚会上有这些名人出席，这家店就会声名鹊起。名人经常出入这家店的话，就会有很多以名人为目标的、与时尚相关的，或者是媒体界的人光临，直到有普通人出现的时候，那些名人就消失了。

"也就像捏手背游戏一样，这个过程没完没了。虽然到现在为止我建了各种各样的店，但是在这方面拥有才华的人可是数不胜数啊。"

"是这样啊。"

"对啊，比如说像这家店的店主大二一样能改变东京夜生活的人。松井雅美也很厉害，当我看到芝浦的仓库街突然冒出家'TANGO'时，我真的是很吃惊，要是我也能早点想到该多好啊。"

"郡司先生，您所说的我可以记笔记吗？"

"不行。"郡司制止了瑞枝正伸向手提包的手，他柔软的手一直放在瑞枝的手背上。"这家店，如果看到有客人拿着这么奇怪的东西，就会把你赶出去的。"

瑞枝只好把手伸向盛着餐前酒的酒杯。

"我明白你是想认真听我的话，这样的话，如果在五年前说出来会当作大话被人耻笑，但现在大家都会很认真地听，现在就是这样的一个时代。"

郡司窥探着瑞枝的眼睛，之前的做作都消失了，专心地探求瑞枝是如何看待自己的。瑞枝不知道该如何面对年长且初次见面的男性的这种凝视，只能努力回避郡司的目光。

"即使不去埼玉、千叶，东京现在还有很多土地处于沉睡之中。去汐留或者东京湾周边的地方看看，有令人难以置信的广阔的土地还处于荒芜的状态。我要在那里建铁道，让电车 24 小时运营。我想让你明白这是一件多么伟大的事情……"

"真的那么有意义吗？"

"当然了！"郡司深深地点头，"从汐留到银座只需要15分钟，如果在那里建几幢超高层公寓的话会如何呢？工薪阶层结束了工作，回到家冲个澡换好衣服，然后晚上再去逛逛街，这会彻底改变工薪阶层的生活方式。这可是日本有史以来的大事件。我就是为这个计划而整日坐立不安。现在已经有几个项目开始建设了。你因为我做房地产工作而看不起我，可房地产工作会改变日本的未来的。"

看来瑞枝之前的话，郡司还是很难接受的。

终于有黑色服装的侍者过来通知座位准备好了。郡司遵从礼仪请瑞枝先走，虽然只有六七米的行进路程，但对瑞枝来说却是一件很难为情的事情。

瑞枝看到了好几张经常在电视或者杂志上出现的脸。有一位不是演员也不是名人的女士也非常美丽。瑞枝感觉好像只有像她这样漂亮才具备在这里用餐的资格。

那位女士在餐厅里相当惹人注目，头发被松松地束起，穿着露肩的黑色连衣裙，妆虽然不浓，但眼睛和嘴唇都清楚地被勾勒出来，即使在店里昏暗的灯光下也熠熠发光。

她看到郡司以后，轻轻用眼神致意，"好久不见。"

郡司马上也微笑致意："看起来很不错啊。"

"托您的福，您才活跃呢。什么时候再请我去游艇上玩啊？"

"好啊，随时打个电话就行。"

"那我可能过几天就和您联系。"

"好的，我等着。"

好像是出于礼仪，郡司到最后都无视那位女士的男伴。她也没有介绍。

"好漂亮。"瑞枝一坐到里面桌子的座位上就发出感叹。虽然确定不是演艺界人士，但看她娴熟的交际手腕也不是普通女性。

"她曾是京都有名的艺妓。"郡司满不在乎地回答，"最近我们经常去京都玩，京都特别有意思，在取悦男人方面有着漫长的历史。"

"是玩的时候认识她的吗？"

"不是，她已经不是艺妓了。我的朋友花了两亿还是三亿日元为她赎身。简单来说就是把她带到东京当情人了。"

"为何听了郡司的话，感觉好像是假的，又好像是真的呢？"

"是真的，我证明给你看，下次一起去京都吧。领你见识一下什么是真正的奢侈。"

＜第十八场＞ 夜 · 回忆

在可以看到海景的餐馆里，佳代子和浩一相对而坐。

佳代子：像池田先生这样有钱的名人，说这样的话，我很难相信。只能认为您在戏弄我。

浩一：我是真心的，你满怀好奇地走入我的世界，却轻视着我和我的金钱。真的很可恨，真的是个很不可思议的人……

＜第十九场＞ 夜 · 回忆

停车交谈的佳代子和浩一，透过车窗可以看到东京湾的风景。

浩一：真的是第一次遇到像你这样的女人。我想要把一切都给你，而你却在心里笑我……

佳代子：没有笑，只是不知道该如何是好。

浩一：不是，你在心中是这么想的——想要用钱买女人的欢心吗？蠢男人。

佳代子：（好像下了决心）池田先生，我觉得自己是个狡猾的女人。

浩一：为什么这么说呢？

佳代子：香奈儿、路易威登的礼物、餐馆里的饕餮盛宴，这样的东西我都很喜欢，很期待。可是我明白，如果喜欢这些东西的话，就和你身边的其他女人一样了，所以我必须装作不喜欢的样子。我在算计，我太狡猾了。

浩一：啊，佳代子，你真的是太可爱了。

浩一抱着佳代子亲吻。

浩一：我就迷恋你这个样子。

佳代子：（小声娇喘着）因为我是正直的好孩子？

浩一：不是，是因为你比自己说的还要狡猾。

＜第二十场＞　白天 · 机舱中 · 回忆

佳代子：头等舱的安全带，要比经济舱的安全带宽两倍呢。太棒了。

佳代子轻微活动了几下身体。

浩一：累的话把活动靠背椅放下来试试，可以躺直的。

佳代子：真的吗？

空姐送来了香槟。

空姐：池田先生，森冈小姐，非常感谢乘坐我们的航班。我是到火奴鲁鲁之前为您服务的乘务长盛田。如果您有什么需要请随时吩咐。

佳代子：麻烦您了。

空姐离开之后，

佳代子：我们的姓氏不同，人家会觉得很奇怪吧？

浩一：她们都是专业的，不会大惊小怪。现在坐头等舱的男女大都姓氏不同。不过，我和你很快就会变成同一个姓氏了，我们这次旅行回来就一定改。

佳代子：你不用勉强……

虽然不是什么演艺界名人，他们也并没有大肆宣传，还是有几家媒体刊登了郡司和瑞枝结婚的报道，大都是在报纸周刊上发表的小型报道，出于好意的命题为"泡沫宠儿的纯爱物语"之类的内容。只有一家例外，使用了两合页的大篇幅来报道，上面还刊登了瑞枝穿着婚纱和郡司穿着晚礼服的合影，两个人都记不清是什么时候拍的照。分别在教会和餐馆举行的结婚仪式和宴会也仅仅邀请了关系非常亲密的50多人参加。之后接受电话采访，才知道当天有专业的摄影师混进来了。

这个长篇报道的题目是"以丰岛园为媒的灰姑娘物语"。

"以杂志采访为契机，捕获年轻亿万富翁之心的泽野瑞枝25岁，如图所示是位楚楚动人的美女。"

这一段表述，极大地消解了瑞枝对被写真周刊偷拍的愤怒。为此，瑞枝被新婚丈夫取笑了好多次。

"新郎郡司雄一郎34岁，即使不知道这个名字，说起'咖啡吧之父'您就会恍然大悟吧。他靠房地产起家，如今拥有多家超受欢迎的咖啡吧、餐馆和黄金地段的大楼，是位白手起家的成功人士，作为引领年轻人文化的英雄，**享有盛誉**。

"问他新娘有什么魅力时，郡司回答，刚开始交往的时候，邀请她去游泳，她很自然地指定要去丰岛园。对要去游泳就一定要去一流宾馆的我来说，这很新鲜，是一种全新的体验。射中泡沫经济时代的宠儿之心的，竟然是这样的平民感觉。"报道的最后，最终还是略带讽刺意味地总结了一下。

两个人结婚的第二年，也就是 1987 年，郡司也被 *BRUTUS* 杂志大幅采访，在精心打造的"富翁人类学"特辑中，有这样一段前言。

东京亿万富翁频现
地价高涨衍生了无数童话故事
用一个东京就可以买断整个地球
希望了解富翁的了不起之处

这一年，郡司已经不再说自己是做房地产的。名片上印刷着"城市规划"，郡司终于如愿以偿地致力于区域开发。

朝霞

瑞枝做了几个很短的梦，一醒来梦的内容就全部忘记了，只有身体残留着做梦后的疲惫。

看了眼表，差几分 6 点，瑞枝脱下睡衣，换上运动衫和牛仔裤。几年前还配送到各家门口的报纸，现在必须自己到公寓的门口去取。因为怕麻烦，所以经常会放到中午时分才去拿。

但是今天早上和平日不同，今天是《我的记忆》开播的日子。各个报纸的广播电视版面用多大的篇幅来报道——是放入照片作为新节目的介绍大幅刊载还是仅仅小篇幅报道，可是左右电视剧收视率的重要因素。

正要出门，突然听见有什么声音。打开起居室的门一看，日花里已经坐在那里。房间里有加热牛奶和烤面包的味道，桌子上还摆着报纸。

瑞枝问："已经把报纸取回来了吗？谢谢。"

日花里只是简单回答："嗯。"

从报纸的折叠状况来看，很明显日花里已经看过了，但她却丝毫不动声色。

瑞枝迅速地打开广播电视版面，刊登在"试映室"栏目版面正中间并附有照片大幅宣传的是其他电视台的新节目。《我的记忆》仅仅在左上角有9行的介绍，打开另一份体育报纸，也是同样的待遇。

"妈妈的电视剧，报道篇幅都很小。"日花里小声嘟囔了一句。

日花里平时总是睡到必须起床的时候才起，今天是因为在意报纸的事情特意早起的吧，瑞枝心中充满了感动。

"不用在意，不用在意。刚开始的时候就是不报道也没有关系。随着人气上涨，那些媒体就会见风使舵大幅报道了。"

"是真的吗？"

一般情况下，关于自己工作的事情，瑞枝尽量不告诉日花里。但是在写电视剧剧本的时候，会有一些特殊情况。比如说做不了饭，扫除、洗衣服之类也是草草应付。所以就反复对日花里说，妈妈也在努力，日花里也和妈妈一起克服困难吧。但是日花里一定是用自己的方式收集着信息，对妈妈工作的不安和期待也与日俱增。

傍晚6点过后文香打来了电话。

"终于等到这一天了。"

"是啊，总是这样，这一天都会很早醒来，祈祷今天能顺利度过。"

"状况可能有点不好。"

"哎？"

"是我刚刚得到的消息，那位众议院议员被逮捕了。"

这是这段时间搞得人心惶惶的渎职贪污事件。被控告从企业收取贿赂的国会议员，是保守派口中的新领导，在电视台的讨论节目上也相当活跃。前不久他还参加了一个热播的新闻节目，不停地标榜"我是清白的"。

"10点钟开始的'新闻直播室'之类的节目，都会头条大幅报道。"

"是吗……"

"我们可能是不太走运。但是这次的电视剧反响很好，我们应该不会输给那个差劲的国会议员。"

"我也这么认为。"

"那我们就期待明天的数字吧。"文香说完就挂断了电话。

瑞枝沉思了一会儿。因为正在修改电视剧剧本的第6集，瑞枝本来想和往常一样叫个外卖，但最后还是作罢了。

瑞枝对正在起居室里看书的日花里说："晚饭晚点儿吧，我去站前买点儿东西。"

日花里回答："不用勉强，吃点儿比萨或者鸡肉鸡蛋盖饭就行。"

"这段时间，咱们家绝对是蔬菜不足。我去买点肉，我们简单吃点火锅吧。"

"那我也去吧。"日花里站了起来。

瑞枝一瞬间瞥见日花里看的书，贴着图书馆标志的封皮后部，印着一位从未听过的日本女性作家的名字，是一个像艺名一样华美凝练的名字。现在的小孩子喜欢看的书就是这种类型的啊。

日花里从很小的时候就开始喜欢看书。她自己还不识字的时候，就经常缠着瑞枝给她读绘本。这无疑是受到瑞枝的遗传，日花里的父亲偶尔会看商务书籍，但绝不看小说。他经常说："读这些虚构的东西都是在浪费时间。"

出了公寓大门以后，日花里紧紧地贴着瑞枝。本以为她是想撒娇，但其实并非如此。她好像是想用孩子的方式来缓解母亲这一天的不安，所以今天她的话特别多。

"妈妈，深泽今年暑假要一个人去加利福尼亚，说是已经决定了。"

深泽是日花里口中经常出现的朋友。其实她们的关系也没有那么亲密，但是深泽的聪明和成熟，勾起了日花里的兴趣和憧憬。

"是吗？要去加利福尼亚啊。"

"嗯，说是要做家庭访问。住在一个拥有牧场的人家里，可以骑马，挤牛奶。她妈妈说之所以让她去，是为了培养她的国际意识。"

"是吗，挺好的。那个女孩子会英语吗？"

"深泽从小学一年级的时候开始学习英语。那时就决定了长大以后要出国留学。"

"很厉害的孩子，从那个时候开始就决定自己的人生了啊。"

瑞枝对敷衍孩子的自己感到非常愧疚。平时就算女儿的话条理不清，瑞枝也会快乐地附和她，可这会儿瑞枝真的是做不到。刚才文香的话，越来越沉重地压在瑞枝心头。

因为发生了相当严重的事件，观众们会不看连续剧，而是把台转到新闻节目吧。为什么自己写的电视剧开播当天就发生这样的事情呢，难不成这部电视剧之后也会各种不走运吗？

"啊，泽野小姐，您稍等一下。"被这个热情的声音打断思绪，瑞枝抬起头来。原来是站前小超市的老板娘。这家店不仅营业到很晚，而且和便利店不同，会有各种新鲜蔬菜和肉类出售。瑞枝打算做饭的时候，会专门来这里买菜。老板娘应该是从杂志上看到了瑞枝的事情，瑞枝每次去她都特别热情地招待。

"今晚您写的电视剧终于要开播了。"

"是啊，还请您多多捧场。"

"当然了，已经认真地预约了录像，绝对要看。"

因为从老板娘口中听到了"绝对"，瑞枝的心情意外地平静下来。

到了晚上 10 点钟，日花里很自然地走出自己的房间，坐到了电视前面。

那个时候瑞枝开始犹豫，即使是自己写的电视剧，也有不想让日花里看的内容。母女一起看到床戏镜头时候的窘迫，就算是在编剧家里也是一样的。

这次的电视剧，瑞枝从很多层面上考虑都不想让女儿看。无论怎么掩饰，《我的记忆》这部电视剧都是以瑞枝的过去为题材的。在今天的第 1 集中，反复出现的和实业家新婚的场景，讲述的就是自己和前夫的故事。

日花里对自己还在襁褓中就离开的父亲，几乎一无所知。

瑞枝经常这样对日花里解释："日花里的父亲虽然是个很开朗聪明的好人，但是逐渐和妈妈关系恶化。连朋友之间也会有不想见面的时候吧。所以爸爸妈妈就分开了。"

虽然不知道这种解释能撑到什么时候，至少到目前为止日花里没有追问详细的情形。在告知日花里的班主任自己和丈夫的事情时，班主任说现在小学的班级里，父母离婚的孩子并不少见，和日花里关系很好的小团体里应该也有父母离婚的孩子，孩子们会以自己的方式来收集信息，并慢慢地整理和接受的。

"最不好的就是，母亲一直给孩子灌输父亲的坏话。听了这样的话，孩子真的会很伤心很痛苦。"

即使没有老师的建议，瑞枝告诉日花里的也是经过形象美化之后的父亲。"你的父亲建造了很多大楼，他想要改变东京，很多报纸和杂志上都刊登过你父亲的故事，他很有名。等你长大了，妈妈给你看这些报道的剪报……"

然而，在电视剧《我的记忆》中出现的前夫，当然也展示了他的负面。

他宣称"放弃女人就是放弃做人"，热衷于女色的这一面，虽说经过了一定的改编还是会反复出现。这样的他被女儿看到的话，女儿会如何想呢？

即使告诉女儿"这都是虚构的，因为是电视剧，和真实的情况不一致"，恐怕也不会有什么效果吧。

伴随着由原声吉他演奏的充满伤感的旋律，片头开始播放了。文香邀请了一位很受年轻人欢迎的女演奏家操刀主题曲，歌词也是专为这部电视剧创作的。

时间流逝街道变换
你也不再是过去的你
尽管如此
为何还是如此眷恋
为何还是如此悲伤
My memory so sad
My memory so beautiful
……

特意用便携式摄像机曝光拍摄的涩谷的黑白风景流淌在画面上，而且首先浮现出来的白色文字便是"编剧泽野瑞枝"。

"太棒了，妈妈你真酷。"日花里开始拍手欢呼，这一瞬间瑞枝决定了，反正早晚要把自己与前夫的事情好好地告诉女儿。这部电视剧表现的未必就是真实的，但也有相近之处。不能总是说些漂亮的谎言。日花里是个聪明的孩子，最重要的是她很尊重母亲，因为这两点，即使事实有些残酷，她最后也一定可以理解接受的。

字幕结束，电视剧正式开始播放。第 1 集的导入部分表现的照例是主人公的日常生活。在外资研究咨询机构的办公室里，女主角和外国人一起认真地工作着。川村绘里子扮演这样的职业女性特别到位，因为她多少会说点英语，和外国人商讨工作的场景也毫无违和感。

不久画面改变，绘里子扮演的森冈佳代子拖着疲惫的身体回到自己的公寓。佳代子在玄关一边脱着高跟鞋，一边冲着屋里说："我回来了。对不起回来晚了，会议延长了，我马上做饭。"

佳代子七岁的儿子应声而出。这个儿童演员，是在儿童剧团的应征者中通过面试决定的。文香推荐说，虽然介意这孩子多少有点小大人，但他长得和绘里子很像，而且很擅长说台词。

穿着镶边花纹衬衫的男孩子，用大人一样的口气说："无所谓，无所谓。妈妈不用勉强做饭，点些比萨之类的就行。"

日花里看到这里，小声嘟囔："这情景和咱们家很像啊。"

瑞枝回答："是啊，没有办法啊。妈妈也没有别的孩子，出现孩子的场景只能拿你当原型啊。"

"是吗？"日花里很喜欢瑞枝的回答，羞涩地咧嘴笑了。

开始插播前半部分的广告。

瑞枝提前收到了已经完成的样片，但这和实际播出时还是有很大不同的。样片中没有插入广告，所以没机会体会观众的紧张感。

瑞枝在播放广告的时候，浏览了一下各个频道。正如之前预料的那样，新闻节目正在播出国会议员被逮捕的特辑，一定会有很多观众流向这里。瑞枝很想感慨自己不走运。

被看作是《我的记忆》最大的竞争对手的另一部电视剧，在第1集的前半部分就加入了火爆的床戏，在男性臂弯里娇喘着的，是最近迅速走红的年轻女演员，她是时装模特出身，以拥有完美比例的身材著称，乳房相当之大。尽管用床单半掩着，胸部还是清楚地勾勒出来了。

这绝对是吸引男性周刊注意的一幕，如果像这样过激的场面持续两三次，她年轻丰满的身体一定会成为这部电视剧的最大卖点。

瑞枝按了遥控器，看了一眼另外一个电视台的电视剧，也正好开始播放广告，从广告来看，这部电视剧拥有着化妆品公司和家电厂商等优质赞助商。

日花里不满地催促说："妈妈，广告已经完了吧？"

"是呢，对不起啊。"

瑞枝赶紧调回原来的频道。正如日花里所说，电视剧已经继续播放了。

广告结束后，电视剧以主人公的回忆场景开始，是被邀请参加游艇派对的佳代子和实业家池田邂逅的一幕。背景是去湘南拍摄的实景，令人惊喜的是，这次的实景拍摄完美地再现了当时的情景。

文香说："我反复研究了那个时代的电视剧。"为了重现当时的情景，文香拜托了好几位优秀的造型顾问。

女演员们穿着强调身材曲线的合体礼服，足以让正在观看的女观众回忆起阿莱亚、PINKY&DIANNE之类的品牌名称；头发都是比较长的齐发，妆化得很浓。

聚集到女性身边的男性，都身穿软面料套装。造型师还让扮演池田浩一的演员手持路易威登的小皮包。

打开了无数瓶香槟，女士们的娇声莺语响彻夜晚的海面。

偶尔也断断续续传来男士的对话。

"在夏威夷买了套公寓，提出条件，因为是日本人，要尽量少放床……""不是总说吗，我是那里的会员，随时都可以帮你预约。"

"看音乐剧还得去伦敦。《剧院魅影》的首演真的很精彩。"

"说起想要结婚的年龄，十位加上个位后，乘以九，再把得出的数字的十位加上个位，加上目前为止发生过性关系的人数；最后再减去九，就得出了你这个月睡过的男性的数字。不可思议吧？"

佳代子离开嘈杂的派对，一个人眺望着海面。手持玻璃杯的池田走近。

"你为什么不去那边啊？"

"因为看起来不怎么好玩。"

"好玩还是不好玩，不去体验一下怎么会知道呢？"

"看一眼就知道了。都在说一些很无聊的话。"

看起来很有钱的男性和围绕着他们的女性的笑声持续着。

"游艇派对，无论何时都是这么无聊喧闹。你早就知道为何还要来呢？"

"都是因为好奇。当我意识到不妙的时候，船已经开了。"

"返程还有两个小时。我们两个人一起愉快地度过吧。"

池田把手中的酒杯递给了佳代子……

"嗯？"电视前面的日花里深深叹了口气，"第一次见到妈妈的时候，爸爸真的是这么说的吗？总觉得很讨厌的样子。"

"傻孩子，这是电视剧啊。妈妈是因为工作和爸爸认识的。不是这样的派对。因为这是第 1 集，就得拍得华丽一些才能吸引观众，所以才设置了游艇派对的场景。"

"是吗？"日花里还是有些不相信。瑞枝觉得接下来会更令人担心。对于这次的电视剧，日花里可以说是异常感兴趣，好像是想从这部电视剧中探寻父亲和母亲的历史一样。

恐怕这会成为今后写剧本时的巨大烦恼吧。瑞枝自己也分不清楚对于女儿来说哪些是可以让她知道的事情。

在电视剧的后半部分日花里再次问道："我爸爸真的像电视剧里那样是个有钱人吗？"

那是日花里看到佳代子初次访问池田公寓时提出的问题。剧本上虽然只简单写了一句"豪华的房子"，但工作人员却是干劲十足地热心寻找合适的房子。

据说是在代官山的公寓拍的实景，把当时流行的室内装饰风格如实再现了出来。在可以看到夜景的阁楼，立着米兰风格的人工大理石制成的圆柱。周边到处贴着黑白瓷砖，让人倍感怀念。瑞枝感觉比起实业家的私人房间，这里更像是人气艺人的办公室。可能制片方是出于这样可以更好地表现 20 世纪 80 年代末的风格的考虑。

"太棒了。我爸爸竟然是住在这样的地方啊。"

对日花里的话，瑞枝没有马上就一概否定。

日花里一定是还记着瑞枝的话，"你的父亲为了改变东京而建设了各种各样的工程，在那时他可是个相当有名的人。"并用自己的方式把各种故事组合起来。

"是的，那个时候你的父亲很出色。"瑞枝回答，"他那时很努力，经济环境也很好，就赚了很多钱。不过那些钱现在已经都没有了。"

"全没了吗？"扭头过来的日花里的眼睛里竟然透着悲哀，这确实让瑞枝大吃一惊。

"是的，你的父亲在一夜之间就变贫穷了。妈妈得一个人带着你，就更加贫穷了。但是，妈妈努力地工作，现在咱们家不是已经挺好了吗？虽然是单亲家庭，但我们也过得很好啊。"

"嗯……"之后，日花里稍显犹豫地问，"我爸的钱，是真的全没了，一点儿都没有剩下吗？"

"日花里，……"瑞枝盯着女儿的脸，心想难道在女儿的身体中，真的印刻着丈夫那令人讨厌的基因吗？

"日花里很喜欢钱吗？是不是觉得要是更有钱一些会更好呢？"

"这倒不是，只是觉得钱全都没了的话，也是很可怜的。"

瑞枝从来没有像今天这样感觉电视剧如此之长。平常日花里会在插播广告的时候去冰箱里拿些喝的过来，可今天日花里却一直坐在那里盯着电视。

让瑞枝感到不安的是在第 1 集的后半部分，有一段池田想要强行和佳代子发生关系的场面。文香曾经要求瑞枝改写过，"这可是第 1 集的高潮部分，可不可以再夸张一些？"

在酒店套房拍摄的实景。

"我不想和有妻子的人这样。"

池田逼近向后倒退的佳代子。

"佳代子，我是认真的。"

"像池田先生这样热衷于游戏的人，会有真心吗？"

"不要小看我。"

这出戏演员们也着实大胆卖力，池田撕开想要逃跑的佳代子的衣服，一下子把她压在身下。镜头也很逼近，两个人纠缠不休的吻戏持续了很长时间。

看到这里日花里什么都没有说。瑞枝想，要是之前能干脆地换个频道该多好啊。

终于开始播放主题曲了，瑞枝松了一口气，这可是前所未有的，心里暗暗发誓下周开始绝对不和女儿一起看了。

电话响了，像往常一样，电视剧的第1集播放结束以后，关系亲近的同行或者电视圈的朋友会打来电话表示祝贺，交流感想。

"瑞枝，写得不错啊。"电话是之前一起工作过的制片人打来的，"听说这个企划的时候，我还觉得被新东京电视台的人骗了。想要把泡沫经济时代的事情拍成电视剧，看来新东京电视台还真是不一样啊。现在看来，收视率一定会不错的。"

这位制片人喜欢评论。瑞枝了解他，只要是编剧，他都会把手里的企划摆在那里，进行各种批判。虽然如此，考虑到未来的发展，瑞枝还是尽可能认真地应对。

"我有点担心收视率。回忆的场景太多了，总感觉这部电视剧太过朴素了。"

"不会的。很好地体现了那个时代的氛围，会唤醒观众的回忆和共鸣，心想那就是我们的时代啊。"

"那个川村绘里子怎么回事啊，看起来有点显老啊。"

突然这么说的，是位相当于前辈的同行。这位前辈因为拥有畅销的系列作品，数年来一直处于令人艳羡不已的状态。他是那种常被当作同性恋的类型，虽然爱操心，脾气好，但就是言语比较刻薄。

"川村绘里子，已经拍不了20来岁的回忆戏了。就算戴着帽子，那皱纹也很明显。你看看她笑的时候，额头就挂了条线了。下次我再见她，一定劝她去做整形手术……"就这样压根儿没说对瑞枝剧本的感想，说了一堆女演员的坏话之后就把电话挂了。

"泽野小姐，开始大胆尝试了啊……"下一个打来电话的是位年轻的女编剧，"把自己的过去也写进电视剧。和我们的觉悟就是不一样，果然是专业的编剧。我们都说，无论是请你写剧本的制片人，还是写剧本的你，都真的很有勇气。"

之前也意识到，这次的电视剧好像在同行之间也成了一个重要话题。这种关注恐怕并非都出于好意。

从业界习惯来看，一定会被问及"即使以前夫为原型，也在所不惜吗"之类的问题。

最后通话的是文香。与早上不同，文香的声音里充满着喜悦。

"目前看来，反应很不错。之前我一直在台里接电话，都说这部电视剧让人想起了那个时候的事情，很是怀念，或者不敢相信还有过那样的世界之类的，有很多电话打过来。"

"是吗？……"

"从目前的状况来看，收视率也应该会不错的。期待明天公布吧。"

"能这样就太好了。"

"编剧怎么能说这么消极的话呢。我正要带着年轻人去喝酒呢。"

瑞枝拒绝了文香"方便的话一起去"的邀请。因为非常疲惫没有这个心情。

回到起居室，日花里已经离开了。电视还开着，好像日花里的体温还残留着一样，沙发的凹陷也没有任何变化。瑞枝很后悔让日花里看了这部电视剧。

即使回到了工作间，瑞枝也只是坐在电脑前发呆。看完第 1 集的播放之后，好像很难静心开始日常的工作。

瑞枝放弃了工作，开始翻阅杂志。不自觉地翻杂志的手也停了下来。日花里刚才仿佛想要把电视吞下去一样盯着电视看的表情时隐时现，很担心她一个人回到自己房间。

"难道日花里还怀念着自己的父亲吗？"

瑞枝本打算等日花里长大一些，再好好告诉女儿自己和郡司离婚的事情。但是之前没有想到，从那样一部电视剧中窥探到父母的过去，对一个 10 岁女孩来说会是多么强烈的刺激。

但是，已经回不去了。电视剧已经开播，女儿下周也会继续看吧。因为担心第一次放映是否能平安无事，担心收视率，瑞枝的心情难以平静。瑞枝因为这样的千头万绪，不停地咋舌叹息。最后也不看杂志了，从厨房取来了威士忌和玻璃杯。

瑞枝很多年前就开始被失眠所困。持续很长时间的不规则睡眠和睡眠不足之后，就算想睡的时候身体也不能很好地适应。这样的情况下，有时候就会在临睡前喝点烈酒。啤酒还行，日花里一看到母亲把酒瓶拿在手里就会露出明显的厌恶表情，所以瑞枝只能等日花里睡了之后偷偷地喝。

作为礼物收到的威士忌是外国产的，一打开就有强烈的酒香窜入鼻孔。瑞枝往玻璃杯里倒了半杯，没有加冰，慢慢地喝完。没到酩酊的程度，只是微微感觉有点头晕，借着酒劲瑞枝一下子倒在床上。

瑞枝觉得像这样想要靠喝醉来忘记一切纷扰的自己非常可悲。感受着酒劲的扩散，瑞枝突然想到自己已经好几年没和男人在一起了。最后一次和男人发生关系是在 3 年前，和一个节日制作公司的男人。他比瑞枝小两岁，很有男子汉风度，更重要的是对瑞枝态度很积极。虽然从没想过要和有工作关系的男人产生瓜葛，但因为一个很偶然的机会就自然地在一起了。

男方当然是有家庭的，所以两个人一般在宾馆幽会。但是男方很快就变得厚颜无耻，日花里上学之后就会跑到这个公寓来。这种拖家带口的情事没能持续很久，半年左右就分开了。就是这么一回事，为何今天晚上会想起他呢。

在假寐和追忆之间，瑞枝走进了米白色的烟霭中。瑞枝看到了 3 年前那个男人抱着赤裸的自己。然后，男人的脸变成了扮演池田的男演员，然后变成了郡司。

"很久以前就很想和你这样……"

男人附耳低语。男人第一次的时候，一定会这么说。丈夫是这样，遇见丈夫之前的男人和与丈夫分开之后遇到的男人都说着同样的话。和男人睡在一起，可以确定有百分之九十的差异和百分之十的共同之处。但这究竟是什么呢？自己接下来要去往何处呢？难道这一辈子都不会再和男人有所交集，要自己一个人去面对令人不安和焦躁的人生旅程吗？

电话响了，瑞枝马上睁开了眼，"你好，我是瑞枝。"

下意识地看了下表，原来只不过迷糊了一小会儿，表的指针尚未指到凌晨 1 点。

"对不起，这么晚给你打电话。我是高林，好久不见。"可能是出于不安，高林的声音比平时要低。

"没事，对我来说，这才刚刚入夜。"瑞枝感觉自己的声音有点做作，因为害怕刚才做的春梦的情绪残渣，通过话筒传给对方。

"无论如何都想给你打个电话。"

"是因为看了电视剧吗？"

"我还是没有办法冷静地看下去。想起了很多那个时候的事情，我也已经 40 多岁了，那是我们的青春啊。而且，电视剧里因为有钱可以做喜欢的事情，比我们学生时代真正的青春要快乐得多……"

"接下来会更有意思。我们正打算重现一些当时最受欢迎的店。"

"挺好啊，很期待。但是那个男主人公的房子太差劲了。"高林说的应该是电视剧的后半部出现的池田的公寓。

"米兰风格和伦敦风格混杂在一起。你知道的，郡司可是很有品位的。因为经常研究室内装修和美术，他不会住在那样的房间里的。"

"回头我好好和道具说说。"

之后两人就很自然地微笑。即使看不到也感觉得出来。

一放下话筒，瑞枝就确信自己已经没有丝毫睡意了。刚才为止如果细细寻觅，好像还可以捕捉到的睡意，被高林的电话一扫而空。瑞枝决定放弃休息开始工作，就再次坐到了电脑前。第6集的第14场戏，表现的是因被年轻男子求爱而犹豫不决的女主人公的内心世界。这里出于对女主演演技的信任，打算设置一段由大段台词构成的精彩场面。瑞枝开始敲击键盘。

佳代子：我已经不再年轻了。你知道不再年轻是多么痛苦的事情吗？平时我会装作没有察觉，有时候也会真的认为这没有什么关系。可是，一旦察觉到就不行了。我会觉得我已经没有任何资格了。真的是没有资格，无论是爱人还是被人爱都是需要资格的。被男人拥抱的时候，我会看到另一个自己。一个自己会高声斥责说，快停下来，不要再做这种事情了，已经不可以这样了；另一个自己会说，没关系的，身体的线条还很优美，他会喜欢的。这就是我说的资格。现在的我，无论谁再说什么都已经没有了这样的资格，因为另一个自己不同意。

继续敲打着键盘，瑞枝突然意识到蕾丝窗帘上已经开始闪烁青白的光芒，清晨很快就要来临。

很快那个电话也会打来。清晨过后不久，就应该有一通电话打来。通知编剧昨晚的收视率，这一般是制片人的工作。即使首映的晚上睡不好，第二天也会很早起来。这份工作，无论做多久也改变不了瑞枝的小心谨慎。

况且这次的电视剧剧本，和之前的不同。尽管被谴责说是以自己的过去或者前夫为卖点，瑞枝还是倾注了很多的感情编写。这可是决定瑞枝编剧生涯的未来的重要作品。

瑞枝想，拥有信仰的人在这样的场合应该会向神灵祈祷。可被巨大的不安折磨得快要崩溃的自己，却只能紧握着手独自承受。知道了收视率即使结果不尽如人意，也有很多补救的方法。这种等待是最痛苦的。脑中不断闪过各种不好的预想。

瑞枝听到了走廊那边闹钟的声音。已经到了日花里起床的时间了。瑞枝打算今天为女儿准备顿早餐，已经好久没有这么做了。现在能给予自己勇气的，也只有女儿的笑容和声音了。

制片人的电话，一般在早上9点多打来。昨晚的收视率统计一般也是这个时间才能出来。即使平时中午才到电视台的制片人，在自己制作的节目播出的第二天，也会9点坐到桌前，提心吊胆地敲击电脑键盘。于是各个电视台的数据就会清楚地呈现出来。

瑞枝看了眼表。已经9点40分了。这可不是什么好兆头。因为如果收视率理想的话，制片人会马上给编剧打电话的。根据瑞枝的经验，好消息的话一般会在9点半之前到来。

瑞枝正在犹豫是去洗早餐的餐具，还是就这样放着去工作间的时候，电话响了。

在讲比较正式的内容时，文香一般会打家里的座机而不是手机。

"喂，起来了吗？"

听到文香低沉的声音，瑞枝感到不妙，提前做好了思想准备。

"起来了，早就起了。今天这样的日子还是睡不着啊。"

"收视率，不好……"

在等待文香下文的 0.1 秒，瑞枝的脑海中浮现出各种各样的数字。是 13% 还是 15% 呢？除了那些集合了大量人气偶像并进行了大肆宣传的电视剧，现在一般的电视剧收视率达到 15% 就算成功，13% 就算合格。文香说不怎么好的话，应该是接近 13% 吧。

"11.4%。"

听到这个比预想低得多的数字，瑞枝的心脏像是被什么东西紧紧地握住了。瑞枝曾经有过两个小时的特别篇也只取得这个程度收视率的惨痛经历，也曾有几次收视率跌到业界人士避之不及的"个位数"的百分之八九。但是在新东京电视台的黄金时间，这个收视率太不像话了。

"是国会议员的缘故……"

"因为他，观众都去看新闻了。"

但是问了一下其他电视剧的收视率，却一点都不低。有的还高达 19%，在同档期电视剧里面，《我的记忆》是彻底失败了。

"不过，胜负这才开始。"文香像是要说给自己听一样，突然说了一句，"之后，数字一定会提高的。我有自信。"

对最近的年轻女性特别是公司白领来说，电视剧不只是重要的娱乐，也是一种社交手段。因此，她们会收看所有的新节目，即使不能当天看到也会录下来看，然后再从突出的节目开始讨论，一边听着周边的评论，一边决定下期必须要看的电视剧。因此，如果第 1 集表现出色的话，通过街谈巷议，收视率一定会提高，这是文香一直以来的主张。

为了证明，她举了两年前本台制作的热门电视剧做例子。那部电视剧，因为最初的企划中途流产，仓皇召集来的演员和编剧也绝非一流。扮演女主人公的年轻女演员，因为是第一次担纲主演也心中没底。

第1集播出后收视率只有10%，被私下议论是否要早点中止。然而从中间开始制片人和编剧就自暴自弃一样，大胆地把情节剧改编成了连环漫画风格。

把主人公的恋人设定成一个滑稽的男同性恋之后，这部电视剧的人气就开始上升，最高的时候收视率高达28%，甚至发展成了一种社会现象。

"我相信《我的记忆》也会出现转机的。"

虽然知道这样安慰的话，是制片人们的口头禅，但瑞枝的心情还是平静了许多。

"即便如此，11%这个数字，还真的是个打击。"

"我也是啊。"

文香在电视台的处境是显而易见的，恐怕之后一定会被上司和那些赞助商责备。

"但是，瑞枝，电视剧也未必只看收视率。《我的记忆》表现的是社会上备受关注的重大主题，必须得有谁把它好好地拍成电视剧。"

这也是制片人常说的话。尽管心中所想完全相反，但嘴上一定会说"电视剧不只是收视率"。制片人往往通过这样的方式抚慰员工，鼓舞自己。

"一起努力吧，我绝对不会放弃的。"即使如此，最后还是终于说了真心话，"还有就是，你下午能来电视台一趟吗？我们得好好把前面的六集充实一下。"

提前吃完午饭以后，瑞枝走出了家门。从家到新东京电视台所在的乃木坂，只要坐千代田线地铁就可以直达。

正值各个电视台都要开播新的节目，所以地下铁的车厢内也贴着几幅醒目的电视剧海报。走过两节车厢，瑞枝在中间通道上发现了《我的记忆》的宣传海报。

以女主演为中心，四名演员并立，左端写着这样的文字："泡沫经济的那个时代，我们是如何生活的呢？"

"赌上公司前途"，是电视台的职员半开玩笑说的话，尽管不能全信，但电视台确实对《我的记忆》下了很大工夫。仅仅是像这样张贴海报就应该要花费近千万日元。然而，只有11%的收视率确实太让人心寒。

拍摄电视剧，本来就是一笔巨大的生意。瑞枝接触到的只不过是制片人和几位演员，这背后还有几十位电视台的制片人员，还有数百位广告公司、赞助商方面的人，这些人的命运都和电视剧息息相关。

瑞枝平时不会考虑这些人的事情，但是今天这样的境况，一想到自己所做的工作牵连如此之广，瑞枝就感到很恐惧。恐怕因为11%这个数字，很多地方都会有所变动。文香是位聪明的制片人，这些事情她应该不需要瑞枝提醒，自己就能察觉到吧。

穿过乃木坂站的中央大厅，从自动扶梯下来便是电视台的大门。

瑞枝向警卫出示了证件，就直接前往六楼的制作局。电梯等了好久也没来，慢到几乎让瑞枝觉得电视台的一切都有人暗中操控似的。

瑞枝焦急地等待着，好不容易到达的电梯还是满员。直到第四部电梯才好不容易有了位置，上了电梯发现里面还有位曾经一起工作过的制片人。

"你好啊，瑞枝。"他眨着镜片后的眼睛向这边看，"新作品，比较麻烦啊。"

这是理所当然的事情，昨晚的收视率应该已经在电视台里传开了。

刚进入第二制作部，坐在右手边靠里的桌子旁的文香马上看到了瑞枝。因为刚刚给瑞枝打了好几次电话，应该是在焦急等待着瑞枝的到来。

"我还在吃饭，可以一边吃一边说吗？"桌子上放着刚买来的三明治和乌龙茶。应该是要和各个方面联系，没空吃饭吧。

如果昨晚取得了很高的收视率，那么两个人应该会去附近的餐馆举杯庆祝一下。从像是地下便利店买来的低价三明治上面，也可以窥探到文香的处境。

制作部的左侧，有三个洽谈用的小房间。拿着三明治的文香推开了其中一个房间的门，导演细井已经坐在里面了。细井是个矮胖的 40来岁的男人，之前曾在连续成功导演几部热门电视剧的时候，和年轻演员传出过绯闻，写真周刊拍到了他从女演员公寓出来的照片。

"泽野编剧，早上好啊。看起来很疲惫啊。"细井原本想装作毫不在意的样子，可是没能成功。在还应该说点什么无关痛痒的话时，突然就转入正题了："糟糕了啊，昨晚的收视率太出乎意料了。"

第 1 集的放映，他依照多年的习惯是在常去的酒馆里收看的。无论是女老板，还是常来的女孩子们，都给了极大的好评。

"怎么就会出乎意料地中途失势了呢……"

细井导演进行了各种分析。国会议员的影响并没有那么大，作为竞争对手的其他电视台的电视剧大都取得了很高的收视率。关于那部电视剧，真是没想到长坂真由那么早就开始上演脱戏。如今即便是脱戏也未必都能提高收视率，但是真由连乳房都拿出来秀还是很有冲击力的，这样下去可不妙。

另外一部电视剧因为人气偶像组合的成员初次担任主角而引起了极大关注，但是剧本确实不怎么样，以那样的剧本，收视率应该不会再继续提高了。看来细井导演昨晚是把所有的节目都录了像，并且在昨晚都看完了。

"那么，接下来就开始进行我们的作战会议吧。"文香用开玩笑的口气说着，取出了本小册子。那是只装了单页封皮的第6集的初稿，早上瑞枝用传真发送的修改部分，也被装订在内。

"现在最重要的是，我们是否还能继续走这种恋爱兼怀旧的路线。"文香的目光投向瑞枝，那是一双对收视率唯命是从的职业女性的眼睛，"我认为这部电视剧必须要做根本性的改变。"

"那是要改成什么样子呢？"这样的场合，要尽可能地控制自己的情感冷静地应对，尽管这是瑞枝掌握的处世技巧，但是应该坚持的地方还是必须坚持。

"第5集里已经加入了主人公和比她小的男性的床戏，也加入了女性扭打在一起的场面。料已经很足了，而且要做根本性的改变，就会变成和最初策划的《我的记忆》完全不同的东西……"

"这也没有办法啊。"细井导演突然把手伸向文香的三明治，拿起来一个，"我们现在就像是泰坦尼克号，为了生存任何事情都得做。"

"细井先生，不要说泰坦尼克号这么不吉利的话。"尽管文香笑着提醒了细井导演，但之后房间还是被沉默占领了许久，只有细井导演咀嚼火腿三明治的声音。三个人脑中也只有 11.4% 这个数字。

在电视界有几个传说。以 13% 开始的电视剧，会在街谈巷议之中人气攀升，成为超越 30% 的热剧。一位编剧中途放弃的电视剧，由新人编剧接手的话就会人气暴涨……不过这些都只能算作奇迹，是在观众的反复无常中由于不可思议的幸运眷顾，而发生的难以置信的个别现象。

把 11.4% 的收视率提高是多么困难的事情，瑞枝很明白，当然文香更明白。11 这个数字不太可能变成 15 或者 16，正相反很快就会轻易下降到 8 或者 9。

"总不能让绘里子也脱吧。"细井导演开了一个无聊的玩笑，谁也没有回应。就像早有准备一样，细井导演明确提出，"那就只能消灭了。只有这个办法了。"

瑞枝吃惊地抬起头，消灭指的就是杀死。

"稍等一下，消灭是要把谁消灭呢？"瑞枝叫道。所谓消灭就是要在电视剧的主要人物中，把某个人杀死。或者是设定因为生病、事故而去世。这样做的话，会让观众吃惊并感兴趣，让电视剧产生更大的波澜，更富戏剧性。也就是要给电视剧注入大量的强心剂，但因为太过老套很少使用。

在业界有个有名的故事：有一部以人气绝顶的男演员和围绕着他的三位女性的故事开篇的电视剧，收视率无论如何都上不去。一筹莫展的制作方在后半部分杀死了男演员，把电视剧自然地转变成悬疑风格。这让观众们感觉很不可思议，收视率就得到了提高。然而男演员和制片人的愤怒却持续了很久，这个电视台单方面做出的英明决断也被当作笑话流传至今。

"能不能不要说这么奇怪的话。现在，少了谁电视剧都会变得乱七八糟。这个电视剧中没有一个多余的人。"

"坂卷优一怎么样？"回答的是文香。坂卷优一就是扮演主人公曾经的丈夫、被誉为泡沫经济宠儿的实业家池田的演员。他作为舞台剧的中坚演员活跃了一段时间之后，转战电视界同样取得了成功。他不仅是讨人喜欢的美男子，而且演技也不俗，如今已经是位擅长扮演上司和丈夫角色的实力演员。之前也听文香说起过，为了调整档期，请他过来拍这部戏费了很大工夫……

瑞枝对这些事有模糊的印象，但并未对整件事的轮廓有一个清楚的把握。她不认为把扮演池田的演员消灭是合乎常理的安排。难道是要用自己的手推倒支撑电视剧的主要支柱吗？

"我也想了很多，如果现在不出手的话后果可能很严重。如果要消除的话，就只能是坂卷了。如果以他自杀或者杀人作为开始的话，电视剧一下子就变了。"

瑞枝中途打断了文香的话："太荒唐了，这样荒唐无稽的电视剧，有谁会去看呢？"

文香回答："把这样的故事改编成圆满的电视剧，不就是编剧的工作吗？"

细井导演也点了点头。文香和细井完全是同样的目光，他们知道自己有电视台作为后台，由于后台的强大任何时候都可以把瑞枝这种自由编剧换掉。消灭坂卷，已经成为他们两个人的共识。

"那么，是要把池田杀死吗？凶手设定成谁呢，是妻子佳代子还是情人奈美呢？"与其说是讽刺，不如说是对这一太过不着边际的提议的质疑。可令人难以置信的是，细井导演竟然若无其事地点头回答：

"我觉得凶手设定成奈美比较好。从故事的脉络来看只能是奈美。他之前和池田相爱，还怀了他的孩子。现在的丈夫还相信这是自己的孩子。这个地方好好渲染一下，把她设定成犯人也不会有任何的不自然之处。"

"细井导演……"瑞枝第一次体会到原来太过愤怒也会变得失常。她不由得发出了歇斯底里的笑声，连眼泪也一点点流出来。

"无论水平多么低劣的两小时悬疑剧，也讲不出这样的故事来。"

"没关系的。我相信有你在就不成问题。"细井导演微笑着说，但这并不是讨好，表现出的是傲慢和强迫。

文香也说："原本有些悬疑色彩，也是我们的目标。所以你就想想怎样做能让悬疑色彩更浓吧。"

瑞枝把脸转向文香的方向，真是没有想到文香竟然也会赞成这样的提议。文香喝了口乌龙茶后看着瑞枝，好像在努力抑制情感似的，用低回而沉着的声音说："我觉得可以不出现杀人事件，只要设定池田死去就好。"

在瑞枝的脑海中，池田这个名字和泽野瑞枝的名字重合在了一起。在今天的收视率对策会上，文香一定也会对上司这么说："也可以把泽野瑞枝换掉。"

在电视剧成绩不佳的时候，更换编剧虽然很少发生，但也不是绝无可能。

"总之今后我们要更加集中精力去做，必须尽可能地想办法提高收视率。"

制片人对剧本负有全责。恐怕文香今天打算花很长时间，一边和瑞枝商量，一边按照自己的思路修改剧本。

"刚才我和 Seki puro 的关先生联系了。据说每集可以安排一位 Paradise Girl 的成员过来。"

Paradise Girl 是以性感著称的摇滚乐队。紧急招募偶像加入也是挽救收视率的一大法宝。看来文香是想通过主角死亡和新演员两个卖点来重振这部电视剧。

结果这天，瑞枝和文香围绕着电视剧的几处情节一直讨论到晚上11点。导演细井因为要去选景不到 3 点就离开了。

吃着和中午一样的三明治，两个人继续各种讨论。

如果让池田死去的话，究竟哪种方式最好？是他杀还是自杀？令人意外的是，文香主张他杀更有利于故事的发展。

"奈美的丈夫是犯人的话，就说得通了。10年来一直认为是自己的孩子，可实际上却是池田的孩子，这不是有着完美的犯罪动机吗？"

瑞枝沉默地记着笔记。虽然之前自己的内心深处为事情居然荒唐至此而哭笑不得，可现在受文香的启发，脑海中居然渐渐浮现出新的剧情场景。女人因丈夫犯下的罪行而哭泣。作为共犯，她人生算总账的时刻终于到来。回忆着泡沫经济时代轻浮的生活，这个被世人和丈夫所轻视的女人，第一次意识到自己过去的沉重，不由得开始回顾这10年的岁月究竟有什么意义。

"那后半部分，古川爱就会成为故事的中心了。"

不知不觉间瑞枝已经全面接受了电视剧的剧情修改。然而这也是理所当然的，因为瑞枝只有两个选择，要么是以抵抗的态度听命行事，要么是沉默不语地听命行事。勃然大怒离席而去只能是那些大牌编剧的选择，瑞枝如果这么做的话谁也不会在意。只要再找一个差不多级别的编剧，从第6集开始改写就好。

"还有，泽野编剧，我们要不要再多一些回忆的场景呢？"文香一边喝着已经不知道是第几瓶的乌龙茶，一边问，"在回忆的时候收视率瞬间就提高了。看来观众们都会感觉当时的场景很令人怀念。拜托设计一些更夸张、更奢侈的场景。把你自己所经历过的如实写出来就好。"

回忆之二　一九九〇年

从日花里的房间传出了《樱桃小丸子》的主题曲《跳舞》的旋律。

"无论如何，大家都要一起跳舞。"

因为是特别流行的歌曲，连瑞枝都能轻松地唱出来，两岁的日花里也很喜欢这首歌，也用口齿不清的声音唱起来。很疼女儿的郡司给日花里买来了她专用的播放器和 CD。因此，保姆从早到晚都在放这首歌。

瑞枝在卧室旁边的化妆室，进行妆容的最后检查。今天用香奈儿的液体眼线笔描了条细细的眼线，这样一来眼睛周围就马上变得华丽起来。正如众人所说，结婚以来的瑞枝变得比之前更加漂亮了。和郡司一起生活之后，郡司首先做的就是把瑞枝原来的衣服全部扔掉。

"穿着廉价的衣服，整个人也会变得廉价起来。因为廉价的衣服纤维都比较单薄，光线一反射，女人的皮肤看起来就会比较暗淡。年

轻的女孩还好，过了 25 岁就必须得穿好一些的衣服。"郡司还加了句，
"特别是要成为我妻子的人。"

在结婚典礼之前，郡司带着瑞枝去了趟欧洲，就是为了给瑞枝买
衣服。那当然也是瑞枝第一次坐飞机的头等舱，对于空姐们的跪式服
务，瑞枝比起开心，更多的是有些胆怯。

"这是理所当然的啊。你知道从东京到罗马需要多少钱吗，120 万
日元，120 万呢。"

瑞枝从那个时候开始注意到，郡司有个爱报价格的嗜好。瑞枝问
他是两个人 120 万日元吗，他轻轻笑了一下，"怎么会，当然是一个人
啊。你比坐经济舱的人多付了 10 倍的价格，当然要放开享受一下啊。"
郡司环顾了一下四周，"日本，还是有钱啊。你看看，头等舱都坐满了。
无论哪家航空公司，从日本出发就坐满了乘客，这可一点都不平常。"
他压低声音说，"这是因为大家都太有钱了，着急花出去。"

宾馆是位于西班牙阶梯之巅的哈塞拉罗马酒店。为了住进罗马最
高级的酒店，郡司想尽了办法。郡司的自尊心不允许自己只作为普通
的游客入住，就通过一个熟识的音乐评论家取得了预约。这位音乐评
论家，不仅评论音乐，也评论世界有名的酒店，所以在哈塞拉罗马酒
店也吃得开。

可能也有入住套房的缘故，他们收到了酒店总经理的直接问候。
那时，总经理把一个标有哈塞拉罗马酒店铭牌的木质珠宝箱送给了瑞
枝，还赞叹道："太漂亮了，太棒了，太棒了。"

致谢时，瑞枝看了眼郡司。郡司看着比瑞枝还要开心，满脸得意。

入住哈塞拉罗马酒店的四天里，瑞枝买了很多东西。下了哈塞拉
罗马酒店前面的台阶就是购物街。孔多蒂购物街上，林立着古驰、华
伦天奴、菲拉格慕等品牌专卖店。

再走远一点，就会有阿玛尼、范思哲。阿玛尼是郡司最推荐的品牌。因为郡司认为在让女性看起来更为知性优雅方面，没有其他品牌可以与之媲美。他自己也很爱穿这个品牌的男装。

正在瑞枝操心如何把在这里购买的七套洋装运回宾馆的时候，郡司若无其事地对店员说："我们住在哈塞拉罗马，麻烦把衣服送到那里。"

一听说住在哈塞拉罗马，店员的态度就明显改变了，甚至还用蹩脚的英语说了欢迎下次光临。

郡司说好不容易来趟罗马，就带着瑞枝也去了克里琪亚、芬迪之类的店。在克里琪亚买了针织衫，在芬迪买了几件皮裙，因为包装很小就随手拿着了。

尽管还不当季，穿着牛仔裤、腰间挎着小包的日本人很多，熙熙攘攘地走在罗马的街道上。即使是在最早去的阿玛尼店里，也看到一位学生模样的日本女孩正在购物。

"连这样的黄毛丫头也来阿玛尼啊。"

郡司露出明显的厌弃表情："一看就不懂名店的购物方法啊。应该像我们这样，打个招呼然后坐在沙发上，告诉店员需求让她去拿衣服。中意的话才试穿购买。有钱人指的就是自然懂得这些规矩的人。"

两个人刚开始一起生活的时候，瑞枝对金钱的想法还比较幼稚。郡司很热衷于那种老派的行为方式，就是想要花钱把年轻的妻子培养成为自己理想中的女性。因为这是一种很好理解的爱情形式，所以瑞枝很幸福。丈夫和妻子，金钱和蜜月这种幸福的日子持续了两年多。

郡司第一次搞外遇就是那个时候，准确地说应该是第一次被瑞枝发觉的外遇。对方是银座的女公关，虽然没有带她去意大利，但郡司邀请她进行了三天两夜的中国香港之旅，任她随便购物。因为香港香奈儿关于如何修改衣服的联络电话打进了家里，瑞枝才发觉了这一切。

当时还很年轻的瑞枝怒不可遏，狼狈不堪地找夫妇俩共同的朋友商量，他们的答案都是一样的："不就是个为了钱的女人嘛。"

这句话使瑞枝更加受伤。

瑞枝当时因为怀孕所有的感觉都变得很敏感，可以清楚地觉察到在这句话的背后隐藏着"反正你也是其中之一"的潜台词。

认真想来郡司能和自己结婚简直就是一个奇迹。因为除了分居中的妻子他还有好几个其他的女人。从相貌来说，其中也一定有比瑞枝更漂亮的。

有人说是因为瑞枝虽然年轻，却手段老道、耍尽花招，也有人说是因为瑞枝一无所知反而很有新鲜感。无论是哪种传言，人们都把瑞枝看作是运气好到极点的幸运儿，没有沦为郡司游戏对象中的一个，而是登堂入室成为郡司真正的妻子。其他的女人，因为在郡司妻子之争中落选，就只能一直被轻蔑地称作"一个为了钱的情人"。而瑞枝却因为偶然成为郡司的妻子，不但逃离了所有的责难，还可以悠然自得地挥霍丈夫的钱财。瑞枝意识到自己对丈夫和情人的谴责，在不知不觉中被人们看成是小孩在控诉别人抢走了自己的糖果，因而特别受伤，真心想要和郡司离婚，每天晚上和郡司吵架，差点就导致早产。

日花里终于出生了，之后慢慢地瑞枝就不再那么单纯。对金钱的漠不关心，是她守护自己作为妻子的尊严的唯一方式。不同意郡司从英国定制日花里的摇篮和婴儿车，全部使用租赁来的东西，就是瑞枝守护尊严的表现。

瑞枝涂的口红，橙色中稍透着点红，是今年香奈儿的流行色。在日本的百货商场很难买得到。日本女性在海外的免税店或者专卖店大量买进，还遭到了海外杂志的揶揄。瑞枝通过认识的买手买了几支。

因为对于位于青山的 EX 专卖店来说，瑞枝是非常重要的客户，所以那些很难买到的香水和化妆品拜托他们在当地代购会很方便。

今天瑞枝和郡司两个人被邀请参加熟人的新居派对。郡司最近交往的人当中，有很多都是在国外接受的教育。留学已经不像以前那样是精英的特权了，在这个时代已经开始演变为有钱人的选择。从大家闻所未闻的美国大学毕业或者是肄业的富二代们用过于抑扬顿挫的英语兴致勃勃地高声交谈着。派对的时候必须带着妻子，也是他们从国外带回的习惯。据说在另外的一些派对上，大家都要带着引以为傲的情人参加，可郡司坚决否认，说这不过是传言。

瑞枝意识到自己的妆浓了很多。今天的派对恐怕谷泽祥子也会参加。据说只要是派对，大到大使馆的派对，小到家庭聚会，祥子都会参加。祥子的情况，瑞枝还不太了解。有时祥子会以生活顾问的名义接受女性杂志的采访，好像也从事经营顾问之类的工作，可以自由出入财界。从谁那里听说过她的本业是美术商务，对严重缺乏室内装饰和美术知识的日本人，她会提出各种专业建议，此外还从事海外艺术品收购。

瑞枝记得祥子在什么报道上好像这样介绍自己："在建造大型宾馆的时候，会参与那里的内部装潢。"可一个熟人却说这都是谎言："用最确切的说法来说，她就是那种所谓的高级娼妇。某一段时间陪着某个男人，获得一手信息以此牟利，那本事不得了。"

虽说已经 34 岁了，祥子却拥有毫无赘肉的体形和深受外国文化熏陶的华丽面容，瑞枝已经从好几个人那里听说祥子正在迅速逼近郡司。

如今的日本兴起了空前的绘画热潮，郡司原本就对绘画很感兴趣，主张如果现在收集的话，就应该以美国的现代美术为主。"那些什么都不懂的老爷子，花了几百亿日元购买印象派的作品。认为如果买了凡·高、雷诺阿等进入教科书的画就安心了。因此日本才会被世界所轻视。"

前不久，大昭和制纸的会长就刚刚出资 125 亿日元竞拍了凡·高的画。

"之前有个做融资的，到处收购印象派的画，最后竟然成了掮客，笑死人了。"郡司接着说，继土地之后，绘画交易成为大热门是大势所趋。在千叶内陆出现了一条模仿比弗利山庄的街道，建了四五亿日元的房子在出售。到时候大家会发愁如何装饰房子。知道吗，在欧洲和美国一定会有这样的顾问，这种职业不像在日本只提些壁纸是采用布料呢，还是涂漆呢之类简单的建议，而是要建议装饰一些什么样的艺术品。

比如说某位富翁买了件 19 世纪的装饰品，和顾问商量是否可以摆在客厅。于是顾问就回答说，不好，您家的客厅都是由我指导装饰的，虽然也是 19 世纪，但汇集了很多新艺术前夜的元素。如果把这件东西摆上，所有的一切都浪费了。我不知道您花了多少万美金，但这个装饰品还是收藏到仓库里比较好。只是像这样提供咨询建议，每次也要收取好几百美元的费用。

即使在日本，应该也到了这样的职业开始兴起的时代了。最近，想在公司中成立独立的美术、内部装潢部门。可能的话可以成立个分公司……

在郡司的这个计划背后，一定和祥子有关系。

祥子在女性杂志上说过自己曾为了成为画家而在欧洲各地游学，在游学过程中不仅意识到自己才能的不足，也深刻体会到了艺术的博大精深。

满头卷发的祥子还说："献身艺术，不是只有成为画家这一条路。如果能够介绍出色的作品，解释清楚其背后的历史价值，也是很有意义的。所以我就选择了现在的工作。"

7 点过后，电话响了。是郡司打来的，说车已在公寓门口，因为赶时间就让瑞枝马上下来。

瑞枝拿上事先准备好的两瓶红酒，分别是玛歌和木桐堡红酒，两瓶需要 8 万日元。由于日元汇率走高，唐培里侬已经便宜得不可思议，那个价格连周边的年轻人也喝得起。如果是用于表示祝贺，就必须准备那些众所周知的高价红酒。为此，郡司提前准备了很多。

瑞枝到儿童房，给保姆交代了一下："我 10 点左右回来，就麻烦你了。"

"您放心去吧。"这些由当地育婴协会派来的女性，从不说自己是保姆，而自称为 Nanny①。据说是借鉴了英国上流社会培育孩子的 Nanny 制度，以工作人员都具备护士或者保姆经验为卖点。虽然收取的是贵得出奇的时薪，但确实能很熟练地照顾孩子。

之前很难与外人亲近的日花里，自从交给协会的保姆照顾后，就一直很开心。日花里正笑着，跟着 CD 的音乐跳舞。

瑞枝对日花里说："日花里，妈妈要出去一下，你留在家里一会儿。"

日花里仿佛没听到瑞枝的话。母亲外出的时候日花里总是这样。瑞枝苦笑着关上了门。

在大门的试衣镜前，瑞枝再一次检查了行装。今天瑞枝穿的是唐纳·卡兰的天鹅绒套装。唐纳·卡兰是在纽约超有人气的女性服装

---

① "保姆"的英文。

设计师，擅长用上等的材质勾勒美丽的线条。肩垫也不像阿玛尼那么宽，瑞枝很喜欢。虽然阿玛尼更为流行，但阿玛尼的肩垫，就好像穿着铠甲一样向前突出，小巧的瑞枝穿上就好像只穿了上衣行走一样。

下了电梯。大门前面郡司的黑色奔驰车停在那里。郡司从两年前开始配了自己的专用司机，司机恭敬地为瑞枝打开了车门。雾化的车窗里，郡司正通着电话。好像配有手机的人大都如此，郡司此刻在说着钱的事情：

"蠢货，区区12亿就答应了吗，你究竟怎么想的？你知道那块地现在值多少钱吗？你知道明年能上涨多少吗？对方开价12亿就12亿吗？"

即使妻子坐到身边，郡司还是继续说了一会儿。应该是最近转卖土地的事情。

"一点都不让人放心。这些年轻人，完全不懂土地的事情。"郡司一边关着手机一边说，"只考虑现在的价格，完全不明白这块土地会如何增值，一个月后会有多高的价格。"据说是郡司尝试着把零星的商业用地交给新员工操作，新人就以难以置信的低价达成协议了。

"高林的事情听说了吗？"

高林是一位正在成为丈夫密友的建筑师。"之前，有个关西的富翁想在东京建房子，就到处找合适的地方。但是如今在东京的山手线以内，不可能有低于1000万一平方米的地方，所以到处碰壁。但是，听说代代木上原有一块地，以每平方米700万的单价出售100平方米，高林慌忙赶了过去，却仅仅以一瞬之差被别人买走了。高林和那个富翁都很失望，一周之后就更让人吃惊了，上周700万日元的地却以1200万日元的价格出售，只过了一周。我查了一下买了那块地的房地产公司，是之前打过交道的一个特别差劲的中介。现在连那样的地方都在加价卖啊。我们现在已经不做这种小买卖了，但也得趁势好好赚一笔啊，可那些年轻的家伙一点都不懂。"

郡司经常把公司的事情告诉妻子。无论瑞枝是否能够理解都一直说个不停，这与其说是希望身边的人可以理解自己，倒不如说是想向谁传达自己的兴奋，这一点瑞枝很清楚。

车抵达了青山大道。今天要拜访的是时装公司社长的家。他这几年，以年轻女性为中心，业绩取得了显著的增长。虽然有很多人说他抄袭了巴黎、意大利的服装，但他还是开创了使用良好的面料使之看起来绝对不像仿品的独立服装品牌。

他借助媒体进行广告宣传的手段也很高明，据说赞助广告也是由他首开的。他才 30 多岁，却在每平方米 2000 万日元的青山最佳地段新建了豪宅。设计是高林。高林现在已经成为和铃木、爱德华等人齐名的知名建筑师，委托他修建房子也已经成为彰显都市人身份地位的方式。

快到青南小学的时候，有几个年轻男人站在那里疏导车辆。

"请问是来参加南条的派对吗？"司机回答说是的。

"我们为您准备了临时停车场。请往那边开，在房子前面下车。"

瑞枝小声说这究竟是邀请了多少人啊。

"虽然说是只有亲戚朋友参加的新居派对，看这架势应该是邀请了不少人。毕竟是个喜欢排场的男人。"

这周围过去那种比较小巧的房子比较多，所以马上就能找到社长家的房子，混凝土的墙壁形成个半圆，就像是要塞一样。

"依然是使用混凝土啊。高林真的是和老师很像啊。"

郡司说了句只有亲密的人之间才明白的话。他说的老师是相当于高林老师的著名建筑师，如今虽然已经年过 70 岁，但还是像他所建造的那些大型公共建筑一样，威势俨然。

通过精心设计的铁质大门，里面就是大厅，已经有三四十人聚集在那里，喧闹不已。这里应该是为了举行大型派对而特意精心设计的房间。沿着房子的墙面镶装着大型沙发，像国外那样不用换鞋，地暖的温度通过石头传递上来。

对面可以看到水银灯照射的中庭和巨大的钢琴。南条结过三次婚，第一次是和模特，第二次是女演员，第三位妻子是女高音歌唱家。

所以有很多人评论他："有钱之后，随着审美逐渐提高，女人的级别也提升了。"然而，他的新妻子虽说是位女高音，但好像并不怎么走红。据说她过了30岁还没有回日本，继续在留学的米兰漂泊着，在做翻译的时候偶然俘获了南条。恐怕南条应该会使用那架钢琴，让他引以为豪的妻子为大家高歌几曲吧。

"来晚了啊。"南条一看见郡司夫妇，就走了过来。他今晚佩戴的独特标志蝴蝶形领结是银色的水珠花纹，和他的秃顶很相配。

"很出色的房子啊。"听到郡司的夸奖，南条喜不自胜。

"这可不是普通的房子。我想把我所有的收藏都装饰在这里，建成一个美术馆一样的家。"

南条好像和郡司竞争一样，热衷于收集美国现代美术作品。郡司看了眼墙面上的画低声称赞："是贾思培啊。"

郡司说的是用黄色、红色、蓝色等丰富的颜色描绘了数字的石版画，在沙发上面，从一到十井然有序地排列着。

"从一到十全部收集齐可真是不容易。"南条好像完全不想掩饰自己的得意一样，一口气喝完了手中玻璃杯里的香槟。

"这个作品限定40部，现在传到日本的也不过三四部吧。"

"在1986年的纽约苏富比拍卖行，好像是以25万美元成交。现在什么价位就不清楚了。"

"郡司先生果然是行家啊。"南条为了小声说话把身体往前凑了一些。瑞枝感觉到有一种吸雪茄的人独有的淡淡气息。

"今天来的这些人，都是因为钱多得不行，所以只知道谈论土地和股票的事情，他们应该更多地转向文化方面。"

听到文化这个词，瑞枝忍不住笑出声来，南条没有在意接着说："从这点来说，画就很有投资价值。可以赏心悦目，过了几年也会有很大的升值空间。不过我可不打算卖这里的画。"

之后，两个人聊了聊一个刚刚买了吉姆·戴恩新作的熟人的闲话。原本是日本桥老牌美术商的儿子，放弃了一直经营的茶道器具，开始经营美国现代美术。他把芝浦的仓库进行改装，建了一个画廊，开业的时候重头展示的就是吉姆·戴恩的新作。

"得 3000 万吧。"

"可能会更多。"这种时候，最近热心于学习美术的郡司就会神气十足，"但是，将来一定还会再升值的。有很多人的作品都可以关注。杰克逊·波洛克、威廉·德·库宁、萨姆·弗朗西斯……虽然安迪·沃霍尔和罗伊·利希滕斯坦的作品已经贵得不可思议了，但真正明白他们的价值的，只有我们。再过 30 年看看，他们的作品也会像现在的印象派一样备受推崇。然后东南亚的那些暴发户们，一定会花大价钱来买的。这才是真正的投资呢。"

"是啊，我也这么想。"南条附和说，"真不知道那些买印象派的人是怎么想的。要是买了出处可信的数十亿、数百亿的东西也就算了，都去买那些只值几亿或者顶多十亿左右的画，那样的东西，肯定全是赝品啊。欧美的犹太人，过去就把那些相当于白送的二三流的画当作真品大量卖出。那些把这些赝品买回来的日本暴发户们，完全没意识到自己被抓了王八，到手的东西毫无价值。"

瑞枝很吃惊，笃信自己的审美的南条这番天真幼稚的言论竟然和丈夫所说的如出一辙。恐怕两个人都被祥子灌输了相同的东西吧。

就像是算准了时间一样，祥子正好从人群中走了出来，她穿了件一眼就可以认出的华伦天奴的镶金线套装，原本就五官精致，好像也在有意避免外国惯有的浓妆。这种装扮和大方的气质，会让很多男性产生错觉。

"聊什么呢？"祥子稍稍歪着头若无其事地问。

"就说那边贾思培的画太棒了，真的是很佩服南条。"意识到妻子在旁边，郡司使用了敬语，反而让气氛显得有点尴尬。

"也一定要看看隔壁房间，有让人大吃一惊的尚·米榭·巴斯奇亚的画。"

"巴斯奇亚啊，很适合啊……不是说之前刚刚去世吗，已经把作品弄到手了吗？"

"那么，听我说啊。"明显是顾虑瑞枝，祥子突然抱住南条的胳膊说，"南条真是个好学生。非常聪明也很努力，现在拼命地学习美术，已经可以从祥子我这里获得优等奖励了。"

对于一个 34 岁的女人，像少女一样自称为祥子，两个男人好像没有觉得奇怪。

南条接着说："前不久祥子带我去了纽约，学习了很多东西，逛了 10 多家画廊，真的是很愉快。"

虽然说是祥子带自己去，但祥子的费用肯定是由南条来负担的。

"还没有看别的房间吧。二层也很厉害，走廊很华美，采光也是精确计算后建成的，不愧是高林建筑师啊。"

"这栋房子，会刊登在下个月的《新建筑》上。"仍被祥子抱着的南条介绍说，"我本来是不想刊登的，高林那家伙，说这个房子应该会成为代表 20 世纪 90 年代的住宅，就把我说服了……"

只有瑞枝发现了高林。高林看似在观赏贾思培的画，但似乎是很在意这边的情形。

"祥子帮我招待一下吧。那边来了个熟人，我得过去打个招呼。"

"那我就来当向导吧。设计的时候也和我商量过很多次，所以关于这栋房子我可是无所不知啊。"

祥子把视线从南条身上移到郡司身上，但是刻意没表现出亲密。

"那我就看看吧！"郡司试图装作若无其事，却总是有些不自然，像是想要探察瑞枝觉察到多少一样，瞥了眼瑞枝。

新的客人到了，南条简单致歉之后就离开了。虽然只有很短的时间，只剩下郡司、瑞枝和祥子三个人。丈夫没有任何想离开的样子，瑞枝对丈夫的拙劣表现稍觉意外，毕竟自己还没有确定他和祥子的关系，瑞枝心里甚至有些埋怨丈夫为何不能表现得更自然一些。

最老到的当然还是祥子。"那我一会儿再带瑞枝参观吧。现在高崎建设的高崎夫妇正在二楼参观。我先带郡司先生去打个招呼吧。"

两个人消失在门后，高林走了过来。今晚的他穿着深蓝色的上衣，和往常一样没有系领带。

"终于走了啊……"高林一脸安心的样子，"我很受不了那个女人。她好像毕业于伦敦的艺术学校，对我的设计很不满意，总说什么要摒弃建造自己作品的想法，要建造以美术为主人公的房子之类的。"

"提出这种建议对她来说就是生意啊，也是没有办法啊。"说完之后，瑞枝就有些后悔话里满含讽刺。而且这也不是丈夫和传闻与之有染的女人从眼前消失之后，妻子和丈夫朋友之间应该有的对话。然而，可能是稍稍有点醉意，高林异于往常地话多。

"世间金钱泛滥，就会出现很多像那样来历不明的人。知道吗，她向南条这样年轻的有钱人强行推销现代美术。对那些上了年纪的就鼓动他们购买印象派。当然从中赚大把的中介费。所谓的印象派，也不是什么像样的东西。真正的好画，几亿日元怎么可能买得到？也不知从哪儿弄来了这些垃圾一样的东西。"

瑞枝想起了最近看到的周刊杂志的报道，说是一家主营公寓的地产公司 Maluku 开拓了新的领域，成立了美术投资公司。因为东京的土地价格已经涨得不能再涨，很难出手交易。而与此相对，绘画却有着很大的升值空间。Maluku 把收集到的每幅价格在几千万到 10 亿日元的画作，按照每份 500 万到 1000 万日元的金额让会员分担，共同享有所有权。5 年或者 10 年后，绘画竞拍之后，按照分担的额度分享利润。在此期间，绘画都收藏在 Maluku 公司修建的美术馆。

"绘画的话，当然是以印象派为中心吧。"

"愚蠢。"高林不逊地说，"绘画之类的东西，不是自己所有的话就没有任何意义。现在大家都想要好房子。房子建好了就开始买家具和绘画。但是，房子和家具的好坏可以看价格而定，可那些装饰的画就不是那么回事了。"

"这样说真的好吗？"

"我说的是实话啊。如果有人想要委托我这个级别的建筑师建房子，我一定会全力以赴。可是装饰用的绘画和雕刻我就无能为力了。就算立刻开始学习，也不可能马上就成为出色的收藏家。"

"我很想让郡司和南条也听听这样的话。"瑞枝的心情逐渐有所好转。就在前几天瑞枝还因为郡司买回来的绘画的价格感到不寒而栗。虽然说现代美术与印象派相比确实廉价很多，但是一下子买三四幅的话价格也很惊人。

周边逐渐热闹起来，带着兰花盆栽、红酒等礼物的客人，接二连三地到来。电视上经常看到的年轻众议院议员带着美丽的妻子刚一抵达就被众人簇拥起来。

从附近餐馆里借调来的侍者们，正在把菜肴分装到盘子里端给客人。高林突然拿了份前菜拼盘，问瑞枝："要吃点儿吗？"

随意放入口中的法国松露油的味道，使瑞枝的心突然平静了下来。

"但是……"瑞枝的话语逐渐流畅起来。

"但是，郡司很相信她。想和她一起像 Maluku 一样开一家经营美术或者室内装潢的公司。"

"郡司可是很精明的。作为商人需要计算的时候他可一点儿都不含糊。"高林吃着铺满鱼子酱的吐司说，"郡司应该是觉得她的人脉很有魅力吧。她真的是人脉很广，在很多地方都很活跃，连我都觉得不可思议。之前我被一家企业邀请参加他们新公司大楼的建设研讨会，她竟然也参加了会议。而且据说还成了最近成立的产业部审议委员会的成员，这可吓了我一大跳啊。"

"那可是我一无所知的世界啊。"

"但是，像她那样的人能够这么活跃，也是日本走向富裕的证明。在贫穷的国家是不可能出现的。今天来这个派对的人，有一半以上在 10 年前的日本是不会存在的。"

一位穿着黑丝礼服的女性开始了钢琴演奏，那是瑞枝也听过的普契尼的曲子。高林回头看了眼说："夫人终于要出场了啊。"

瑞枝看了眼二楼，"我要不要去把郡司喊过来呢？"派对主人的妻子，马上就要开始表演了。客人们也都停止了说笑，聚拢到钢琴周围。大家都知道南条很爱歌唱家妻子了，深深引以为豪。所以大家也明白他的妻子要开始歌唱，就必须认真倾听。

高林说："没关系的。听到歌声郡司应该就会回来的。"

钢琴演奏结束只获得了稀疏的掌声。突然之间掌声雷动，南条的妻子出场了。

南条公司制作的洋服，掀起了以穿紧身衣为代表的肉体控热潮，即使穿9号尺码的女孩也会感觉有点紧。然而他的妻子穿着的淡紫色晚礼服，怎么看也得13号尺码，让人不敢直视的丰满乳房近一半裸露在外。画着国外生活的女性常见的浓粗眼线，和她雪白的肌肤倒也相称。

"大家晚上好。"她用动听的声音说道，"非常欢迎大家能在百忙之中，出席我们家的新居派对。这里是我和丈夫，为了和大家一起共度快乐时光而建造的房子。我的朋友们也给了很多的支持，将来会在这里召开音乐会。"

她把胖乎乎长着小坑窝的双手交叉到胸前，继续说："今晚想让大家欣赏一些适合秋夜的曲目。去年由于歌剧热，来自世界各地的歌剧团都到日本来演出。《阿伊达》备受关注，首先请大家欣赏其中的《我的故乡》唱段。"

瑞枝看了眼丈夫和祥子离开时经过的门。但是，却没有两个人的影子。瑞枝不露声色地从高林身边走开。

南条的妻子演唱时，和刚才致辞时的典雅风情简直判若两人。眉毛上挑，下颚用力，发出粗犷高昂的声音。

听着身后传来的歌声，瑞枝悄声离开。门敞开着，瑞枝无声无息地进入了下一个房间。

房间的混凝土墙壁呈拱形，主人说这里像是美术馆，确实所言非虚。靠近地板的灯发出淡淡的光芒，投射在阶梯上。虽然也听得到歌剧咏叹调，这里还是显得很静寂。

挑空的二楼，摆了一排几乎还没有摆书的书架，到处装饰着各种奇妙形状的物体。看来南条已经决定一楼陈列绘画，二楼放置雕刻。其中有一个巧克力型的像被扭转的手一样的陈设品。陈设品背后有什么东西在发光，瑞枝很快意识到那是刚才看到的祥子的华伦天奴套装，接下来就看见郡司用手搂着祥子的腰，猛烈地吸吮着她的嘴唇。

瑞枝轻手轻脚地离开了那里，和来时一样安静地走下楼梯。亲眼看到丈夫和别的女人在一起，这是第一次。之前曾经偶然看到过女人写来的信和发来的信息，让人生气的无声电话也不止一两次，瑞枝凭直觉明白话筒对面屏息窥探这边状况的一定是个女人。瑞枝也曾为自己的敏锐感到很可悲。

然而现在，虽然刚刚看到丈夫和其他女人搂抱的情景，但瑞枝的神经不但没有紧张，反而恍惚起来。就像把目击到的一切转化成愤怒和悲伤的中枢神经麻痹了一样。

丈夫和祥子的姿势，就是装饰在那里的物品之一吧，两个人搂抱，也只是想要模仿什么吧……

瑞枝又顺利地进入到听咏叹调的人群中，高林的旁边，还保留着瑞枝离开时的空间，由此瑞枝意识到自己离开的时间非常短暂。

南条的妻子拼命歌唱着，丰满的乳房伴随着她的发声上下抖动着，与欣赏歌曲相比，观众似乎对她的乳房更感兴趣。瑞枝从未这么近距离地看过正在唱歌的女性的脸，绝对说不上漂亮。鼻孔扩大，充血发红，下巴重叠，因为用力不停颤抖着。

她唱完的瞬间，人群中甚至有人发出终于结束的安心叹息。然后，还是掌声雷动。

"好长的歌啊。"高林把嘴凑到瑞枝的耳边小声说，"还以为再也结束不了了。"

瑞枝没能马上回答。歌曲的结束，也意味着恍惚脱离现实的时间结束。

丈夫和别的女人拥抱在一起——这个太具有冲击性的事实一下子蔓延至全身，像是想要把它发泄出来一样，瑞枝不停地打喷嚏。

"要紧吗？"

"没事。可能是酒劲上来了。"

南条的妻子开始演唱第二首歌曲，多亏了打喷嚏，瑞枝才能够自然地从人群中退出来。

高林问："不舒服吗？我把郡司叫过来吧。"

瑞枝大声制止了高林，喷嚏也停了下来。"郡司之后好像还要再去一场派对，说了让我先回去。"不知为何可以堂而皇之地说出这样的谎言，但这一定是丈夫此刻的想法。

想早点走出这所房子，哪怕只早一分钟也好。不知谁说过南条的妻子，是根本不可能登上正式舞台的二三流歌手，看来是真的。虽然唱了很久歌剧，但高音部一用力就会沙哑，再也不想听到这样的歌剧了。

"这个演唱，不知道什么时候才能结束。我也想要走了。我送你吧。"

"那就麻烦了。"

两个人背对南条的妻子往外走。有些担心这样做会很没有礼貌，但有三个人紧跟着他们也离开了。

今晚租借的空地被当成了临时停车场，停满了大型的奔驰车，就好像这个世界上只有奔驰这一种车一样。

高林上了一辆国产车。受爱车如命的丈夫影响，瑞枝马上认出那是一辆塞利西欧。塞利西欧最近刚刚开始在日本出售，是丰田基于打造奔驰级别的国产车理念生产的高级车。因为人气太旺，据说即使现在开始预约也要等一年半到两年才可以买到。

从很早就能买到这辆车，可以看出高林如今的地位和经济实力。作为备受瞩目的新晋建筑师，高林被各种媒体所追捧。已经主持了城市中心好几个热门建筑的建设，也和郡司他们这些所谓的新型房地产投资开发商颇有关联。最初得不到建筑界泰斗认可的他们，就从年轻人中间寻找有才能的建筑师联手合作。郡司说过，现在的建筑热潮，就是在太多剩余资金和年轻一代的合力推动下形成的。

塞利西欧还很新，车内散发着皮革的味道，看来内饰高林也指定的是最高配置。

"车很好啊。"

"是吧。"

对爱车引以为豪时，一般的男人都会变成少年一样热血澎湃，高林也不例外。

"我之前也是外国车的崇拜者。可是开了这辆塞利西欧想法就变了。怎么样，安静吧？如果从舒适性考虑的话，这辆车的表现比奔驰还要好。如今的日本，真的是很厉害。无论是车，还是其他什么东西，都能制造成国际水准。我每次开这辆车的时候都能真实感受到日本的潜力。"

"郡司也很想买这辆车呢。虽然也想了很多办法，可据说明年之前还是够呛呢。"

"是吗，这么一说，我才想起还没有让郡司看过这部车呢。"

"那个人，可是看到想要的东西就不能忍耐的脾气，可能会被他抢走哦。"

"是吗，这可糟了，那我还是当心些吧。"

刚刚当场目击丈夫的外遇，如今却能像这样悠闲自得地说着丈夫的闲话，瑞枝对这样的自己感到很不可思议。但是，和别的男人一起乘坐一辆崭新的汽车，或许也是一种小外遇吧，瑞枝突然开始思考一件愚蠢的事情。知道丈夫背叛后的妻子，即使做了相同的事情也可以原谅吧。这样的话心情是否就能变好呢？

　　不，这是不可能的。自暴自弃可不是瑞枝的性格。虽然没有过这样的体验，但瑞枝深知如果这时候完全被情感所支配，之后就会陷入无限的悔恨之中。只有那些笨女人才会做出这样的事情。

　　车朝着天现寺的十字路口行驶着，已经离家很近了，女儿还在家里等着。瑞枝得一边哄着女儿，一边等待着另一件事情的发生。郡司回来了之后，一定会责备瑞枝为什么连招呼都没打就先回来了。这时候瑞枝当然不能保持沉默，会说出今天自己目击到的场面，接着责备丈夫，追问不已。之前一点一点化脓的伤口，今天必须要实施开刀手术。这可能会成为一切的终结。然而，瑞枝自问是否已经做好迎接这场激战的准备，可最先感受到的还是郁闷和畏惧。离家越来越近，瑞枝想要拖延接下来将要发生的事情的胆怯也越来越强烈。于是一直很沉默。

　　"日花里还没睡吧？"高林用爽朗的声音问，"已经长大了吧。上次见面是在……"

　　"高林。"瑞枝打断了高林的话，"能带我去能喝酒的地方吗？"

　　本以为高林会对瑞枝说出带自己去喝酒这种话感到很吃惊，好像也并非如此。

　　"去哪儿呢？"高林轻松地说，"去喝酒的话，就得把车停好。就去我事务所附近如何？"

　　高林的事务所位于代官山。去年之前还是在涩谷的商业大楼，设计复合建筑时顺便建了一个自己喜欢的顶层，之后就租用了那里做事务所。瑞枝没有去过，但在杂志的插图上见过所以知道。由天井倾泻而下的阳光洒满了宽阔的房间，很多年轻的员工坐在办公桌前。中央摆满了由事务所建造的作品的纯白色模型，高林经常在这些模型前面拍照。

过了代官山 Hillside terrace 的建筑群，又行驶一段时间之后，高林停好了车。

"店就在那边，我先把车开到事务所的停车场去……"

瑞枝一个人下了车。正好眼前有部公共电话。为了解决刚才开始一直放心不下的事情，瑞枝把硬币放了进去。

"喂，喂……"电话铃还没响到三声，就传来了保姆亲切的声音。瑞枝家里安装了两条电话线，一部电话提前设置了语音留言，可以不接。另一部电话因为是很私人的号码，只在有什么紧急状况的时候才拨打，所以嘱咐过保姆一定要接电话。因此保姆很清楚电话是女主人打来的。

"啊，中村小姐，你辛苦了。日花里怎么样了？"

"还醒着呢。正在看电视，心情挺好的。"

"是吗，我可能还要再晚点才能回去。可以再延长点时间吗？"

"没问题。"她的声音依然愉悦。延长费用不仅会大幅增加，而且11 点之后还可以打车回家，对她来说应该不是令人讨厌的交易。

"先生往家里打电话了吗？他被别的熟人带走了……"

"没有。没有任何联络。"

轻轻说了声"哦"，瑞枝就挂了电话。不知什么时候高林已经站在瑞枝身后了。瑞枝担心高林听到了最后的话，慌忙回过头。

高林仿佛什么都没有听到一样，体贴地问瑞枝："让你久等了。

我们要步行三四分钟，可以吗？"

两人并肩步行，高林稍稍靠后，就好像刻意区分客户妻子和建筑师的身份一样。

瑞枝突然想起之前从郡司那里听到的传闻。郡司为了证明高林如何受女性欢迎，讲了高林和委托人妻子的事情。应该是很久以前了，一对年轻的实业家夫妇想要新建房子。这位妻子在和高林反复商谈的过程中，对高林几近痴迷。

"她以为高林也会和妻子离婚，就和丈夫离了婚。可没想到高林却一副对此一无所知的样子。那家伙虽然看起来对女性很温柔忠实，但有时候也会不可思议地冷淡。可能建筑师都这样吧。毕竟是一种不同时具备艺术家的热情和理工科的冷静就不能成功的职业。"

瑞枝也明白高林偶尔对自己表现得温柔，深究起来也绝对不单纯。毕竟瑞枝的丈夫，是高林最大的赞助商。但是，瑞枝和高林在一起的时候心情很舒畅。他从来不问多余的事情，自己也不多说什么。即使现在已经是合家交往，但高林对比自己小的瑞枝也一定使用敬语。这样的表现确实很招人喜欢。

高林带瑞枝去的店，位于一幢面朝老山手道的建筑的二楼。窗户又宽又大，可以看到来来往往的车流前照灯组成的光带。座位全部对着柜台，年轻的调酒师正在擦亮玻璃杯。最边上的座位坐着一对情侣，正紧紧依偎着欣赏夜景。

"欢迎光临！"调酒师笑着打招呼，那笑容真切地传达着喜悦，看起来完全不像是做酒水生意的。

高林问："由美呢？"

"被客人邀请看相扑去了。据说是拿到了包厢席的座位。"

"果然是从银座出来的啊。去的地方就是不一样。"

听了高林的话，调酒师会意地点了个头又愉快地笑了，雪白的牙齿令人印象深刻，是个很容易亲近的孩子。虽然高林什么都没说，他已经把写有高林名字的瓶子和调酒的材料准备好了。

"我一直喝这个，你喝点什么呢？"

"我也喝一样的吧。"瑞枝突然对高林刚才的话很感兴趣。

"这里的老板，曾经在银座工作过吗？"

"是啊，是位还没到30岁的年轻女性。"

新婚的时候，郡司也带着瑞枝去过几次银座的店。对于在一流的店里工作的女招待们近乎完美的表现，瑞枝佩服不已。每天去美容院打造的优雅发型，无可挑剔的美甲，精心的妆容，各种颜色鲜艳的套装和和服，为避免因一个细节出错而功亏一篑的苛刻要求，在华丽的吊灯下，酝酿出银座独有的优雅和华美。

这家店的简约风格更偏男性化，人造大理石佐以不锈钢，甚至有些某段时间曾流行的高科技的感觉。如果是在银座工作过的女性，不应该是有些别的什么审美偏好吗？

"她也没什么钱，本来也是个喜欢简单的女孩子。"因为高林开始讲述那个叫由美的女孩的故事，最初那种拘谨就完全消失了。本来和丈夫的朋友两个人一起喝酒，选择话题是非常难的。如果是普通的男女可以若无其事地交谈，但是色情话题当然是禁忌。最安全的话题当然是关于丈夫的，但这是瑞枝现在最不想提起的。

不知道是不是对瑞枝的心情有所察觉，高林讲了很久瑞枝素不相识的女孩的故事，非常有趣。

据说由美曾是银座八丁目一家一流半级别的店里排名第二的女招待。她从一家有名的女子大学中途退学，智力出众，配以可爱的容颜，拥有很多的忠实粉丝。

高林说她之前帮了自己很多忙——当然不是在男女关系方面，现在也经常帮自己的忙。两三年前，自己的事务所还处于困境的时候，一到月末由美就突然出现，把桌子上的发票取走。

"取走做什么用呢？"

"谁都知道大型企业的总务、秘书室的人需要购买这样的发票。反正也得支付税金，还不如一直拿钱出来买发票。"

他们甚至对常去的店里的女招待们说："无论拿来什么发票，我们都给钱。"

据由美说，曾经有位商社的科长，一个月就用现金换购了200万日元的发票。但是他们不会以此作为交换向女招待提出肉体要求。他们也没有这样的奢望。

"招待客人打高尔夫的时候，她们来参加一下就好了。这样会很有面子。"

由美最初把自己的发票都给他们了，但是一个女孩的生活发票也没有多少，因为美容院、美体沙龙之类的发票用不了，所以就把目光投向了亲近的高林。

"她总是一边抱怨着'怎么才这么点儿发票啊，再多找点儿啊'，一边把所有的发票全部拿走。然后下次就把现金带来了。真的是太难得了……"

高林说他和由美之间没有什么，或许正是因为如此他们这种不那么深刻的男女关系才得以持续吧。作为常年报销发票的谢礼，这家店几乎是免费为她设计的，高林以此结束了故事。

瑞枝衷心地感叹："由美真是一个很有气度、很有意思的人。"

"其实像她这样的人，现在在银座和六本木还有很多。我觉得现在就是一个大家都在玩资助游戏的时代。"

"资助游戏？"

"是啊，企业的科长想要成为银座女招待的资助人，女招待想要成为像我这样独立创业男人的资助人。大家都互相拿出自己可以操纵的力量或者金钱，享受着资助别人的乐趣。"

资助游戏……瑞枝小声重复了一遍，这不正是对丈夫的强烈讽刺吗？郡司现在正在参与几个区域计划，建筑师人选每次都指名高林。只要自己掌握了实权，什么工作都委托给高林。

据说高林最近在青山建造的复合大楼被命名为"丘のある建物"，已经成为大型建筑奖的入围作品。这也是郡司公司名下的。面对郡司如此的深情厚谊，高林私下里却把这叫作"资助游戏"。

因为感觉到隐隐的心寒，瑞枝起身说："该回去了……"

高林看了眼手表，"已经快 11 点了。我送你回家吧。"

"不用了，我打车回去。"

"这个时间已经打不到车了。"

高林举了下左手，叫调酒师过来。从怀里掏出黑皮手账，告诉他电话号码。

"麻烦一下，能否帮忙叫一部这家公司的车？"

"明白了。"他退下之后好久都没回来。连刚才新坐在柜台的客人，也因为不能点单，开始焦躁起来。

"对不起。"调酒师终于单手拿着记录回到柜台，"这个号码打了好多次，都一直是在通话中。"

"谢谢了。看来这个地方的出租车预约电话是完全打不通啊。不过我还有绝招。"

高林又打开了手账，"麻烦打一次这个号码吧。这可是只告诉业务客户的秘密号码，应该会马上接的。"

"哎，还有这样的事？"

瑞枝忍不住往手账上瞄。日花里出生之后，自己虽然很少打车，但也有好几次晚上在外面打不到出租车，只好叫郡司的司机开车过来接。

"是广告公司的人偷偷告诉我的。说是可以用他们的名义叫车。好像只有媒体、商社这些大客户，才会被告知这个号码。"

果然有这种效果，调酒师这次马上就回来了。

"一次就打通了。车牌是这个。说是七分钟左右到。"

"谢谢，"高林起身接着说，"由美还是没回来啊。麻烦转告没见到她很遗憾。""反正高林先生明天或者后天还会再来的啊。"

"是的，不过今天和重要朋友一起来，本想给由美介绍的。"

"那么，请一定再次光临。"调酒师朝着瑞枝低头致意。瑞枝心想，由美究竟是位什么样子的女性呢，能够找到这么周到的年轻人，在代官山开这样一家时髦的店。突然，祥子自称"祥子啊……"那种娇滴滴的声音浮现在脑海，瑞枝马上感到一阵厌恶。

瑞枝坚持自己可以一个人回去，但高林就是不让步，说不能这样。

"这么晚，让他的宝贝妻子一个人回家，我会被郡司骂的。"

郡司现在应该正和别的女人在一起呢，瑞枝几乎有脱口而出的冲动。回到派对，知道妻子先回去了，郡司会怎么想呢？会怀疑妻子因见到自己和祥子接吻的场面而焦虑吗？

瑞枝可以断言不会这样的。作为夫妇一起生活以来，瑞枝好多次都对丈夫那种让人不可思议的乐天态度感觉吃惊。所有的事情都会朝着对自己有利的方向解释，绝对不会往坏的方向想。正是由于这种自己绝对不会不走运的自信，才导致好几次不谨慎的事情发生。如果不是这样，怎么会把别的女人的来信放到自己的车的仪表盘上，怎么能够在妻子也一同出席的派对隐蔽处和别的女人拥抱呢？

车快要驶过并木桥的时候，瑞枝突然吐露心声："高林，我非常不安……"

这样的时候，高林并没有问发生了什么事，只是深深点头，"郡司的工作很顺利。我相信再过 10 年，他会成为可以代表日本的商人。那时候日本也会发展得更好……"

高林似乎误解了瑞枝的话，但也不能明说。

"讨厌，已经开始堵车了。"出租车司机抱怨着。涩谷站前的十字路口，被来往的出租车、私家车，还有脱离站前的排队队伍想要早点打到车的人们堵得水泄不通。媒体经常揶揄这些人是"出租车难民"。

"之前，在还有电车的 12 点之前，这里还能顺利行驶。现在的人即使在电车运行的时间也要打车，就变成这样了。"司机感叹着。

因为很多人走到道路的正中间拦车，所有的车都不得不慢吞吞地行驶。瑞枝脑中再次响起了傍晚时分听到的旋律，反复出现那句歌词："无论如何，大家都要一起跳舞。"

是啊，瑞枝想，无论是郡司，还是别的谁，大家都在狂舞呢。

传言

文香告诉瑞枝，第 2 集的收视率只有 10.7%。

"虽然如此，我还是没有放弃。"文香果断地说，"我打算和电视娱乐节目制片人商量，让两位主演作为特邀嘉宾上他们的节目。而且由于电视剧主题很有趣，有很多杂志想要采访，我相信这样下去会有所好转的。"

总是这样，瑞枝差点儿又被文香积极的口吻所感染。但是仔细想来，在电视台的黄金时间，公司也大力投入的连续剧竟然只有 10% 的收视率，实在是太过惨淡。可能，不，会有很高的概率，还会跌落到业界都忌惮的"个位数字"。

"糟糕了啊……"瑞枝不由得说出气馁的话，"真是没想到收视率会是这样。"

"我才是呢！"文香的声音里含着愤怒，但这并不是针对编剧或演员们的。而是在表达对那些反复无常到极点的观众的愤慨。

"《下一场恋爱》都已经超过 30% 了，大家都在讨论，那样的电视剧，没有任何特色，也没怎么下工夫，就是胡乱把漫画改编成电视剧，大家竟然还都喜欢看。想想我就伤心。"但是文香最后还是说了句口头禅，"我绝对不会放弃的。"

"下午麻烦再过来一趟吧。我想今天好好充实一下第 7 集。"

"好的。"

一放下电话，全身都感觉疲劳起来。早上本来也懒倦。虽说已经做好了心理准备，但瑞枝的手机还是没日没夜地响。电话都是文香打来的，提出现在正在拍摄麻烦马上修改一下台词；正在读剧本，演员抱怨说台词很拗口；能过来一下吗之类的要求。

虽然文香绝对不会承认，但与之前合作那部收视率不错的电视剧时相比，文香变得很神经质。这才会如此频繁地和编剧联系。

无论肉体多么疲惫，也会见机行事，取得高收视率的时候完全不以此为苦，演员、导演，甚至幕后的相关人员都会情绪高涨地投入电视剧的制作。然而，与此相反，如果收视率不好，电视剧的制作就需要更多的精神支撑。

摄影棚的气氛会变得很紧张，演员们的心情也不好。对台词的不满也会在这时爆发。雪上加霜的是，第 2 集播放之后，逐渐涌现的电视评论也绝不温和。

位以严厉著称的女评论家，在周刊杂志全面否定说："道具和演员都很粗陋，完全看不下去……泡沫经济时代在我们的脑海中还有着清晰的印象，大家也会有各自的深刻记忆，不能像时代剧那样粗制滥造。我非常佩服制作者即便如此也想要重现泡沫经济时代的勇气，倘若真想如此就必须投入更多的资金。剧中出现的布景装潢以及各种店看起来都很廉价。我因为工作关系，见到过那个时代很多的有钱人，他们的生活更加奢华有趣。川村绘里子的回忆场景相当令人困惑。不使用过去和现在的双重构造，应该会更流畅一些。"

电视信息杂志中的评论，就没有那么主观，只是分析说，隆重推出的电视剧《我的记忆》之所以收视率低迷，是因为没有引起白领们的共鸣。"现在支撑电视剧的白领们大都在 20 多岁，泡沫经济时代他们还是小学生或者中学生，所以并没有享受到泡沫经济的恩惠。她们如今即使看到 10 年前梦一样的故事，也不会有任何触动。正是因为如此，《我的记忆》才会遇冷。"

看了这个评论，"纯粹在胡说！"瑞枝怒不可遏，"我们最初也没有针对白领观众群啊，我们主要面向的是那个时代 20 多岁的人。"话虽如此，30 多岁的主妇人群好像也没有多大反应。也仅仅只有一家报纸的电视评论上，刊登了一位 34 岁主妇的投稿，说是"想起了那个时代的事情，令人非常怀念。"

据说还有别的几篇关于《我的记忆》的小报道。主要的报道文香都用传真发了过来，太小的，或者是瑞枝看了心情会不好的报道，文香好像就没发。

还是那位言语刻薄，喜欢男色的编剧告诉了瑞枝这些事情："哎，写了很多过分的话啊。"

"还不是因为收视率低，才遭受各种攻击，情绪已经很低落了。"

"即便如此也很过分。不是电视剧，写的是瑞枝的事情。"

"哎，什么事啊？"

"你还没看吗，周刊 FINE 的报道，我马上给你发过去。"

他兴冲冲地挂断电话，没过两分钟传真就开始接收。

是一篇半页左右的短评，题目是"奸猾编剧的可悲结局"，还配有一小张瑞枝的脸部照片。

四月开播的电视剧收视率公布了，《下一场恋爱》《明天会更好》表现不俗，出乎意料陷入低迷的唯有新东京电视台的《我的记忆》。这部电视剧之前因泽野瑞枝担任编剧而备受瞩目。

虽然泽野瑞枝作为美女编剧也声名远扬，但作为郡司雄一郎的前妻可能更加引人注目。郡司雄一郎，是泡沫经济时代著名的青年实业家，鼎盛时期在市中心拥有好几幢大楼，资产数百亿日元，绝对是传说中的人物。《我的记忆》中有一位明显是以郡司为原型的男性角色出场，表现了他周围的女性的故事。也就是说泽野是出卖了自己的过去写成电视剧的。虽说想出这种奸猾主意的是电视台，但接受编剧邀请的泽野氏也绝对不一般。但是，因为收视率过低，电视台里已出现要中止的传言。奸猾编剧下场悲惨。

这篇报道，瑞枝来回看了几十遍。每次看到"奸猾""出卖自己"之类的字眼，相同的痛楚就会无数次穿过身体。就像是不断把手指放入伤口抠出血肉一样。

瑞枝嘴里小声嘟囔着，早就知道总有一天会这样的。到目前为止，写剧本也曾被中伤过，也曾经被卷入污秽的传言。但是，这份工作不一样。在做之前，瑞枝就明白一定会像这样遭人非议。

就算收视率低迷，电视评论被人诋毁，剧本还是必须继续写下去。

此时，敲打键盘的手指变得沉重起来。要把在瑞枝看来荒唐无稽的故事，改编成无论如何都说得通的电视剧剧本是很困难的。决不能自暴自弃，必须要用自己心中的力量来支撑自己。

在都市的某个繁华街道，池田浩一的尸体被发现了，他是从安全梯上跌落而死，他杀的嫌疑很大。作为证人，前妻佳代子接受问讯。但是犯人却另有其人。曾经作为池田的情人肆意享受过奢侈生活的女人，如今成了主妇。然而，她的独子却是池田的儿子。她的丈夫知道了这一切，为了确认事实去找池田，在争吵时亲手杀死了池田……

用缜密的对话使这个稍显粗暴的故事更具真实感，通过场面展现形成耐人寻味的节奏。让被电视台的人推向另一方向的电视剧，通过瑞枝的改编能够保留原来的色彩，这是非常棘手的工作。瑞枝无数次停下手，喝口工作台上的罐装咖啡提神。有时间的时候才能走到厨房冲杯咖啡。像现在这样的紧要关头，连起身的时间都没有。所以就在工作台上摆好了便利店买来的罐装饮料和三明治。

手机开始低声蜂鸣。这个时间打来的肯定是文香。瑞枝稍显粗暴地接了电话。

"喂，你好。"

"啊，是我。"句尾含混不清的说话习惯很有特色。瑞枝意识到是前天刚在摄影棚遇到的久濑聪。

"是你啊，还好吧，有什么事情吗？"

和艺人说话的时候，瑞枝会不由自主地提高声调。可能是想下意识地配合这个行业的愉快气氛吧。

"我现在在原宿，一起喝杯茶吧。"瑞枝的公寓到原宿驱车不过10分钟的距离。

"但是，我现在的时间很紧张。你知道我现在什么样子吗？"

"不知道。"

"穿着T恤和运动裤。当然也没化妆，头发蓬乱。而且咕咚咕咚地喝着罐装咖啡。"

"这样也没关系的。"聪好像生气了一样，接着说，"把运动裤换成牛仔裤不就行了，我现在就往你家附近去。"

瑞枝看了下表，已经过了 11 点半。

"就是来了我家附近，也没有什么餐馆。我现在打车去原宿。不过，应该不能喝酒。喝杯咖啡还行。"

"这样也好，我也是开车来的。"

照聪所说，瑞枝在表参道的 QUEST 大楼前面下了出租车。还有印象的银色金属保时捷停在那里。本以为聪会下车过来，聪却打开车窗招手让瑞枝过去。

"原宿的店晚上都很早关门，户外咖啡店也都关门了，就只剩那边的家庭餐馆了。"

"我没关系的……"

"但我好歹也是演艺界的人啊。"聪笑着说。即使在昏暗之中，白色的牙齿，温柔的眼神，也都散发着让人感觉确实是艺人才有的魅力。

"开到青山大道那边的话，有一家营业到很晚的蛋糕店。"

"好的。"

保时捷在表参道上行驶着，表参道两旁的榉树枝叶茂盛，夜里更是令人生畏。很快就到了青山大道。但是，聪并没有拐向蛋糕店所在的左边，而是一直往前开。

"刚才不是说要去青山的蛋糕店吗？"

"改变主意了。我们从高树町上高速吧。"

"这可不行。我可是丢下工作来的，必须马上回去。"

"没事。喝杯咖啡的时间就回来了。"

瑞枝好像吃了一惊一样叹了口气，但也绝对没有讨厌的意思。因为这个俊美青年的强势，瑞枝逐渐变得愉快起来。因为工作关系，有很多和演员们喝酒吃饭的机会，但像今天这样两个人一起开车兜风却很少有过。瑞枝突然想起了之前，电视剧的庆功宴结束之后，送自己回家的帅哥演员对自己表白的事情。不过那时和现在不同。当时的瑞枝足够年轻，现在已经不一样了。但是坐在旁边的青年却足够年轻美貌。因此，瑞枝无论如何都不会有自我陶醉之意。

"我可能必须得向泽野你道歉。"向羽田方向转着弯，聪突然说了一句。

"道歉？向我？为什么呢？"

"瑞枝小姐，之前 *FINE* 周刊上刊登了很过分的报道。"

瑞枝明白聪所说的，就是之前那篇说瑞枝出卖过去的短评。

"写那篇报道的大叔，就是那个男的。之前在记者招待会上问了无聊的问题，被我打断说不要问奇怪的问题的那个人。就是那个男的。"

想起来了，是那个举手的 40 多岁的男人。用难缠的口气问瑞枝，是否可以认为这部电视剧描写的是瑞枝的过去。

"那位大叔，在别的记者招待会上问过和我交往的女性的事情，我很生气，所以那天就那么说了，我在想他是不是因为这个就对我们的电视剧怀恨在心了。"

"怎么会？"瑞枝用比较夸张的声音笑着说，"无论如何都和你没关系。他再怎么说也是职业记者，不会因为记恨乱写东西的。"

"是吗？那些家伙们，心胸出乎意料地狭窄。"

"但是我很开心。"

"为什么呢？"

"你刚才说了'我们的电视剧'啊。说得真好……"

"就是这样啊。可能有点装酷，不过我真的觉得在拍电视剧的时候，大家都坐在同一条船上。"

"我们的船，可一定不能变成泰坦尼克号啊。"瑞枝本来打算开玩笑才说的，可聪却没有笑。

"我喜欢《我的记忆》。虽然我的戏并没有那么多，但记忆中的语言都一定会被写成台词。我也喜欢这次扮演的角色。我真的认为这是一部非常优秀的电视剧，大家应该都这么想吧。出演的电视剧收视率高的话当然会开心，但这和出演一部好的电视剧是不一样的。"

"谢谢……"

尽管是偶像出身，和外表不同，聪很不擅长接受采访。说不出八面玲珑的话，拙劣地使用着一个个质朴的词。然而，聪这样的话语，却深深打动了瑞枝的心。

"啊！"瑞枝发出如梦初醒一样的声音，夜色下的飞机场突然出现在眼前，"糟糕了，必须得回去了。这时间已经够喝三杯咖啡了。"

"已经到这儿了，去机场旁边看看吧。再喝一杯咖啡如何？"

"咖啡已经喝太多了。"瑞枝笑着说，"喝四杯的话就睡不着了。而且今天晚上还得琢磨杀死池田之后怎么办，必须得好好写啊。"

"那个也很过分。"聪粗暴地打了一下方向盘。保时捷这种车，会把道路的凹凸忠实地传达给身体，习惯了的话这种震动会很舒服。

"在电视剧中途，把坂卷突然消灭，太难以置信了。"

虽然目前正在拍摄第 4 集，但这一计划已经通报给演员们了。

"被要求这么做的时候我也很难受，但是总得想办法改变眼前的状况啊。"

"那我也会被消灭吧？"聪恶作剧似的看着瑞枝。这个时候，他的眼睛中闪烁出偶像时代残留的风情。

"不会。你又年轻，也没做过什么坏事。"

"做了坏事就会被杀死。"

"电视剧里就是这样的。"

"可电视剧里的阳介非常坏。对喜欢的女人猛追不舍。"

"作为男人这是理所当然的。一点儿也不坏。"

"是吗，听到了好消息啊。"

车载音响里播放着瑞枝从未听过的摇滚歌曲。瑞枝觉得这就是阻隔聪和自己的东西。现在坐在旁边的男人比自己年轻 8 岁。这种差异正表现在对歌曲的偏好上。

过了深町，车在公寓前面停了下来。

"谢谢你的咖啡。"

"嗯，请你喝了四杯。"

瑞枝本想笑着告别却没能做到。男人的眼睛里闪烁着光芒。年龄差距变得无足轻重，这个瞬间瑞枝和这个男人拥有着相同的火热视线。嘴唇被男人捕获。瑞枝本想抵抗却无能为力。心中想着，顶多是接吻，就随他去吧。男人的唇很执拗，就像吮吸母乳的婴儿一样用力亲吻着。

＜第二十四场＞　天桥上 · 夜

阳介："我是第一次怀揣这种心情，第一次真的喜欢上女人。"

佳代子："3 年之后，你还会说同样的话，对更年轻的女人说。"

阳介："不会的。这样的话以前没有说过，以后也不会。"

告知瑞枝第 3 集的收视率是 12% 之后，文香说："我们继续努力吧。最近电话、信件很多。我认为这是一个很好的趋势。"

瑞枝对文香无论何时都一定向前看的朝气和性格很有好感，但事到如今也不会对她所说的全盘接受。很可能电视台内部已经开始讨论中止这部剧的事情。从编剧的角度来看，12%，已经足以让电视剧持续下去。虽然会被评价为"收视低迷"，但哪怕收视率只提高了 0.1%，制作方的心情也会马上好转。《我的记忆》总算是摆脱了收视率直线下降的危机。

最近一直都是淋浴，今天瑞枝不仅舒服地泡了个澡，之后还想和日花里一起出去用餐，这已经是久违了。

"烤肉也好寿司也好，只要日花里喜欢就行。"

"这么说可让我为难了啊……"日花里嘟起了嘴。在特别开心的时候做出这种好像不开心的表情是女儿的习惯。粉嫩松软的嘴唇上只有些许细纹，以母亲的眼光来看她也是位美丽的少女。尽管因为工作关系，也见到过很多儿童演员，也曾到过演员选拔现场，但是感觉还真是没有见过像日花里这么漂亮的女孩子。

前夫无论如何都称不上是美男子。那双透着殷勤的大眼睛，与英俊小生完全无缘。但是这样的眼睛遗传给女儿之后，就变成一双被浓长睫毛包围的别有神韵的眼睛。虽然这双眼睛也常被人说和自己很像，但女儿的丰富表情也遗传了丈夫的基因。瑞枝深切地感受着血脉相连的不可思议。

"怎么了，为什么总盯着我的脸看啊？"

"没什么，妈妈刚才在想，日花里长大后会是个绝世美人。"

"是吗？"日花里害羞了，轻轻踢了下坐垫，"可是，班上还有近藤 Alisa、丸山理奈那些更漂亮的女孩啊。"

"日花里一定是最漂亮的。"

"谢谢，但是，妈妈您也不差啊。换个发型，别总穿这条牛仔裤，再化下妆，就会很漂亮的。"

"哈，谢谢。"

过了一会儿，电话响了。日花里比瑞枝更快地拿起了话筒。瑞枝也慌忙赶过来，还是比不上少女的迅捷。

"你好，是泽野家。啊，是久濑先生啊，你好，我是日花里。"

"把话筒给我。"

"好的，好的。啊，谢谢。"

本来是想中途夺过话筒的，又觉得这样太孩子气，瑞枝就只好咂着舌看着日花里通话。

"妈妈，久濑先生说要带着日花里一起去吃饭。"

日花里的眼睛里闪烁着雀跃，10岁的女儿竟然也对电视里的男人充满好奇和憧憬，这让瑞枝吃惊不已。

"好吗，好吗？说是已经在我们楼下了。"

"喂，聪……"终于把话筒从女儿手中拿了回来，"因为太过突然了，把我吓了一跳，这么做的话我很为难。"

"对不起。本来是想回家的，刚好从你家门前经过。三个人一起去吃烤肉吧。我知道西麻布有一家超级好吃的店。"

"三个人"这种说法具有一种奇妙的温暖，让瑞枝铭刻在心。和刚刚接过吻的男人，还有女儿一起吃饭会感觉很不好意思，但是拒绝的话会被胡乱猜测也很让人为难。平常都是和母亲两个人，或者自己一个人吃饭的日花里是那么兴高采烈，本能地知道三个人围着餐桌会比两个人快乐得多。瑞枝判断现在拒绝只会让她不开心。

"知道了。五分钟后我们下去。"

放下话筒之后，瑞枝轻轻地瞪着女儿，"没有办法啊。都是你要先接电话，还那么开心，妈妈也就不好拒绝啊。"

"可是，那个人是妈妈的朋友啊。这样的话，一起吃饭不是挺好的吗？"

"那个，工作相关的人绝对不是朋友。可能日花里还不懂，朋友，指的是那些不在一起工作的人。"瑞枝脑中突然闪过文香的脸。

"所以，妈妈是不太喜欢这样的事情吗？我明白了。"

即使是在公寓前面的暗处，聪的身影还是马上映入了眼帘。披着银色的轻便上衣，露出白色亚麻衣领，胸前的项链熠熠发光，确实很符合艺人的身份，但聪的打扮一点儿都不庸俗。

"晚上好，贸然打扰真的是不好意思。"

"真的是。"瑞枝在女儿面前，故意装得若无其事。

"这是我女儿日花里。"

"晚上好。"

和刚才接电话时判若两人，日花里很羞怯，用前齿咬着嘴唇微笑着说：

"晚上好，日花里。请多关照啊。你多大了？"

"10 岁了，很快就 11 岁了。"

"和同龄人比，已经早熟得不行。"

"但是很可爱啊。才 10 岁，个子就很高了啊。"

"是的，在班里也差不多是第二高呢。"

和聪的对话一直围绕着女儿，就像女友之间的对话一样，让瑞枝感觉很安心，这样的确要愉快得多。

路边停着一辆鲜红的奔驰旅行车。

"今晚开旅行车来真是太好了。如果是保时捷，坐后面还是有点局促。"

"真厉害啊。你究竟有几辆车啊？"

"我只有两辆。演艺界的男性不都是车迷吗。我倒还好、高木的话，包括法拉利一共五辆呢。"

聪举了这次一起参演电视剧的演员的名字。知名度一般，绝对不是当红演员，在《我的记忆》里也只是男四号配角。虽然已经从事编剧工作多年，瑞枝还是完全不理解演员们的经济状况。比如说到处参演的女演员手头却并不富裕，朴素的老演员却住着豪宅。

聪也是如此，应该已经过了演员的巅峰时期，却还能像这样保时捷、奔驰换着开。

"那么，日花里坐前面的副驾驶吧。"

"谢谢。"

"没事，当心脚下。"

聪自然地用手扶住日花里的腰。蓝色的百褶裙一瞬间因为想要抽身而摇摆起来。瑞枝还是第一次看见女儿有这样的动作。

聪停车的地方，是一家离十字路口很近的小店。店内就像意大利餐馆一样装修时尚，播放着爵士乐。店内好像有很多演艺界的情侣，即使聪走进来也没引起关注。

因为是常客，聪被领到位于角落的不显眼的座位。

"日花里喜欢吃什么呢？还是五花肉比较好吧。"聪让日花里坐在自己旁边的座位，打开菜单给日花里点菜。瑞枝很意外他竟然喜欢孩子。

"你有侄女，或者外甥之类的亲戚吗？"

"没有，我只有一个弟弟。那家伙还没结婚呢。我并不是那么喜欢孩子，但是像这么可爱的孩子就另当别论了。若是个难看的孩子，又在旁边吵闹的话肯定会想把他踢开的。日花里就特别乖。"

日花里装作什么都没有听见，专心看菜单，这是日花里害羞时的习惯。

"我想吃这个石锅拌饭。"

"可以啊，不过这个是米饭，最后再吃比较好。之前多吃点特等五花肉和特等里脊肉吧。"

"不要太奢侈了。"瑞枝轻轻合上了自己手里的菜单。由于地段的关系，什么都很贵。

"我们家是单亲家庭，即使去吃烤肉也只能点普通的五花肉。"

"但是，普通五花肉脂肪太多，吃了会变胖的。日花里讨厌变胖吧。"

看到聪滑稽地歪着头，日花里才终于笑了。

"班上有个和我关系很好的孩子，因为很胖，穿着大人的裙子。但是脸很可爱。总是微笑着，特别亲切。"

"是吗？哥哥也想见见这个孩子呢。"聪很配合地说完之后，向走过来的店员点菜："辣白菜、腌黄瓜、特等腌牛舌、特等五花肉、特等里脊肉，各三人份……"

"吃不了那么多。"

"我能吃，放心吧。"

确实如此，聪的食量惊人。他本来也不怎么能喝酒，就喝着冰乌龙茶，展示着他的食量。以固定的节奏，把肉放到网上、翻面、放到嘴中。还不停地照顾日花里，问完"用我的筷子可以吗"之后，就把肉片放入盘中，往热乎的五花肉上滴上酱汁，用生菜卷好递给日花里。这间隙还不停地注意火候，不停地用筷子往网上放肉。

"很厉害啊。就像是看名人杂技表演一样。"喝着大杯生啤的瑞枝，就只有佩服的份。

"这么会吃烤肉的人，我还是第一次见到。普通的男人，一般都只是在喝酒，都不怎么吃。"

"都是在之前的经纪公司的时候锻炼出来的。全是年轻男的，去吃饭当然就是烤肉了。因为是 AA 制，那可是严酷的生存竞争。而且，我是年纪最小的，还得帮前辈烤肉，还得自己吃。所以，我对烤肉的吃法可是很有自信的。吃得最快、烤得最好吃的自信。快，泽野小姐，这里，这里，可以烤。"

看来自己那份是指望不上聪了，瑞枝慌忙拿起了筷子。又追加了两人份的特级五花肉。

"日花里，差不多该吃白米饭了。还能吃得下石锅拌饭的话一会儿再点。拌饭之前白米饭和五花肉配着很好吃哦。"

"嗯，就这样吧。"

在瑞枝看来，日花里吃了平日几倍的肉。被围着火炉的年轻男性的能量所感染，连平日讨厌的牛舌也吃个不停。尽管瑞枝不想承认，但真的已经很久没有看到女儿如此开心了。

"日花里已经吃饱啦。"像撒娇一样，日花里用左手按着百褶裙，指着肚子给聪看，"肚子都快撑破了。"

"可别这么说，还得一起吃甜品呢。这里的冰激凌最棒了，刷地一下浇上蜂蜜。"

"冰激凌吗？"日花里装作一副很烦恼的样子，"要吃点儿吗？"结果一扫而空。

完全无视瑞枝想要付账的愿望，聪径直把自己的卡交给店员。"不用和我客气，今晚我也非常开心。"

聪把两个人送到公寓前。

"久濑先生，谢谢今天的款待。非常好吃。"因为瑞枝平日的严格管教，日花里此时也认真地低头致谢。

"我也很开心。日花里，我们下次再一起吃好吃的吧。"

"好。"

"是呢，稍等一下。"

聪把手伸向驾驶席，从安全带旁边取出了一本杂志。意外的是那竟是本电脑杂志。撕下封底，用圆珠笔写了什么东西。

"这是我的手机。什么时候都可以打，比如说日花里得一个人吃饭的时候呀……"

"谢谢。"日花里睁大了眼睛，脸颊上也出现了红晕。瑞枝想，竟然比大概估算的早了五年看到女儿这样的表情，就忍不住说了句："不要当真。久濑先生很忙的。"

"但是，如果是日花里的话，什么时候都很欢迎。那我告辞了。"聪没有看着瑞枝，而是看着日花里的脸挥手告别。日花里不愿离开，瑞枝也只好陪着她目送车远去。直到确认红色的车拐到大路上之后，两个人才一起向公寓大门走去。

"妈妈，还是第一次有人告诉我手机号码呢。因为班里没什么人有手机。"

"那是当然的啊。小学生不会有人用手机的。"

"不是啊。那些去上辅导班的人，因为害怕晚归就会带手机。他们的父母因为担心就让他们带着手机随时联系。"

"嗯，提前说好啊！"瑞枝粗暴地插好公寓钥匙，"不要给久濑先生打电话。他是出于客套才那么说的，孩子可不能相信大人们的客套话。"

"但是那个人，是个非常好的人啊。"

"即使是好人，所说的和所想的也会有不同。"锁终于开了。想要拍肩让日花里快点进去时，瑞枝注意到女儿的个子又长了。瑞枝心想自己难不成是有点嫉妒女儿，但随即就觉得这想法愚蠢得可笑。

完全不知道心情为何会变成这样。瑞枝回到工作间，从抽屉里取出一封信。这是前天收到的航空信件，写信人是高林。

　　我想你正充满活力地工作着吧。

　　我现在在芝加哥出差。在媒体中心的设计大赛中，有幸从五个参赛者中胜出。

　　虽然有人说美国的经济已经好景不长，但在我看来还很有潜力可挖。这家媒体中心，也是举民间之力修建而成的。现在我深深地感觉到美国就像曾经的日本那样，有来自世界各国的资金大量流入。不，把美国和曾经的日本进行比较本身可能就很不逊。在泡沫经济时代我们曾经自夸说："卖一个日本就可以买四个美国"，那是不可能的。面积不同，资源也完全不同。为什么那时候会那样想呢，想想真的是很不可思议。

　　写了一大堆近况，正是因为如此没能看到电视剧的第 2 集和第 3 集，应该很顺利吧。

　　自从和你见面以来，我经常想起过去的事情。非常怀念也非常开心。但是完全没有失落感，这是因为我们还足够年轻吧。如果我现在60 岁的话可能就会有完全不同的想法，会认为失去了太多的东西吧。但是我才 40 多岁，你才 30 来岁。我们拥有喜欢的工作，找到了属于自己的位置。从这样的位置回顾过去，无论它多么绚丽愉快，更重要的是要思考过去的价值。我们毕竟还没到只能回顾过去的时候……对不起请原谅我无法用语言充分地表达。之前整理素描本时，发现了那个时期匆匆写成的诗。写下来博你一笑吧。

面向未来的记忆

空白的沉重侵犯着空白的意义

生与死交欢的山丘

维系着不同的他人

精神的自由和紧张

置换为形态和排列

别过无数次的邂逅

历史不停地书写

什么都无从逃脱

年轻的心

想要打开沉重的历史之门

自由携着形式

填满新的空间

　　瑞枝把信放回抽屉的深处。应该是为了确认高林信上的话，才又一次打开的。他这样写道："我们还足够年轻……完全没有失落感。"

　　高林43岁，自己马上就38岁了。这就是男性和女性的不同之处吧。

　　即使不用拿出镜子，瑞枝也知道自己的脸上哪里又生了皱纹。鼻子旁边的毛孔也开始凸显，恐怕是因为皮肤整休开始松弛了吧。

　　比起这样的外在，变化更大的是精神方面。虽然也不能说是放弃，但是瑞枝已经可以预见自己接下来的人生。做着还算满意的工作，因为有了这份工作，未来的10年应该会衣食无忧。即使没有编剧的工作，像之前那样帮忙做做杂志的校对或者是单行本的代笔，生活也应该个成问题。

之前虽然有过短暂的情事和恋爱，也只能持续到 40 岁中期吧。带着孩子的中年女人再婚的不是没有，但大都以不幸告终。瑞枝决不想重蹈她们的覆辙。在不伤害对方、也不伤害自己的前提下，偶尔秘密交往的话还可以考虑。日花里也会长成美丽的大姑娘，很多事情瑞枝也可以放手了，自然地变为 40 岁、50 岁的女人。

不能说这样明确读懂自己人生的人"还足够年轻"吧，至少在瑞枝心中年轻的印象是模糊不清令人焦躁的。然而高林为什么会那么自信地说"我们还年轻"呢？

手机响了，拿到耳边，是文香打来的。

"瑞枝，明天的交流会没有问题吧？"

"嗯，没问题，我两点到。"瑞枝感觉文香有点奇怪，今天白天文香为了别的事情打来电话时已经确认过明天的时间了。

"哎，我可听说了好玩的事情。"文香的声音里含着笑。在这行工作的人，只会在谈论男女之间的话题时才发出这样的笑声，"听说你刚才和聪约会了啊。"

瑞枝并没有那么吃惊。应该是三个人一起的时候被谁看见了。瑞枝已经很了解这行的消息传播之快。"说是约会，就是带着孩子一起吃了烤肉。"瑞枝自觉可笑地说，甚至还笑出了声，"聪打电话说在附近，就好好请我和女儿两个人吃了顿饭。"

"什么啊，告诉我的那个制作公司的人，完全没提日花里。他因为别的事情给我打电话时，说是刚才在店里看见久濑聪进来，本想打个招呼，看见瑞枝也在就没好意思。"

当时在西麻布的店里，有几对情侣，这其中应该有一个人就是娱乐制作公司的人。瑞枝不认识他们，他们却认识瑞枝。

"太难得了，我还想多一些这样夸张的传言呢。就是聪太可怜了，要和一个比他大 10 岁还带着孩子的大姐约会。"

"那倒不至于。"今天的文香有点絮叨，"他虽然与年轻的女演员和女艺人也交往过，但实际上喜欢年长的女性。"

"是吗？"

"你不知道吗？他和之前经纪公司的女社长起了纠纷。据说也有男女关系。"

"不是吧……那位女社长，和我也交换过名片。应该已经 40 多岁了吧。"

"但是，他们的交往是真的。那个孩子，有能让年长的女子神魂颠倒的魅力哦。"

"是吗？我倒是没感觉。"

瑞枝不由得想起被强行带到空港，还突然被吻的情景，同时对绯闻缠身的聪也充满厌恶，这是和嫉妒完全不同的感情。

"所以，我这次也给他分配了比女方年纪小的恋人角色。他表现得还真是不错。"

"是呢，在那个年龄能表演到这种程度的演员确实不多。"

"但是，瑞枝你真的要当心啊。最近很流行跟年纪小的男人谈恋爱哦。"

"我可没兴趣，放心吧。"挂断电话后那种不快还依然持续，瑞枝对此感觉很意外。

聪只不过是工作中交往的一个演员。瑞枝推测他虽然对自己表现出了一些主动，也不过是艺人独有的一时冲动。即便如此，文香试探自己的那些话，还是让瑞枝很生气。

"实际上喜欢年长的女性。"

"和之前经纪公司的女社长起了纠纷。"

听到这样的话，瑞枝甚至感觉自己一点点地被玷污了。"年长的女性"这词中包含的猥琐和揶揄腔调，还年轻的文香好像并没有注意到。

缓过神后瑞枝用手贴着脸，最近工作中经常做这个动作。三十一二岁的时候手掌的内侧会和皮肤完全地重合。但是现在，中指靠下的部分会有一个很小的空隙。瑞枝之前就确切地感受到了皮肤正在一点点地下垂、自己正在走向衰老，但并没有因此感到特别困扰。可为什么今天那无聊的传言和文香的几句话，就能如此重创自己呢？

瑞枝把手伸向抽屉，那里面放着已经反复读过的高林的信。其中的一些段落已经可以背诵了。

"我们还足够年轻。"

"对于回顾过去，我们还太过年轻。"

瑞枝想，如果将来还要恋爱，自己会找个同龄人或是比自己年长的男人吧。以自己 38 岁的年龄为界，瑞枝的心中分裂出了两个世界。一个是说自己已经人到中年的世界，一个是非常自然地说自己还很年轻的世界。在第二个世界里，自己应该可以轻松地呼吸，愉快地行动。瑞枝的身边也有几位喜欢小男生的女人，瑞枝无论如何也不能理解她们的想法。

她们一定会说和年轻男人在一起，连自己也会变得年轻吧，这只是用薄板遮蔽了的虚假年轻。女方一定会对必须要看见的东西视而不见，对必须要听的话充耳不闻。除了悲哀，女人们究竟获得了什么呢……

啊，今天晚上很奇怪。平时置若罔闻的与年轻相关的思绪，一下子朝自己袭来。让自己思量，让自己烦恼。都是因为和年轻男人吃了很多肉的缘故吧。

古都

正如您所说，电子邮件确实方便。虽然很早之前就知道它的存在，却总觉得是年轻人用的。

之前往事务所打电话的时候，是一位像是秘书的女性接的，我稍稍有点胆怯，但对方还是认真地回答了我的问题。

昨天，《我的记忆》第6集的收视率出来了，14%这个数字虽然并不是那么高，但能够从之前被攻击说"收视率变成个位数只是时间问题"、"可能随时会被中止"的状态攀升到这个数字，大家都很开心。电视剧的收视率，像这样上升是很少见的。如果第1集、第2集不好，之后就只能一路下滑。

即便收视率一路下滑，也不得不继续写下去，这种编剧独有的痛苦，你可能很难理解。之前当成是伙伴的制片人和导演，会马上不高兴，对编剧冷言相向。

而且，我在电视剧里做了一件很厉害的事，把主人公的前夫杀死了。电视剧就突然变成了悬疑风格，而且成功地让之后的故事也变得合乎情理，连我自己都难以置信。但是也多亏了这样，收视率才能提高。我不由得在想这收视率到底是何物啊？

发了很多牢骚，这些业界的事情，您会觉得无聊吧。昨天，制片人说拿到了京都取景的许可。我一直觉得为了表现那个时代，无论如何都少不了京都。

不只是郡司，东京的男人一到周末就马上涌向京都。我记得连街上很小的房地产中介，也在京都带着非常漂亮的舞妓逛街。

我想在回忆场景中表现那种热闹和荒唐。制片人邀请我一起去采风，我拒绝了，想要自己在京都待一晚。

所以想要拜托你是否能陪我半天。因为很多店我一个人去不了，有你的话我会很安心。而且还想问你很多过去的事情。请告知方便的时间。

泽野瑞枝

从新京都站出来之后，感觉这里的客流量完全不复往昔。八条口的名店街萧条得甚至会让人怀疑下错了车。站前挂着颜色刺目的卡拉OK广告牌。在五月末强烈的阳光下，等待客人的出租车，就像是为了灼烧车的顶棚一样排列在那里。那种火辣辣暴晒的焦躁从出租车排成的长队弥漫开来。

最初想乘辆中型出租车，又害怕黑色的车体太吸热，瑞枝选择了一辆黄绿相间的小型出租车。告知宾馆名称之后，司机愉快地出发了。因为高林预约的宾馆远离市中心。

"好像不怎么有客人了。是因为五月的这个时候，黄金周也结束了、旅游季节也过了吗？"瑞枝问后脑已是白发斑斑的司机。

"不行了，真的不行了。"司机用从他瘦削的背影难以想象的洪亮声音回答，"黄金周的时候与往年相比人也少了很多，现在才刚是初夏的季节，就完全不行了。我也做了很长时间的司机了，像这样的情况还是第一次遇见。真的是很不景气。"

"是吗？"

司机们诉说经济之差的哀怨声，在东京也经常能听到。但是京都的这种哀怨就更为痛切，或许是因为旅游城市的经济更为脆弱吧。

瑞枝透过车窗眺望着周围的景色。已经有10年没来过京都了，或许还更久。新婚的时候，还有之前恋爱的时候，郡司带着瑞枝去了很多地方。京都也是其中之一。因为瑞枝说出生以来，从未见过真正的舞妓，郡司觉得很奇怪，就带着瑞枝来京都了，这应该是结婚之前的事情。

郡司带着瑞枝去了一家常去的茶屋，就在歌舞练场的前面。在茶屋的二楼，七位艺妓、舞妓排成一列。艺妓美得脱俗雅致，对舞妓，除了浓重的妆容和奢华的衣服就没有什么印象了。她们总是说着"谢谢""是吗"之类的话附和别人。在舞妓中间，有一位只有下唇涂着彩虹色口红的少女。

"哦，那是见习生，是还没有出道的舞妓，就是为了给你看才叫来的。"郡司的口气听起来相当熟悉。

另一次到京都是结婚之后不久的盛夏，郡司和往常的玩伴们一起在岚山的料亭里举行宴会。

在七个人的桌子上，艺妓、舞妓也是同样的人数。吃到一半的时候，饭馆的女招待走过来说："船准备好了，请移步。"

穿过料亭的院子来到河边，船已经准备好了。船上挂着几个灯笼，灯笼上印着料亭的纹样，增加了节日气氛。

"有点摇晃请当心。"男侍者们紧紧地扶着船，客人们先上了船，之后，依次是艺妓和舞妓。她们好像已经习惯了，连纱罗衣裳的下摆都没有乱，就越过了船舷。

穿着号衣的男子静静地划起桨。在离岸的船上，宴会继续进行。在堪称一流的料亭，即使是在船上对餐具也绝不偷工减料，小号的水晶杯里，再次注满了啤酒。

"在船上可醉得快。您当心着点。"旁边的年长艺妓为瑞枝斟满了酒，可能是为了让日本传统发型和太过齐整的面容相配，她的发髻看起来稍稍有点危险。

"你好啊，豆富久。"小圈子中的一位每周都来京都已经习以为常的房地产同行开始戏弄舞妓，"你现在可是在船上，如果想小便怎么办呢？"

"从刚才开始，就一直说些讨厌的话。我不知道……"穿着拔染成观世水花纹的大振袖，系着枫叶花纹的腰带的年轻舞妓，可爱地鼓起脸颊，"我们，积累了很多的修行，什么都可以忍耐。"

男人们听到"修行"这个词就大笑起来了。

"来吧，来吧。烤好了。请大家趁热享用。"女招待把刚刚烤好的香鱼盛到蓝色碟子里，劝说大家开始用餐。这艘船的后面，静静跟随着载着厨师的料理船。

厨师们带着液化气和烤架，一直在摇晃的小船上烤着香鱼。

因为是夏季，河里漂着很多游船。可在画着饭馆纹样的灯笼下，满载着艺妓和舞妓的却只有这一艘。甚至还有人对船上的一行人拍照。那个奢侈的夏天，也不知悠悠荡荡地漂向了何处。

在宾馆前台，收到了高林的留言："到了以后请给事务所打电话。"

瑞枝不怎么喜欢的、有点絮叨的秘书接了电话，然后转给了高林。

"来得还挺早啊。"

"是啊，想到街上逛逛。"

"我陪你吧。"

"不用，没事的。之前约好吃晚饭的。地方确定的话我直接过去。"

"那个，我想了很多地方……"高林突然变得有些唠叨，"京都的'纳凉坐席'很快就要开始了，结果没有预约到。"所谓的"纳凉坐席"，指的是沿着鸭川建造的夏季特有的户外酒席。

"我还特意咨询了美食达人朋友，泽野喜欢正规的料亭呢，还是柜台①也可以？"

"好吃的话，哪里都可以。"

"是吧，我也这么想，实际上已经预约好了。先斗町新开的一家店，评价非常好。女性杂志之类的还没有报道，朋友说要去的话最好趁现在。"

"好期待啊。"

"地方比较难找，我去接你吧。预约的是6点半，6点15分我在宾馆大堂等你。"

"好的。"

挂断电话后，瑞枝趴在床上哗啦哗啦地翻着带来的书。

身体就像从内部开始融化一样舒畅。从去年年末开始，被剧本创作所困，过着像囚犯一样的生活。洗澡也只能冲个淋浴，饭菜也只能

---

① 寿司店等日式餐馆中设在厨房前面，供客人就坐进餐的长方形桌子。

以外卖或者便利店里买来的东西凑合。

一切都是为了工作，那么这次的京都旅行，就权当是对自己的一个小奖励吧。尽管如此也还是没有想到，离开东京会让自己的心情如此放松。多亏收视率一点点地上升，文香的心情好得不得了，甚至提出了慷慨的提议。

"我必须得去，所以申请了很多经费，你拿发票就可以来我这儿报销。"

瑞枝的心也因此逐渐雀跃起来。

不知道过了多久，瑞枝被电话声吵醒。

"喂，你好。这里是前台。有位过来接您的人。"

瑞枝看了眼床边的表，确实已经过了 6 点 15 分。本来只想小憩一下的，一下子竟睡了 3 个多小时。

"不好意思啊，麻烦让接我的人听下电话。"

马上就换成了高林。

"对不起，能再等我 10 分钟吗？"

"没事的。比预约晚点儿也没有关系的，你不用着急。"

瑞枝放下话筒，慌忙奔向洗漱间。用梳子整理好睡乱的头发，重新涂好口红，在嘴唇的旁边发现一条白道。看来是像孩子一样流着口水酣睡了 3 个小时。这几个月的疲惫也像是化成水滴散落。但是由于白天睡觉的缘故，皮肤变得充满活力。瑞枝往平日只涂睫毛膏的眼睛上，画上了液体眼线。

瑞枝本来还想冲个澡，实在没有时间，就只换了衬衣走出房间。

下了电梯，就看到高林无所事事地站在前台。虽然正值办理入住密集的时段，瑞枝还是马上就找到了高林。蓝色上衣不系领带，穿着变领衬衣。这是一种只适合自由职业或被称为创始者的男人们的不可思议形状的立领。

"好久不见。"

"是呢，确实是好久不见了。"

两个人不知为何都羞涩地低下了头。至今为止，两个人通过航空信件、电子邮件互相倾诉着心声，与此相对，见面却非常之少。就像笔友初次见面一样，会很拘谨。

"不好意思让你久等了。"

"没事，你又忙工作了吧？"

总不能说自己是流着口水酣睡了吧，瑞枝忍不住笑了出来。马上就听到高林感叹说："很少看到你笑啊。"

"是吗？"

"是的。每次和我见面都一脸不愉快，让我总担心自己是不是说了什么令人不快的话。"

自己在高林面前不开心？瑞枝觉得高林的话有些不可思议。他是想说自己和他见面不开心吗？

和郡司一起生活的时期，也许可以说是瑞枝的鼎盛时期。用世人的评判标准来看的话确实如此。瑞枝被说是傍了大款，甚至连写真周刊都这么刊登。说起来高林是那个时期瑞枝的见证人。可能就是为了不被他抓住弱点，不被他轻视，瑞枝才会有那样的表现吧。

那天夜里，高林带瑞枝去的，是一家位于先斗町露池的小料理店。因为在京都口碑很好，柜台座位几乎已经坐满了。两人一看到最角落的位置摆着餐具，就知道那里是他们预订的座位。

"先来点啤酒吧。"

高林用热手巾擦了下脸，这动作有些粗野，不像他平时的风格。可能因为是在自己的地盘，比在东京时要放松得多吧。

"先来点啤酒，之后是日本酒，麻烦要冰的。"高林对柜台里的店主说的话，也带有明显的方言口音。他的京都方言有一种奇妙的风情，听起来仿佛是要探寻不可思议的秘密。

"啊，我擅自就点了，你喝点什么呢？"

"我和你一样吧。"

小瓶的滩之酒被放入装满冰的容器放置在柜台上。年轻的老板娘递过来萨摩切子的玻璃杯。冰爽的酒一丝丝渗入睡足之后的火热躯体，瑞枝不由得连续喝了三杯。

"简直就是一个小小的极乐世界啊。"瑞枝小声感叹着，"到前天为止，我还抬着眼皮彻夜工作呢。这样的我，现在在京都吃着好吃的东西，喝着美味的酒，简直就像是做梦一样……"

"那就多喝点吧。"

高林拿起瓶子，倒满瑞枝的杯子。开始上菜了，两个人面前，冰镇过的玻璃盘上摆着海鳗。

"我今年还是第一次吃海鳗。因为我是关东人，所以第一次吃到海鳗还是在京都，还是十几年前和郡司一起来时吃的。"

"泽野"，高林放下杯子说，"今天我们玩个游戏吧。今晚我们完全不谈过去的事情好吗？"

"这可不行，"瑞枝也放下筷子说，"因为我现在正在写电视剧剧本，正拼命回忆 10 年前的事情，这可是工作啊。"

"即使是工作，也不用无时无刻地回想过去的事情啊。至少今天晚上说点别的吧。"

"别的，指的是什么呢。"

"比如说，谈谈未来。"

两个人同时笑出声来。

"谈谈未来这种说法，应该是高中生才说的吧。"

"说法可能有点不太合适。那么，我们聊聊近况吧，近况。"

"从未来一下子跳到近况……感觉急转直下了啊。"

"即便如此，也比一直回忆过去要好得多。我之前就想说，30 岁的人有 30 岁的人对过去的看法，40 岁的人也有自己对过去的理解。可在我看来，你对于过去的看法，和 60 多岁的人是一样的。这是非常危险的，最重要的是，总这样想，你会变老的。"

"不用担心这个。因为我已经在变老了。"

"瞎说……"

高林盯着瑞枝的眼睛，他的视线慢慢地转向瑞枝的侧脸四处端详着。嘴唇的旁边，就是刚才流口水的地方，那里已经挂着两条皱纹。虽然并不那么显眼，但在如此近的距离仔细观察，应该可以清楚地看到。还有下巴的垂度，肌肉轻微下垂的迹象，在这个位置他也应该看得到。

瑞枝之所以允许高林用毫无忌惮的目光审视自己，不只是因为酒意，还因为在那目光中充满着同龄男人对自己的爱怜。

"你一点也没有变老。相反还更加美丽了。"

"你能这样说，就算是客套，我也很开心啦。"

"不是客套。那个时候的你还是个有点孩子气的少女。我们都吵嚷着说郡司得到了一位年轻的美女，可实际上并没有那么羡慕他。那个时候的你……"

"高林先生，"瑞枝打断了高林的话，"是你说的，今晚不说过去的事情啊。"

"像这样积极的话题是可以说的。"他果断地说，"你比以前更有魅力了。我之前见你的时候大吃一惊，因为完全像是和另外一个女人见面。"

"好久不见，我也很吃惊你竟然变得这么会说话。之前，这样的话你是绝对不会说的。"

瑞枝尽可能不让话里有"婉言规劝"的感觉，谨慎地选择语言。听了高林所说的话，能够感觉到他在露骨地接近自己，但这和一般男人们的通常做法完全不同。

他满脸郑重地说出了几句话，就好像完全没有意识到自己这几句话的分量。就和刚刚掌握日语的外国人无意中说出"我爱你"或者"我迷恋着你"一样，瑞枝有点不知道该如何自处。

"不，我是真的这么想。你还很年轻，而且非常漂亮。不想再婚了吗？"

不可能的，怎么会有人愿意娶我这个年纪的女人——瑞枝并不想说这么老套的话："带着孩子已经很辛苦了，哪有时间考虑这些。如果你是想说我变了的话，那也是很多因素造成的。虽然我并不喜欢诉苦，但真的是很不容易。"

虽然会话终于朝着瑞枝所希望的方向发展，可两个人都没再说话。还是高林先打破了沉寂。

"但是真的是很了不起。在电视上看到的你的名字真的很开心。那位娇滴滴的年轻太太竟然能发展到这种程度。收视率也逐渐好转了吧？"

"嗯，虽然后面如何还不清楚，但至少已经从一直下滑的恐怖中逃离出来了。"

"所以才决定要在京都拍实景吧。"

"嗯，在大结局或者之前的一集中，不知是否来得及，日程很紧张，只能想办法了。制片人很有干劲，特意提出的……我可没提那时候的京都很好玩之类的话哦。"

高林微笑着说："不玩回忆游戏是今天的规则。我们两个人到处逛逛吧。"

瑞枝想去历史悠久的花街走走。当年郡司和他的朋友带着瑞枝去了很多家茶屋。在一家历史悠久到在整个京都也可以排名前三的店里，勤王的志士们被新选组砍杀时留下的柱痕依然保留着，瑞枝饶有兴趣地欣赏了历史的遗迹。虽然京都的这些店无论是规格还是门槛都很高，但郡司他们轻易地就迈过了这些门槛。

"即使宣扬着传统啊、自尊啊，高高在上，可那些家伙们还是喜欢钱啊。京都毕竟也是屈从于金钱而取得发展的城市啊。无论他们内心怎么看我们，还是乖乖低下头来。"

京都对于那个时候的郡司他们来说，只不过是一个新玩具。他们一家一家地挑战着老店。成为那些标榜只接待财界巨擘的老店的常客所带来的喜悦，正是处于上升期的郡司他们最渴望的。即使在京都也有和郡司他们处于相同立场的男人，他们一起形成了关系良好的联盟。

有个男人，每次郡司去京都他都一定会同行，就是室町的和服店的年轻社长。与严守传统的西阵相比，新兴的室町由于更敢于冒险而声名远播。他店里由洋服设计师设计的振袖大获成功，使其无论在祇园还是在宫川町都具有相当的影响力。据说他是好不容易才当上郡司的向导的。

那个时候在郡司的朋友中，有好几个人都花了数以亿计的金钱给艺妓或者舞妓赎身。瑞枝凭直觉认为郡司虽然没有那么公开，但好像也有特定的情人。

"京都的女人真是厉害……哄男人开心和欺骗男人都很拿手，和东京的女人完全不是一个档次的。"郡司流露出这种感慨之后，绝口不再提京都的事情，也再没让妻子同行。

这条街道上残留着丈夫和他的朋友们鼎盛时代的痕迹。据之后的报道说，京都的很多店都把东京的房地产商们看作是暴发户，和之前的客人区别对待。器皿和酒席以次充好，还收取更加昂贵的费用。据说那些以大价钱赎身的女性们，后来也由于男人的衰败又回去重操旧业。

瑞枝本打算去一家自己曾经去过几次、可以凭人情拜访的店，高林没让。

"京都有很多更有意思的地方，不要再去那么老土的地方了。"

两个人从先斗町步行到寺町。卡拉 OK 的霓虹灯、只为博人眼球的奇形怪状的建筑等等，到处都是地方城市的繁华街道常见的花哨艳俗景观，让人不敢相信这里竟是京都。

"这里从来都是这个样子。倒是北山大街、白川大街之类的地方变化更大。泡沫经济那会儿，地价暴涨，街道都延伸到了郊外。各种实验性的建筑相继建成，北山大街还一度被称为'高松大街'。"

"'高松大街'是什么意思啊？"

"是因为每隔 200 米，高松伸先生就会建一栋大楼。"高林提到了住在京都的著名建筑师的名字。

"即使现在，建筑专业的学生还会络绎不绝地过来参观。京都人，出乎意料地喜欢新东西。拥有自由创意、卓越才能的人，在这里会备受尊重。"

"但是京都怎么会变成这个样子……"

瑞枝环视四周，把头发染成茶色、穿着无袖连衣裙的少女，和年轻男性相互纠缠着走过。一群年轻人从写着洋风居酒屋的招牌下面走出来，不想就此告别，围了个圆圈发出一些怪声。

"我还是喜欢古老的京都街道，恬静安详，让人安心。"

"但是，京都的人们要在这里生活。只让京都人过着过去的生活、住着老旧的房子也说不过去吧。街道就是要不停变化的。"

"高林先生，这可是很冷漠的说法啊。"

"可是确实如此啊。那个时代有那个时代的生活，和现在的生活方式不相宜是理所当然的事情。所有的建筑师，都在锻炼建造新事物的思维逻辑。"

"一直都很顺利吗？"

"当然也会有不顺的时候。但是，我们总想制造新的形式，努力向大家展示与旧形式相比新形式的魅力。"

高林在一家临街的店前停了下来。这是一栋被周边的大楼所包围、羞赧地保持着古色的房子。推开木质的推拉门，映入眼帘的就是混凝土的墙壁和石头阶梯，让人很是意外。下了阶梯，洋酒瓶摆满了狭长的空间。40多岁的调酒师俯首鞠躬说欢迎光临。与新奇的外观相比，房子内部就是一家普通的酒吧。

这酒吧之前是一家会员制的俱乐部。从那里脱离出来的店主收购了这个地方。

"这把椅子也是奢侈的俱乐部时代的纪念品。现在的经营者是不会花这么多钱的。"

"过去的经营者是什么样的人呢？"

"是位曾经做过艺妓的女性，让有钱男人给她开的店。虽然有时候也会被带到这样的地方，但是我对京都这种艺妓开的酒吧、酒家之类的很不感冒。"

"是吗？作为男人可是很少见啊。"

郡司他们虽然很热衷到茶屋玩乐，但也会经常去一些有说着柔软京都方言的女掌柜的小酒吧，把熟识的舞妓或者艺妓传唤过来也是一种身份的彰显。可是今晚不能说这些过去的事情。

"我对京都的女性，也就是那些接客的行家总是不习惯。"

高林向走过来的调酒师要了第二杯苏格兰威士忌。瑞枝感觉他的酒量比之前大了，刚才吃饭时他已经喝了相当多的日本酒。

"京都的街道、京都的人都在飞快地变化。尽管如此，只有她们没有任何改变。外表明明看起来那么漂亮温柔，对男人和金钱的想法却很可怕。和明治、大正时期相比也完全没有变化。"

"高林你不是被她们无情地欺骗过吧。"

"没有，她们才不会理像我这样没钱的男人呢。尽管现在经济不好，但总会有有钱人。她们一旦找到这样的有钱人，就能生存下去了。虽然有人说京都的花街也危在旦夕，但她们一定会继续贯彻自己的生存之道。这种事见多了，我觉得很可怕，实在不敢靠近。"可能是有点醉了，高林一边说着，一边把杯里的酒一饮而尽，"多说点瑞枝的事情吧。"

不知何时，高林的称呼已经从泽野变成了瑞枝。

"我的事情哪有什么可说的。"瑞枝顺口说了句女性这种时候一定会说的套话。

"说说之后工作的事情吧。这部电视剧之后的工作，决定了吗？"

"是呢，收视率再高一点的话，就肯定不用担心没有工作了。"

瑞枝接到之前一起工作的制片人的电话是在四天之前，"瑞枝，《我的记忆》状况好转啊，最近收视率也不错。我们最近也希望和你合作。想什么时候一起吃个饭好好聊聊……"

虽然不是那么明确的邀约，但电视工作经常就是从这样的招呼开始的。如果来年也能接一份连续剧的工作，无论是收入方面还是精神层面都能安定很多。

"我喜欢电视工作。可能在普通人看来，因为要获取观众的青睐，有些像酒水生意的感觉，但是做起来很开心，很充实。"

"一看到你，就知道你喜欢现在的工作。"

"想写更多的连续剧，可能的话还想做 NHK 的工作，当然不是晨间剧或者大河剧，但那里的周三电视剧也会让编剧大有作为。"说着说着，瑞枝感觉自己稍稍有些醉了，"接下来我也还想做电影的工作。奇怪吧？我不经常看电影，却想写电影剧本。"

"不会。就算不经常看电影，理解编剧工作本质的人也都能融会贯通。"

"还有，还有……"瑞枝之前一直以为自己就像近视一样，只会考虑三个月以内的事情，只是想着只要和女儿两个人一起生活下去就足够了。然而此刻对于未来的希望却接二连三地浮现脑海。可能是醉了吧。

"接下来……"

"接下来做什么呢？"

高林盯着瑞枝的眼睛，瑞枝突然感觉满心异样。

"等日花里长大了，我也要一个人生活，改写自己的人生。"

"不能说改写之类的话，这是失败的人才说的。你不是刚说自己很充实吗？"

前天非常开心，真的非常感谢你陪我到那么晚。

但是那个时候，我醉得一塌糊涂，是不是说了很多无聊的话？这封邮件，如果惹你不开心的话，就马上删掉吧。

那天晚上，我想要和你讨论关于未来的事情。但是感觉还是说得不到位。

这好像变成了在说过去的事情，是我违反了规则，但其实我绝对不是在说过去的事情。已经是10年前的事情了吧。在日本泡沫经济的鼎盛时期，一个叫作彼得·艾森曼的建筑师来到日本。我在耶鲁的时候和他成了知己。当时，他在美国已经很出名。他邀请我和朋友去了他入住的大仓饭店的酒吧，和他进行了很长时间的交谈，具体内容我已经记不清楚了，但是有一句话我直到现在都记忆犹新。

我问他："您在世界各国很多地方都工作过，究竟最喜欢哪座城市呢？"他马上回答说是纽约、米兰和东京。说是因为其他城市都朝向过去，而只有这三座城市是面向未来，所以他热爱这三座城市。

我认为建筑师基本上都是这样的人。虽不至于被人说没心没肺，但的确是一直朝着未来努力。无论什么时代，无论什么处境，正是出于对未来的信任，建筑才得以诞生。

在这样的我看来，你面对过去的方法非常有违和感。说是为了工作，却有着难以理解的执着。所以我有时候会嫉妒你所关注的过去。

我想让你相信，我之所以被你吸引，不是因为你曾经是郡司瑞枝。如果说我对那时漂亮可爱的你完全没有兴趣，那确实是在撒谎，但当时的你并没有打动我的心。

作为泽野瑞枝，再次出现在我面前的你与之前判若两人。拥有了很多成熟女人的魅力，而且变得更加美丽。对我来说，和过去完全没有关系。我是建筑师，所以只能看到未来。而且，我用这双眼睛注视着你。

如果让你为难的话，请把这封邮件删除。但是，一定要再见我。

高林宗也

之前蒙你诸多照顾，非常感谢。

邮件我看了。最初我是想装作没看到，但是这么做的话在现在的我看来并不合适，应该给你一个明确的回复。

坦率地说，读那封邮件的时候我很开心。特别是你说不是因为我是曾经的郡司瑞枝而喜欢我，而是因为现在的我，这会成为我以后的动力。

我也想再和你见面聊天，还想问你很多的事情。可是，有东西阻挡着我。你有家庭，有妻子和孩子。这也是为什么如今这个世界不轻易讨论外遇的原因吧。我是一个人，从某种意义上来说应该是自由的。但是作为一个写作的人，我能够看到两个人的未来。

你说建筑师就是不停望向未来的人。在我看来，和有家庭的人恋爱是没有未来的。未来只能是悔恨和痛苦的分别。我不清楚自己是否能够忍受。

我也绝不是要和你谈论道德。如果我也想享受恋爱，一定会很开心地回应你。但是我们之前一直在讨论关于未来的事情。你口中的未来是那么清新宝贵，好像是这个世界上唯一可以信赖的东西。如果是这样，我也想要这样的未来，而不想眼睁睁地走向悲伤和悔恨。你可以笑我怯懦，但我真的不是因为胆怯才这么说。希望你能明白。

泽野瑞枝

邮件我看了。确实我所说的是矛盾的。你一定会吃惊一个有家庭的中年男人怎么会说这样的胡话，但是在我的心中，一个叫泽野瑞枝的人已经深深扎根了。我们有过邂逅，有将要发生什么的预感，为什么不珍惜呢？

下周四我去东京。请让我给你打电话。绝不能不理我。拜托了。

高林宗也

东京

高林说周四来东京。瑞枝想以忙碌为借口逃避见面。事实上，电视剧工作也因为最后决胜阶段的逼近，而进入一种慌乱的状态。因为男主人公的中途死去，电视剧后半部的自圆其说特别艰难。而且，这种艰难还在持续着。

可是，瑞枝又想，还是见高林一面吧。虽然不想也不能和他深入发展，但还是很想看到他恳求自己的情景。虽然自己打算拒绝，但还是想体验被高林求爱的感觉。

想看看那一刻他的表情，想听听他的声音。更简单地说，瑞枝想要见他。瑞枝已经不再年轻，也绝不愚蠢，可竟然好像没有意识到自己的这种表现就是好感的萌芽。所以瑞枝很苦恼，是一种久违了的甜蜜烦恼。

这种心情已经很多年没有出现过。在前几段关系中，虽然瑞枝本人会使用恋爱这个词，但实际上只不过是情事。那些男人和高林完全不同。尽管时间很短，但自己和高林已经深入交流了很多东西。在少女时代通过散步和交谈的方式进行的恋爱之后，已经很久没有这种体验了。双方都在努力，希望在身体靠近之前，先让心灵靠近。

不对，两个人的身体还无法靠近。因为瑞枝不愿意这么做。

40多岁的男人和30岁后半段的女人之间，会有柏拉图式的恋爱吗？

瑞枝突然这么想，可内心却无论如何不能否定，不能搪塞。高林明确地示爱，自己也有所回应。这样的话就会马上发展成为男女关系。瑞枝对这种顺理成章的想法心怀畏惧。

仔细想来，自己和高林之间有着一种奇妙的关系。最初见面的时候，瑞枝是高林的好友兼大赞助商的妻子。这种微妙的关系一直影响到现在，直到如今高林还和最初认识时一样对瑞枝使用着敬语。

这种不可思议的缘分，让瑞枝感觉他们可以拥有一种这个世上很稀有的关系，虽然也说不清楚具体是什么，就是那种男女之间互相保持好感、却绝不陷入泥沼的关系。

瑞枝想起了和最后一个发生关系的男人之间的不快。听说他和家人一起去海外旅行时，瑞枝心中就如同在咀嚼又涩又硬的东西。他把家庭当作不可或缺的存在，因为并不是那种狡猾的男人，所以也不会说妻子的坏话。

如果是年轻的女孩，或许需要婉转地暗示想离婚、和妻子不和之类，可是以瑞枝的年龄来说，应该就不需要这种手段了，他心里好像就是这么判断的。在瑞枝的盘问之下，他才说了一些自己的事情。

"就是普通的中年夫妇。关系不好不坏。因为互相需要，才结合在一起。"

听说他在暑假合家去巴厘岛旅行，瑞枝受到了连自己都很意外的打击。正值瑞枝工作中断，当自己一个人因为不顺和纠纷苦苦支撑的时候，他却带着妻子和两个女儿在南部的岛上游玩。在自己不知道的地方，一棵叫作家庭和孩子的小树正茁壮成长，疼爱着这棵树的男人确实与自己无缘。自己一个人舔舐伤口，是外遇女人独有的体验。这种时候，无论女性是独身还是已婚，都会憎恨男方在享受和自己情事的同时，也可以享受与家人的天伦之乐。

于是最终，瑞枝和那个男人分开了。因为都是成年人，说完分手也没有争吵，双方都很淡然，可是男方说了句"原本以为是你的话可以交往得更长一些"却深深地刺伤了瑞枝。在这个场合被认为是通情达理的好女人会倍感屈辱。他应该是认为，如果是30多岁的带着孩子的离婚女人，就更应该懂事吧。

瑞枝觉得，在男女关系的终点，身体与身体的交汇之处，设有甜蜜的令人神魂颠倒的陷阱。无论是从多么高尚知性的出发点出发，这个陷阱都会把男女关系变成常见的污浊的东西。

无论高林和之前的情事对象有多少不同，一旦发生了关系也会是一样的。据说他有三个孩子。10年前还是两个，之后又添了一个。

如果是一个孩子或者两个孩子的话，瑞枝心里可能会安稳一些。但是对于"三"这个数字瑞枝一开始就有点发忧。因为有三个孩子是夫妇关系牢固的证据。高林一定很疼爱子女。这样的他和自己要如何交往呢？像之前那样吃吃饭、喝喝酒就好，但是并没有深入发展的打算。不知不觉间瑞枝对自己想象的虚拟电视剧做出了无数否定。

正如瑞枝预想的那样，高林的电话是周四下午打过来的。

"现在忙吗？"高林省去寒暄直接问道。那封邮件之后，高林的口气明显变了。即使想要控制，也还是听得出紧张。

"嗯，忙。"瑞枝觉得有些太过冷淡，但也没有办法。因为瑞枝也很紧张。

"但是，应该可以见面吧。"高林的声音里充满着迫切。好像意识到因为自己的迫切，两个人之间的气氛更为尴尬，高林慌忙换了话题。"之前一直在做的 Killer 大道上的大楼终于完成了。那幢大楼的附近有家很好吃的意大利餐馆。虽然是一家家庭餐馆，但是味道很好。很想带你过去尝尝。"

瑞枝很迷惑，是拒绝呢，还是该怎么办？尽管已经考虑过无数次，真正面对时还是不能马上回答。在京都的晚餐成为最后的奢华，回到东京之后等待瑞枝的依然是以便利店便当为食的日子。顶多就是简单炒个菜够自己和日花里吃。因此无论是内心还是胃，都渴望和对自己有好感的男人一起相对而坐共享意大利料理。

瑞枝下决心不再犹豫。之前也一直和高林一起吃饭，自己没有更进一步发展的打算，只是一起共享美食和心动的话，应该没有什么问题。而且和高林一起吃饭，还能成为测试自己心意是否坚定的试金石。

"今天晚上不行，明天的话想想办法应该可以吧。"连瑞枝自己都感觉太过傲慢。

"是吗，那几点见面呢？"

"能早点开始吗？因为后面还有很多工作想早点回去。"

"明白了。那我们定六点半吧。嗯，因为店的位置比较难找，我们在哪儿会合一起去吧。"

"好的。你认识哪里啊？"

"是呢，我知道的地方，还是 Bell Commons 商业大楼吧。那里的一楼有家咖啡馆，20 点 20 分在那里见吧。"

瑞枝惊讶得倒吸一口凉气。Bell Commons 一楼是 12 年前瑞枝访问郡司时等候摄影师的地方。

瑞枝之后也去过很多次 Bell Commons。在那里约见面很方便。就算是不熟悉青山的人，在那里也不会迷路。比那些新近流行的咖啡馆要好找得多。

瑞枝突然感觉平时很自然就说出的 Bell Commons 这个词中，隐藏着绝非偶然的神秘力量。那天，在 Bell Commons 一层的咖啡馆里与摄影师会合之后，瑞枝就去采访了郡司，从此之后瑞枝的人生发生了巨大的变化，影响至今。日花里的存在就是最好的证明。高林可能就是环绕日花里这颗巨大恒星周围的小星星之一吧。可这两个人都是因为郡司才走进瑞枝的生活的，这一点是千真万确的。如果没有邂逅郡司，也就不会遇到高林。而且岁月流逝，高林如今正在向自己求爱，说对自己痴迷得无可救药。这些事情可以简单地解释清楚吗？

男人都有征服欲。在瑞枝看来，高林既不是露骨的野心家，和那些学究也有所不同。高林是一个教养良好、擅长交际，将建筑师这个职业所需的世俗和精明充分融于一体的男人。若非如此怎么会成为红人之一呢。

高林说曾经是赞助商妻子的身份不是自己追求瑞枝的理由。当时的瑞枝并不是一种高不可及的存在，只是那个时候的瑞枝对高林来说绝非心仪的对象。高林和郡司几乎同岁，在社会上是互相尊重的朋友。经常一起喝酒，一起去海外旅行。往坏的方向想的话，对高林拥有的学历和知识，郡司应该是很憧憬的。然而从资金的出处来看，两个人的上下关系很明确。后来郡司失去一切时，他的律师也说："结果拥有美好记忆的，不是只有那个建筑师吗？"

然而，与此同时谁敢确定高林一定没有怀着扭曲的心理？他真的和郡司建立了友情吗？总之，郡司曾经的妻子，现在已触手可及。作为男人想要伸手试试也很正常。

虽然季节还稍有点早，瑞枝还是穿了件麻混的米黄色连衣裙，是一位意大利设计师的作品，并不是那么昂贵。对着镜子一看，自己的身体还保持着很好的曲线。如果是中年女性，首先要注意的就是不能穿不合身的衣服。

本来还想系一条薄围巾，又觉得有点庸俗，就只带了一副小宝石的耳环。

瑞枝从过去就对珠宝完全不感兴趣。结婚前两个人一起去欧洲旅行的时候，郡司马上就注意到恋人的爱好。

"是呢，以你的年龄如果身上钻石闪闪发光，反而会显老。"郡司为此还稍稍有些遗憾。后来和他离婚时，瑞枝的姐姐一边整理着几乎都必须处理掉的数量庞大的衣服，一边叹息着说："既然能买这么多的衣服，为什么不买宝石呢？ 10 套阿玛尼也能买一颗好的钻石了。"

确实除了梵克雅宝的婚戒，瑞枝再没有别的珠宝。和中国香港人结婚的姐姐惋惜地说，这种时候明明宝石才是女人的财富。但是瑞枝反而觉得很轻松。

衣服无论多么昂贵，一旦穿过之后就会变成普通的旧布，可能就会被毫不犹豫地扔掉，但是宝石的光泽无论何时都不会消失，当时的瑞枝就像有洁癖一样，最介意被别人说成"让别人买宝石的女人"。

今天戴的这对耳环，是最近在青山的专卖店买的。身上没有任何过去丈夫给买的东西，让瑞枝感到骄傲，自然就意志昂扬。

脑中突然又响起高林的声音："再次出现在我面前的你与之前判若两人。"这话里充满对瑞枝人生的肯定，是对不执着于宝石、扔掉过去所有衣服的瑞枝的高度赞美。

瑞枝走进等候的咖啡馆。高林坐在里面的双人座位上，正在写着什么。像是察觉到瑞枝的接近，高林抬起头来满脸喜悦。40 多岁男人羞涩的脸很是耐人寻味。

"写什么呢？"瑞枝故意问，一坐下就伸手去拿笔记本。之所以会有如此不礼貌的行为，明显是想掩饰自己的难为情。

"涂鸦本。总随身带着，随时记录想到的东西。"

瑞枝本以为上面只会有建筑物的草图，没想到建筑旁边也有人脸的素描。到处写满了像是诗句一样的东西。

"之前邮件上发给我的诗，也是写在这里的吗？"

"但是发给你那样的东西，我真的很后悔。"

这一刻，两个人才开始正视对方，之前都只顾着看桌子上的小型素描本了。高林和往常一样穿着变领衬衣，发型好像稍微有些变化。

"就像是上高中的男生写的东西吧。"

"但是高林是一个什么样的人，我很了解。"

"那你了解我是什么样的人呢？"那是一种让瑞枝忍不住想要躲避的视线。

"你是一个很浪漫的人。"

"以我的年龄被这么评价的话，可能有一半是在说我愚蠢吧。"

"没有……"

到这里会话就中断了。瑞枝喝了口送来的冰咖啡，本想解释一下浪漫的定义，但随即发现这是非常困难的。发送那样的邮件本身就是一种浪漫，可还是很忌惮从自己嘴里说出这样的话，因为会让人感觉收到信的自己非常陶醉。

两个人从店里出来，步行往青山墓地走。途中瑞枝突然停下了脚步。

"这里之前有家卖鱼子酱的店，还记得吗？应该是10多年前开业的。只卖香槟、鱼子酱和熏鲑鱼。我参加了开业派对所以记得很清楚。

为客人开了无数瓶香槟，也提供了大量的鱼子酱，阔绰得让大家都感觉不安。果不其然……"瑞枝忍不住笑了，"对不起。规矩是不说过去的事情对吧。"

"那是京都规则。"

"东京规则呢？"

"如果是过去快乐的事情，说说也无妨。"

最近这附近广阔的空地很显眼。有很多土地都是把之前的建筑拆毁之后不知该如何处理。在原来是加油站的空地往左拐，就看见了灯光。写着意大利语的节电霓虹灯闪烁着光芒。

"就是这家店。抱歉让你走了一段。"

这是一家只有五张桌子的小店。一位很利落的 40 多岁女人负责领座。看起来不像是很昂贵的店，旁边是四位白领。她们桌子上摆着红酒，脸上都露出女性 AA 制聚餐时独有的放松愉快的表情。

"这里的料理是套餐，选择主菜就好。"高林指着菜单说。

"最近东京这样的店越来越多了。因为没有单点，材料的损耗减少，价格就更加实惠。泡沫经济之后法国料理店大量倒闭，主要就是因为在食材上消耗了大量成本。如果是法国料理的单点，无论客人是否会点到，都必须要随时准备鹅肝、松露、做甜点的奶酪等食材，但是，空运的鹅肝等食材很快就会变质，所以大家才不得不这么做。"

"你很了解啊。"

"那当然，参与设计的大楼建成之初，餐馆店铺入驻得很多。所以听说了不少事情。"

两个人看菜单的时候，侍立在墙边的女侍者走过来介绍说："今天我们这里有上好的鲈鱼。"

"那么我就要鲈鱼的套餐吧。"

"我选肉。我特别喜欢这里的炖肝。"

穿着黑色包身连衣裙、有几分像是教会学校女教师的侍者微笑着听完，说了句"知道了"就退下去了。

"里面正在做菜的主厨，应该是刚才那位女士的儿子。她还有一个儿子做侍酒师，很快就该过来了。"

"还真的都是由家人在经营的店啊。"

"但是这家店真的很好吃。据说是为了实现从法国学习回来的儿子的梦想，合一家之力开了这家店。"

瑞枝大吃一惊——瑞枝伸出左手正要找寻放在地板上的手包，在白色蕾丝桌布下，手却被高林牢牢地握住了。

"真是没有想到你今晚能来。非常感谢。"

因为两个人背对着墙，从旁边的白领们的座位看不到两个人牵手的样子。可能是因为低声说话，高林的声音听起来特别嘶哑。

"我还害怕你因为生气不来了呢。"

"怎么会呢。不是好好给你回复了吗。"瑞枝想用力挣脱高林的手，可能是高林猝不及防的缘故，瑞枝的手指马上就从高林的手中解放了出来。瑞枝感觉这样毫不费力地挣脱很不尽兴，但是还是把手放到了桌布上，好像再也不想被抓住。

"但是我一直很不安。男人在这种时候，都会这样吧。"

"像你这样的人也会不安就很奇怪。"

"为什么这样说呢？"

"因为你在邮件上不是说了吗，建筑师就是一种总是积极面向未来的职业啊。这样的人不会感觉不安吧。"

"这是强词夺理呀。我在作为建筑师之前首先是个男人啊。"高林此时好像还想说点什么，中途停下了。因为这家的另一个儿子，留着髭须的调酒师走了过来。

"欢迎光临。"连低沉的声音，也很像他的母亲。仔细看了他递过来的酒水单之后，高林选了托斯卡纳的白葡萄酒。

"但是，我喝不了。今天必须得早点回去工作呢。"

"不要一开始就这么戒备，做平常的瑞枝就好。"调酒师很快送酒过来，两个人再次停止交谈，默然干杯。

"谢谢你今天能来。"

"客气了。在京都你帮了很多忙。"葡萄酒冰镇得刚刚好，瑞枝瞬间就喝完了半杯。那种有什么将要发生的预感让瑞枝感觉很渴。

"你是不是觉得我是个厚颜无耻的男人啊。连我自己都很吃惊怎么会变成这样。"

这是个游戏。临近的桌子旁坐着四位充满好奇心的女人，墙边站着调酒师。高林想使用即使被他们听到也没有关系的话语来向瑞枝告白。

送过来的前菜拼盘里美观地摆放着蔬菜汁、白沙司调味的蚕豆、生火腿等等。

"很好吃。"瑞枝尝了口说。

送入口中的生火腿的咸味，和葡萄酒的清爽绝妙地融合在一起。

"高林每次来东京，都经常去好吃的餐馆吗？"

"没有。工作繁忙的时候一般都是在套餐店或者盖饭店凑合。但是今天是要和你一起，所以很认真地找了一家好吃的店。"

"是吗，谢谢了。"

高林时不时停下握着刀叉的手盯着瑞枝。自从在邮件里对瑞枝表白以后，高林大胆得令人吃惊，竟然非常炽热地盯着自己，瑞枝感觉如果像刚才牵手时一样断然拒绝会很无趣。于是就像这种场合下女性常做的那样，开始贬低自己。

"但是，来这么出色的餐厅的话，和更年轻女孩一起不是更好吗？和像我这样的阿姨来，感觉有些对不住你呢。"

"这样的话可不像是你说的。"高林的声音里带着轻微的愤怒，"你是因为太过自信了，才故意这么使坏的，这样不好。"

"是吗……"瑞枝狼狈至极，把杯子放到桌上，完全没想到高林会有这么大的反应。

"如果是别的男人，应该会这么说。与和那些年轻女孩一起相比，和你一起吃饭才更加开心。你听了无数次这样的话，自尊心得到很大的满足。但是，女人看一下镜子就应该马上明白啊。像白雪公主里的王后一样，会从镜子中得到答案。"

"这是因为，高林你太不了解女人了。"

葡萄酒的酒劲扩散到全身。在这种时候，男女之间相互不肯妥协、扭捏作态的讨论开始了。这种讨论不会得出任何结论，在之后看来就像是前戏。

"镜子未必总是会给出相同的答案。有时候会让自己充满自信，有时候也会让人心情低落。每天都会完全不同。"

"那今天是什么结果呢？和我见面的时候，你是相当自信。从你的态度就能明白。"

"我没有啊。"

"我能看懂你的心。这个有妻有子的中年男人在胡说什么呢，像我这样的女人，为什么要和这样的男人在一起呢？"

瑞枝不由得看了眼旁边的桌子。一位年轻女子好像说了什么，其他三个人都因此开怀大笑。

"我没有这么想……"瑞枝压低了声音，"邮件上应该也写了。坦率地说我很开心。可是我们……"说出"我们"之后，瑞枝为这句话的分量踟蹰不前。因为这意味着瑞枝已经接受了同案犯的立场，"未来不是显而易见的啊。"

"什么样的未来？"

"你有家庭，我也有孩子。即便交往了，到头来也只能是痛苦的结局。"

"你怎么知道？"

"我就是写电视剧剧本的，所以特别清楚大结局是什么。"

高林笑着问："是什么样的结局呢，说来听听。"

"两个人都很痛苦，最终男人回归了家庭。电视剧一般不都是这样的吗。"

"但是，至少还有回忆留下啊。"高林的眼中闪烁着光芒，是那种让女人欢喜同时又让女人困惑的强烈光芒。

"时代变了，失去金钱、家庭、别墅、名誉的人我见过很多。但是唯有记忆是不会失去的。我最近在想，人类是不是就是为了制造记忆而活着的。"

"即使悲伤的记忆也在所不惜吗？"

"为什么一定要是悲伤的呢？瑞枝你是不是黑暗的电视剧剧本写多了？"

"所以收视率才上不去的吧。"两个人相视而笑。

"但是我可不想变成享乐主义者，尽情享受眼前的快乐是年轻人才有的特权。"

"享乐主义指的是不考虑过去和未来。我们是不一样的。"

两个人一直在来回兜圈子，好像永远停不下来。主菜吃完之后，甜点上来了。

饭吃好了。留着髭须的调酒师过来建议说餐后还有好的卡尔瓦多斯，高林拒绝了："拜托结账。"

　　他的急不可耐，仿佛是要打破两个人一直以来的交往节奏。瑞枝心想很快就会发生什么了吧。这样的事情谁都明白。男女之间像前菜一样的对话结束之后，剩下的就只有行动了。

　　在调酒师的注视下，两个人推门而出。Killer 大道的岔道，右手是空地，左手是采用古典风格建成的服装厂办公室大楼。虽然有几个窗口还亮着灯，却看不到人影。在写着大型建筑公司的名字、覆盖空地的黄色帐篷前，高林停了下来。抱着瑞枝的肩，然后用相当流畅的动作，用手指抬起瑞枝的下巴用力压上瑞枝的嘴唇。和他少量的唾液一起，至今为止两人共处时间的温暖流入瑞枝的身体。红白葡萄酒的味道、意大利面中放入的大蒜的味道，还有甜点中蛋奶羹的味道。瑞枝闭着眼睛品味着这一切。瑞枝心中默念，变成这样也是很自然的。

　　嘴里低声说的"不要"，也只不过是出于礼仪。高林好像也意识到了这一点，轻声问，"怎么了？……"

　　"可能会有人来。"明明能够有很多种别的回答，可瑞枝的回答却是男人最想听到的。

　　"那么，我们去绝不会有人来的地方吧。"

　　"有这样的地方吗？"

　　"有啊，我住的酒店房间就是啊。"

　　"高林……"

　　犹豫已经荡然无存。但是瑞枝作为女性的自尊命令自己要在这个时候说点什么能让他铭刻在心的话。然而却找不到更为精彩的话。

　　"我们这样做好吗？将来一定会后悔的……"

　　"瑞枝，"高林没让瑞枝说完，"不要再从我这里逃开了。"高林握住了瑞枝的手，比刚才在桌布下面更加用力，"如果我现在让你逃走了，就再也得不到你了。我今晚下了很大的赌注，拜托让我取得胜利吧。"

高林住的是一家位于纪尾井町的大型酒店。之前曾经听说过，自从搬离东京的住所之后，高林每次到东京都住在这家酒店。

刚刚过了晚上九点，大堂还有很多人出入，里面的咖啡厅的入口甚至还排起短队。电梯前面站着一对身材高大的白人夫妇，男服务员在前面引导。一进入电梯，就被白人夫妇的体味所包围。在混杂着香水的狂野味道中，高林再次握住瑞枝的手，好像即使到了这里也不能安心。

在 14 层，白人夫妇和服务员下了电梯。只剩下一个 17 的数字，在电梯的操作板上亮着。在发出和微波炉一样的声音之后，电梯门终于打开了。高林大步向右走去，转过一个弯，在第二扇门前插入了房卡。门禁亮起了红色的错误提示灯，又插一次才变成绿色。高林推开厚重的米色门。

一间极为普通的双人间。瑞枝感觉这代表着高林的纯洁。如果这个房间换成了大床房或者是更大的准套房之类的房间，自己一定会很扫兴的。之前曾经见过好几次这样的男人和房间。装作冲动的样子，但是被带去的房间却经常是套间。如果桌子上还摆着香槟和两个玻璃杯就更让人不舒服了。

这个房间的接待用沙发上，放着高林的波士顿手提包。因为没有拉好，从中露出了白色 T 恤一样的东西。这也让人感觉很干净。然而瑞枝的观察到此为止，就被高林从后面紧紧地抱住。他抚摸着瑞枝的咽喉，就像是确认瑞枝颈动脉位置的吸血鬼一样，用手指抚摸之后就压上了嘴唇。

"真的来了……"两个人仅有三步之遥的身后，就是白天被服务员认真整理整齐的床。高林改变身体的位置，想把瑞枝诱导到那里。

"稍等一下。"瑞枝提出了最后的要求。像这样被直接压倒在床上是年轻男女才能做的事情，38岁的瑞枝需要相应的准备和检查。"让我冲个澡吧。"

虽然有些被打断，但这也是没有办法的事情。

放水的时候，瑞枝突然想起了日花里。三年前最后的那场情事发生时，脑海中并没有像这样清晰地浮现出女儿的脸。

自从和女儿的父亲分开以来，自己的身体不止一个，而是有好几个男人进入过。瑞枝很快就会和另一个男人发生关系。而且，这个男人知道日花里，甚至在女儿小时候还抚摸过她的脸，还抱过她。母亲现在就要和这个男人发生关系了。

并没有罪恶感，而是涌现出不可思议之感。为什么自己会和这样的一个男人在一起呢？命运这个词太过美丽，现在的瑞枝已经不敢相信。不过就像高林所说的那样，确实已经无法逃离了。现在，在瑞枝身边最有魅力的男人就是高林。而且最想得到瑞枝的也是高林。这是一致的。

脱下所有的衣物之后，瑞枝站在了镜子前，想要戴上浴帽。把头发拢起的时候，瑞枝看到了腋下隐隐长出的腋毛，不由得苦笑了一下。

这样的事情可是从来没有发生过。和男人来到宾馆，却还没有刮腋毛之类失策的事情瑞枝可从没做过。结婚的那个时候，瑞枝花了大价钱做了永久脱毛。那之后经历了近10年的岁月，本来应该已经完全被电气分解处理的腋下，又开始星星点点地长出腋毛来。瑞枝自己也变成了不担心腋下问题的女人。

可是即便是这样的自己，高林也想要拥入怀中。

瑞枝强烈地想，一定不能让他后悔。虽然对高林的欲望还没有产生，但是如果这么强烈地不想让他后悔，或许也意味着自己已经开始想要他了。

瑞枝从放着洗漱用品的篮子里取出了剃须刀，里面有两个，自己用一个应该问题不大。涂上香皂后开始慢慢地剃毛，去年夏天以来还是第一次这么做。非常滑稽的姿势连瑞枝自己都觉得可笑。一个确定无疑已经 38 岁的女人站在那里。

终于把两边腋下都剃好了，用热水冲去所有的痕迹，冲去残留的沐浴露时乳房发出了颤动。

尽管是用母乳喂养的女儿，好在乳房还没有走形。这样应该能让高林开心吧，瑞枝像娼妇一样自己握着乳房仔细观察。

考虑了很久之后，瑞枝只穿了件内裤，包着浴巾走出浴室。又不是不谙世事的小姑娘，穿戴整齐走出浴室的话有点太过做作。

房间里的大灯已经关了，只有床头灯微弱地亮着。被单隆起成了山形，当然是成年男子钻在其中。

瑞枝靠近了以后，高林用右手把被单揭开，招呼瑞枝进来。因为毛毯被挪动到脚的那边，轻薄的被单像船帆一样被风吹起。他上半身是赤裸的，下身抽象花纹的平角裤映入瑞枝的眼帘，瑞枝感觉这内裤就像年轻男人的一样。

瑞枝仿佛只以就寝为目的一样，毫不犹豫地躺在床上，伸展四肢。床的一半，已经积蓄了高林的体温，刚洗过的被单让刚洗完澡的身体倍感舒适。还没来得及充分感受床的舒适，瑞枝就被牢牢地抱紧，嘴唇也被吸吮。之前在地面上垂直站立时的亲吻，和在床上被男人覆压时候的亲吻完全不同。男人的重量仿佛都倾注在嘴唇上一样。

"头发……"好不容易离开嘴唇的高林小声说，"头发还湿着呢。"

高林很狡猾，装作要擦头发的样子解开了瑞枝的浴巾。瑞枝的乳房就一览无余了。本应像在浴室的镜子前那样，拥有迷人的大小和弹性的，可 38 岁的身体背叛了瑞枝。这样横躺的话，乳房基本上就变成水平了。像少女那样的微微鼓起之上，有着表明瑞枝的年龄和母亲身份的果实一样的乳头，正焦急等待着男人的嘴唇，逐渐开始变硬。

"太完美了……"高林的声音突然变远，他起身欣赏瑞枝的身体。

"不要。"瑞枝猛拉卷在腹部周围的被单，"把灯关了吧。"

"为什么啊？这么漂亮的身体，让我多看一会儿。"

男人的声音又靠近了。被男人的手捧起后，乳房好像又恢复到站立时候的大小。最初是温柔地咬，最后是用牙齿用力撕咬。在感觉稍稍还有点早的时候，高林进入了瑞枝的身体。虽然高林只预约了标准双人间，却认真地准备了避孕用具。

"我可能对你撒了一个谎……"一切都结束之后，高林来回抚摸着瑞枝的头发说，"我之前总说对过去的你不感兴趣，其实是骗人的。"

瑞枝既有第一次听到这件事的意外之感，也有好像很久以前就知道的感觉。

"最初感觉是一个年轻可爱的女孩了。说实话，看起来很幸福，总是兴高采烈的感觉。"

"你也是呢，初次见你时感觉很难亲近。"

"没有办法，那时候可是我屡获大奖的得意绝顶时期啊。"

两个人不知不觉地在床上展开了回忆之旅。

"第一次觉得你漂亮，是在你怀日花里的时候。"

"不是吧，你撒谎吧。"瑞枝从来没有想过，男人会对怀孕的女人感兴趣。

"是真的。应该是个秋天吧，大家一起去箱根玩儿的时候，其他人都出去打高尔夫球了，只有你穿着深灰色的连衣裙一个人在露台上。为了庇护已经开始显现的肚子坐在椅子上。那个时候的你美得让人想画素描。"

"是那个时候的事情啊。虽然记得去过箱根，但穿的什么衣服就完全想不起来了。"

"我记着呢。"高林果断地说，他的手指逐渐往下滑落，接触到了瑞枝的嘴唇，就好像是不让瑞枝说话一样。

"之后，强烈地意识到你，是在那个宴会的晚上。还记得吗？南条家的新居派对。你一副心烦意乱的样子让我带你出去。然后两个人一起去了代官山的小酒吧。"

"那件事情，我清楚地记得……"被高林的手指干扰，声音有点含混不清，"我看见郡司和别的女人抱在一起，在派对的时候，他们两个在二层亲吻。虽然以前也有各种传言，当场看到那可是第一次。"

"我知道。"

"高林，"瑞枝用自己的手指挪开高林的手指，"我也一直在对自己撒谎，我不是离婚了，而是被丈夫背叛抛弃了。我一直为此而受伤，很痛，很痛……"

回忆之三　一九九〇年

柏林墙倒下了。电视从早到晚都在播报这条新闻。

"看吧,正如我所说吧。"郡司得意扬扬地说,可瑞枝完全不记得郡司这么说过。

"两个人一起去欧洲的时候,商量是否顺便去德国时我应该说了吧。很快柏林墙就会消失的,我们可以之后再去。欧洲和世界也都会变得更加有趣。"

"是吗?"

可能是对瑞枝的反应很不满意,郡司突然起身离去。连最近每天早上都喝的蔬菜汁也剩了一半。在郡司的朋友们中间,就像曾经的"红茶kinoko"一样,最近蔬菜汁也被狂热地推崇。蔬菜汁由一位非常有名的医学博士发明,用有机方法培育而成的萝卜、萝卜叶子、大蒜、牛蒡等蔬菜煮制而成。蔬菜汁不仅能够预防癌症,还能对体质进行根本的改善。郡司被朋友游说之后,就开始热心地坚持喝蔬菜汁。

制作蔬菜汁当然是瑞枝的工作，每三天制作一次装进玻璃瓶中提前冷藏。最近开始介意体形的郡司，早饭就只吃蔬菜汁和吐司。

"你走好。"正在喂日花里吃断奶食品的瑞枝，见郡司要出门，只是坐着打了声招呼，"今天也要晚些才能回来吧。"

"是啊。"郡司一边摆弄着红底银杏图案的爱马仕领带，一边回答。瑞枝心想上周五郡司系的应该也是这条领带，今晚郡司一定会和送他这条领带的女人见面吧。瑞枝知道丈夫密会的地点。两年前青山开了家会员制的运动俱乐部。入会费一千万日元、年费一百五十万日元的昂贵价格，即使是在运动俱乐部林立之时，也让人惊叹不已。说是运动俱乐部，其内部不仅餐馆和酒吧完备，还有20个奢侈的宾馆房间。郡司好像就利用着那里的房间。虽然瑞枝也办了家庭会员，但从某一天开始郡司就不愿意让妻子过来，说是不能把小孩子留给保姆，自己过来运动。

有一天瑞枝看到了俱乐部的账单。和俱乐部的按摩费用、餐馆的饮食费用一起，还有一晚宾馆的住宿费用。

瑞枝推测对方应该是谷泽祥子。如果是之前的女招待、模特之类的，郡司应该会去一般的宾馆。从选择私密的俱乐部宾馆来看，应该是一位需要保密的对象。

和祥子共同经营从事美术品、家具的销售和咨询公司的事情，具体进行到什么程度，瑞枝一无所知。最近，祥子以协调专员或经营顾问的头衔在各个女性杂志频繁露面。穿着完美合体的华伦天奴套装，像是外国生活的证明一样优雅地把修长美丽的大腿并在一起，接受着记者的采访。这样的她在背后竟被人称作"高级娼妇"，这一点究竟会有多少媒体人清楚呢？真想把关于她的传言都告诉媒体。周围传言说，她说自己在欧洲各地的大学学习美术，实际上在二十二三岁的时候在罗马当别人的情人。据说对方胖得令人难以置信，而且年龄也和她的祖父差不多。之后，回到日本也和几十个男人发生过关系，其中不乏政治家、官僚和财经界的大人物。这些人几乎都是老年人，像郡司这样 30 多岁的很少见，所以才深入交往的。

在广告制作公司工作的熟人，还告诉过瑞枝关于祥子的另一件轶事。三年前有一家老牌药厂要去法国古堡拍摄广告片的实景。不知为何祥子突然搅和进来。据说是她刚和这家药厂的社长睡过。突然有一天她就开始以广告部门顾问的身份向职员们发号施令。据说她是这么说的：法国的上流社会门槛很高，如果只有从日本来的协调专员的话对方未必会当回事。自己留学以来，在法国拥有很广的人脉。既能找到更好的古堡，也和古堡的主人熟识。因为只有日本的职员心里不踏实，社长就拜托她也一起去法国。据说祥子还说，"一切都交给我，放心吧。"

可是她找来的却是法国最寒酸的一个小古堡，职员们就不得不匆忙赶回原来的地方。可令他们吃惊的却是回国之后的事情，据说祥子以"企划协调费用"为名，要求收取 400 万日元。

高林以前曾经说过："像她那样的人能够这么活跃，也是日本走向富裕的证明。"但是瑞枝一想起祥子刻意强调的腰部曲线、涂成银色的指甲就会涌起无限的厌恶，甚至到了想要发抖的程度。如果是从事酒水生意的女性，还能够接受，至少她们不会跑到外边惺惺作态。可祥子究竟是怎么回事呢？祥子被视作传播欧洲文化的知性女人，连瑞枝经常翻看的杂志也逐渐被她占领。

"让我来给大家介绍一下日本人还不太能够理解的晚装吧。在欧洲，镶入金线和亮片的衣服，原则上都被视作晚装……"

这样一篇文章的旁边，刊登着祥子的大幅照片。虽然看起来比实际年龄要年轻，可能是因为在意眼角的皱纹，采用了不自然的散焦拍摄。啊，讨厌，为什么要看这样的东西呢，瑞枝粗暴地合上杂志。

这究竟是一个什么样的世界呢？顶着随笔家、协调专员、企业顾问之类各种奇怪名头的女人们在媒体界肆意跋扈。特别是祥子那样的，所谓在海外学习归来的履历，也大都真假难辨。

她们都化着一种被称为"归国子女妆"的厚重浓艳妆容。但是，普通的女人们对她们所倡导的"在欧洲""在美国"之类的，却会充满憧憬认真倾听。

瑞枝有时也会想如果自己也能继续工作会如何。自由撰稿人的朋友里，最近也有几个人转向少女小说。有时撰稿人和作词家为了能有文章可写，会集中描写年轻的女孩。因为他们完全没有写过小说，就会完全按照出版社的要求去写。瑞枝也曾经看过一本熟人寄来的少女小说，换行频繁，半页都是空白。她也起了一个令人脸红的笔名"樱木菜菜子"。内容几乎称不上是小说，可文库本也能卖出去二三十万本。据说她最近在世田谷买了套三室一厅的房子。如果这么简单就能出书，自己继续工作就也有可能成为作家。瑞枝最近逐渐意识到，尽管人们都是充满艳羡地谈论着嫁入豪门的人，但这背后也总是潜藏着些微的轻蔑。

瑞枝作为现实版灰姑娘故事的女主人公，已经逐渐成为传说中的人物。自由撰稿人时期的朋友告诉瑞枝这样一件事——一个朋友前几天刚和漫画家订了婚，"就是那个 HIRO 大竹，你知道吧。"

这个名字瑞枝并不知道，但对他的漫画作品有印象。那是一部备受关注的少年漫画，以职业摔跤世界为舞台展开。据说这部漫画每卷热销 200 万部，HIRO 大竹也连年入选漫画家排名前三。他今年 42 岁，年轻时候妻子因为贫穷逃走之后就一直单身。突然对前来采访的 20 多岁的杂志社合同员工一见钟情。

"她之前来参加了讲谈社的派对，戴着一枚很夸张的订婚戒指，那么大的钻石我从来没见过。就像鹌鹑蛋那么大。她也一直说，手指太重了已经写不了稿子了，太费劲了。我们都看呆了。"

她好像中途意识到瑞枝稍有不快的表情，接着说了句："郡司先生和 HIRO 大竹可不一样，漫画家会有起落沉浮，郡司先生可是真正的实业家。你会一生安稳的。"

瑞枝深切体会到，和有钱男人结婚的女人，就一直会有各种传闻缠身。朋友最后这样总结说："真的是幸运啊。真的是很高明啊。"

很快，瑞枝就逐渐被原来的社会排挤出来。那个和亿万富翁漫画家结婚的女孩也应该了解这种孤独吧。有钱的男人，一般都不喜欢妻子工作。他们的理想就是，梳妆打扮好的妻子，用稍稍不满的表情一直等待着自己。最初的时候，郡司也带着瑞枝去了很多地方，但自从日花里出生以后就希望她待在家里。

当然这算不上不幸。女儿很乖，只要把女儿交给保姆，瑞枝随时都可以出来购物吃饭，这种自由和奢侈是可以确保的。可是，这一切都是在发觉郡司的外遇之前。特别是祥子的出现意外地打垮了瑞枝。

"你不该和像我这样平凡的女人结婚。"瑞枝曾经这样脱口而出，"但是，是你把我变成这样的女人的。我只不过是成为你所期待的女人而已。"

瑞枝没有见过郡司的前妻。但是听说了很多关于她的事情。郡司正如他自己常常说的那样喜欢美貌，他曾经清楚地说过女人不漂亮就没有任何价值。因此，她应该也是个非常漂亮的女人。

"或许与瑞枝相比，还是那一位更漂亮吧。"有一天一位喝醉了的朋友曾经失言说过。据说郡司还是赤坂的房地产公司少东家时，对前来找房子的女子大学学生一见钟情。对于少年得志的他来说，"糟糠之妻"这个词并不合适。听闻她是茨城的地主的女儿，所以在郡司独立时提供了大量的帮助。

从小被富养的她，很快就学会了时髦的花钱方法，郡司也拿她没有办法。她也不顾郡司想要个孩子的要求，说自己想暂时去意大利生活一段时间。据说郡司为此勃然大怒。

听说这些事情后，瑞枝觉得自己被选中的理由非常简单。很可能就是因为郡司觉得自己是那种在家庭里很顺从的女人，看起来像是很快就能以生孩子、维护家庭为乐，只要给予适当的奢侈，就会对此非常满足，乖乖地等待着老公吧。

瑞枝想到，自己很可能是被安排了一个叫作妻子的倒霉差事，虽然看起来好像最得利，但实际上却置身于男人的爱情和兴趣最为淡薄之处。

说起郡司究竟在追求什么样的女人，就是像祥子那样华丽邪恶的女人。无论世人的评价如何，郡司都对她热衷不已。即使遭到大家反对，也要为了她创建新的公司。

刊登在女性杂志上的祥子的评论突然又浮现出脑海。

"欧洲上流社会的女性们，最讨厌的就是被人看作没有品位的女人。第一次约会的方法、给男性打电话的方法、收取礼物的方法，等等，有多得让人吃惊的规则……"

瑞枝自言自语道："这个女人嘴上所说的，和自己正在做的不是截然相反吗？"瑞枝随即意识到自己的嫉妒绝对不单纯，如果是三年前绝对不会这样，现在有了女儿，这种嫉妒里面竟包含了很多功利性的东西。

郡司曾经夸口在离婚的时候给了之前的老婆两亿日元，但是瑞枝曾经从别的地方听说实际上只给了这个数目的四分之一。如今5000万日元，连郊外的小公寓都买不起吧。郡司身边出现了一个新的女人，不对，出现了好几个女人，如果这其中有让郡司想要娶的女人，自己和日花里又该如何呢？也会拿着五千万日元的补偿金被抛弃吗？因为郡司很疼女儿，应该可以得到优厚的对待，可至今为止的奢侈生活，瑞枝就得完全舍弃了。

这种可以随心所欲地使用丈夫的信用卡金卡的生活，绝非瑞枝心之所向。即使一直在强调是不知何时被给予的，可不拒绝就意味着是自己想要的。如果被问及是否对这样的生活深恶痛绝，瑞枝也给不出肯定的答案。这种想法越强烈，瑞枝就越能感受到自己心中不单纯的东西。和有钱男人结婚的女性，一定会一直被这种不单纯所纠缠，并为此不胜烦恼。会一直追问自己"如果这个男人没有钱，自己还会和他结婚吗？自己是真的发自内心地爱着这个男人吗"之类的。如果丈夫不忠实的话就会更加如此。瑞枝对于丈夫也绝对不宽大，甚至还质问过他几次。但是瑞枝在心里也会替他辩解说，既没有亲眼见到过，也没有抓到可靠的证据，就得过且过吧。在瑞枝心中，还有这么一个没出息的自己存在。

那么在南条的新居派对上，互相拥抱的两个人又是怎么回事呢，那应该可以说是当场见到了吧。可是郡司一定会这样回答——祥子在国外生活多年，接吻对她那样的人来说只不过是一种代替问候的方式。我毕竟也是男人，喝醉的时候开玩笑才做出那样的事情……

瑞枝在心中组织了这些理由说服自己，感觉好像这三年来自己总是这么做。不去指责丈夫，而是自己编造出好听的答案安慰自己。这些就逐渐演变成不单纯，被世人敏锐地察觉。因此，对于瑞枝在内的有钱女人，人们在话语中总是含着些轻蔑。

瑞枝最近几乎不和过去的朋友们来往，而是从郡司周围聚集的人中，找到和自己相似的女人逐渐亲近起来。女演员诸山玲子便是其中之一。她和超级有钱的牙医结了婚，几乎处于隐退状态。

和女演员结婚的牙医，不可能是普通的值班医生，拥有大量来源可疑的金钱。虽说他家世代经营大型医院，但成绩不好的他，好不容易才混进三流医科大学。他的父亲为身为次子的他在赤坂的黄金地段开设了一家豪华的诊所，瑞枝也在那里治疗过。

抛开名人喜欢的东西不说，他是一个亲切阳光的男人，之前他们夫妇还身着同款的豹皮大衣出现，让瑞枝大吃一惊。

他们两个人没有孩子，玲子为了打发时间经常约瑞枝外出。

那天两个人在一家位于西麻布"Wall"五层的意大利餐馆吃饭。当时风靡一时的咖啡吧热潮已经退去，交通不便的西麻布正在衰退。可就在这里新建了一幢巨大的砖筑大楼，因为有像纽约高级迪斯科常见的那样男人味十足的门侍站在大楼前检查客人而一举成名。

最近会员制的俱乐部非常流行，在青山的餐馆的二楼，有很多只有会员才能使用的游泳池、图书室之类的店。这家"Wall"也采用严格的会员制度，只有会员才能使用其内部的沙龙。因为玲子的丈夫也是这里的会员，所以她就说之后要去看看。

"因为成为这里的会员很难，所以入会的艺人也都是很大牌的。之前也……"玲子旁若无人地说起来，刚刚举行过像电视转播一样豪华婚礼的演艺界夫妇，在沙龙举行生日派对。

"再点一瓶红酒如何？今天没什么安排吧。"

"跟日花里的保姆说的是到10点，打个电话说一下问题不大。"

"那我就再点一瓶红酒了。"

在窗边的桌子吃饭的四个人站起来了。瑞枝对其中的女性有印象，就是策划建设这家"Wall"的公司的女社长，名叫塚本 June，是著名摄影师篠山纪信的前妻。让人惊叹的华美容颜，和她作为顶级模特活跃的时代完全没有变化。但她以天生的聪明，相继成功创建了几家迪斯科和餐馆，得到了女强人的评价。可谓是操纵东京夜晚的女王之一。

"还是那么漂亮啊。"玲子叹息说，"如何才能像她那样永远漂亮啊？"

"还是一直工作比较好吧。会有一种紧张感。"

"这样说的话，是说你和我很快就会老吗？"

玲子噘起了嘴。玲子比瑞枝大三岁，今年应该是 33 岁，眼部周围的皮肤完全没有松弛。听说她在当演员的时候曾经做过一两次整形手术。可能最近也做过修整吧。据说玲子住的赤坂，有一位从美国学成归来的手艺特别好的整形医生，有钱的女人和演艺界人士都纷纷慕名而来。

"我呢，那个时候也想好好工作。"

"是想演电视剧吗？"

"不可能。现在已经是年轻孩子的时代了，像我这样的顶多演个配角。即便如此因为之前还小有点名气，制片人们也会觉得不好用啊。"

玲子身上有她这种女人少有的成熟，可以冷静地看待自己。这也正是瑞枝喜欢她的原因。

"像最近的《同级生》这样的言情剧，肯定不会找像我这样的阿姨。我现在也就只能做做和服杂志的模特之类的工作。可爸爸不同意。"

尽管她没有孩子，但也喜欢像日本的其他家庭一样，随孩子称呼丈夫为爸爸。

"在外面玩没有关系，可在外面工作就不同意了。"

"我们家那位也是。说是不想让自己的老婆做撰稿人。"

"啊，听起来可是很有意思的工作啊。"

"他说东奔西跑，低头采访写报道的工作比较低贱。明明我和他也是这么认识的啊。"

这时追加的红酒送过来了，调酒师想要倒入细颈酒瓶时，玲子制止了。

"又不是什么好酒，不用了。因为想马上就喝，麻烦直接倒杯子里吧。"

调酒师稍稍有点不满地开始拔酒栓，玲子以常客独有的傲慢态度试酒。那标准的试酒动作也显示着她作为女演员的骄傲。

"玲子，"瑞枝试着问，"制作电视剧应该很难吧，写剧本呢？"

"编剧应该很容易当——哎哟——"玲子就像要吐出难喝的红酒一样说。

"之前喝的时候感觉很好，特意记了名字……有的编剧很差劲，我经常想自己修改台词呢。"

"是吗？……"

"只要有机会被制片人看中，写一两部单集也是很简单的。问题在后面，电视剧这东西总会被收视率这个怪物如影随形地操控，必须得把它变成定数才行。"

"那么，桥田寿贺子真的很厉害。《阿信》的收视率都接近50%了吧。"

"能做到那种程度的都是不同凡响的人啊。难不成瑞枝你想做编剧吗？"

"嗯，这是我的梦想。"说完之后瑞枝就有些后悔了。在一个专业女演员看来，这是一个多么天真的愿望啊。

"等日花里再大一些，我想去学习写剧本。很早就喜欢电影，也想再提高一些写作能力。当然，这只是梦想，梦想罢了。丈夫是不会允许的。"

"你们家的郡司，也是各种任性……"

玲子把后面的话含糊过去了，最近经常这样。一说起郡司，刚要说点什么，就把后面的话吞回去了。尽管不能说他们一定是偶然大意，但毕竟舌头和身体都是因为警惕而把话憋在心里。可能是女人的事情，也可能是出现不好迹象的郡司公司的事情。无论是什么，关于丈夫的事情，瑞枝比起别的人还是要清楚很多。

"先不说这个，你会去参加那个派对吧？"玲子很不自然地改变了话题。玲子所说的派对，是由巴黎著名品牌主办的设计师发布会，面向日本这一重要市场，设计师们一一致辞。

三年前，也是法国的化妆品厂家在曼谷的 ORIENTAL HOTEL 举行新香水的发布晚宴。从日本邀请了 200 位名人、编辑，包机前往参加。穿着晚礼服、黑领结正装的南国之夜的豪华，即便到了今天还经常成为话题。这次的宴会，据说是要和三年前的那次相抗衡。

"Yuki 已经打过好几次电话，说是让咱们一定参加，她可是鼓足劲了。"

黑岩 Yuki 是玲子和瑞枝共同的朋友。不对，在名利场生活的女性无论是谁都一定认识她，因为她是公关公司的女社长。欧洲的品牌入驻日本的时候，都会把宣传事宜委托给她。因为如今是一个人脉关系比其他任何东西都重要的时代，比起大型的广告代理公司，反而是像 Yuki 这样头脑灵活善于应变的人更为吃香。

Yuki 应该在 35 岁左右，通过运动打造得无懈可击的身材，清楚勾勒眼线的"外国子女妆"，营造了一种年龄不详的氛围。Yuki 也是从巴黎大学毕业，有在佛罗伦萨留学的经历，却和祥子不同，从不会让人觉得形迹可疑。她的曾祖父是明治维新的元勋，母亲是有名的翻译家。Yuki 在很年轻的时候曾经和一个法国人结婚，还生了一个孩子，之后很快就分开了。但这段经历也只会被人充满善意地评价说："的确是大小姐作风的任性过去啊。"

总之 Yuki 在媒体和名人之间拥有强大的影响力，全权主理着好几个最近的热门宴会。这次的设计师发布会，庆祝该产品初次登陆日本，也会非常盛大吧。

"大家都在说，果然还是不穿他们家的晚装不行啊，但是，为了一次宴会，花费二三百万日元特意定制也是有点太过奢侈了吧。而且也没有时间，我在想是穿过去的衣服呢，还是赶做一套？你是怎么打算的呢？"

瑞枝完全没有考虑衣服的事情，这个晚会祥子也一定会出席吧，只要是派对，大到大使馆的宴会，小到个人的新居派对，祥子都会参加。像这样影响今年的东京的豪华晚宴，她不会不来的。

自那晚南条家的新居派对之后，瑞枝再没见过祥子。瑞枝看到了祥子和丈夫相拥接吻的情景，但他们两个人应该并没有察觉。祥子见到瑞枝，应该会若无其事地靠近吧。夺走他人丈夫的女人独有的窃喜、无耻和变本加厉她都一应俱全，瑞枝对此无法忍耐。

"我可能不去参加那个晚会了。"

瑞枝用中指不停地弹酒杯。虽然和玲子关系很好，但也不打算对她明说郡司的不轨。如果玲子是个陌生人，瑞枝或许会对她说丈夫和祥子的事情。

"是吗。竟然会这样吗？真的是很难以置信。"

他人惊愕和愤怒的表情，很意外地可以治愈自己的心。然而，丈夫和祥子的事情，已经可以说是众所周知。虽然说两个人是要进行美术相关新生意的合作伙伴，但几乎没有人会相信这样的说辞吧。郡司的好色、祥子的轻浮已被世人所熟知。如果瑞枝想要谈丈夫的事情，玲子的脸上一定会有"果然如此"的表情闪过，也会露出猜中后的喜悦，看到这些瑞枝应该会憎恨眼前的朋友们。

"最近，把女儿放在家里去繁华的地方这种事我连想都懒得想。和玲子一起在哪儿吃个饭还挺快乐的，可是人多的地方就会很难受。"

"这可不行，不能这么说。"玲子像外国人一样，把食指竖起左右来回摇摆。

"我也曾有过这样的时候，觉得出去参加宴会很麻烦。要选礼服、去美容院，突然就会感觉疲惫不堪。后来就被老公狠狠地训斥，说是如果讨厌这样的事情，女人马上就会变老。去参加宴会心中的紧张，会把女人变得更加漂亮。出席宴会不是为了他人，实际上是为了自己。被这么一说，我才恍然大悟。"

瑞枝突然想到在东京每晚都举行的宴会，仅仅是寄到家里来的邀请函，数量就已经相当可观。如果加上寄到郡司公司的，数量就更为庞大了。新的迪斯科或者餐馆的开业晚宴、出版晚宴、电影的杀青晚宴、还有没来由的玫瑰香槟饮酒会、柏图斯饮酒会等等。刚刚还和郡司参加了在有乐町的法国餐馆举行的尽情品尝松露的晚宴，齐聚了各种法国空运来的松露做成的美食，把手中的面包掰开，里面就藏有闪着黑色光泽的整个的松露。大家着急忙慌地参加每晚举行的聚会已经成为都市的习俗。

令人吃惊的是，第二天 Yuki 打来了电话。

"我听玲子说了……"能够自由使用三国语言的她，说话速度很快。

"下周的宴会你不参加，是真的吗？"

"嗯，也想了很久。应该是个很豪华的宴会，但没有可穿的衣服……"

"不行，不行，你要不来我就为难了啊。"完全是训斥的口气。

"你可是那个店的重要客人，一定得来。对了，演艺界的人也会来很多，展示他们家的衣服。可你应该也知道，她们穿的基本都是租来的。所以现在买办那边忙得不可开交，因为大家都想穿新上市的衣服。"

"是吗？……"

"虽然这么说对特意穿着品牌衣服过来参加的人有些失礼，但是有很多人真的是不合身。所以才希望像瑞枝你这样的，自己就拥有好几套的客人过来参加。"

虽然口气很平和，但还是有一种让人不快的强迫感。一般的人，都会因为忌惮 Yuki 的背景，或者不想失去和她是朋友的骄傲资本，而对她言听计从。

"但是我没有能穿去的衣服啊。"

"你去年不是买了他家的晚礼服吗？就是下摆镶满珍珠的那件。那件非常漂亮。"

女人对他人的衣物甚至比对自己的还要清楚。Yuki 应该是在哪里见过吧。

"是吗，这就更不能穿了吧。去年的衣服，连你都还记着。已经不能再穿了吧。"

"没关系。今年他家也推出了非常相似的款式。而且只有像我这样做公关工作的人才能马上看出来，来参加宴会的其他人看不出来的。"

"但去参加晚宴的人，都是眼光很好的人啊。还是感觉不安啊。"

在交谈的过程中，不知不觉就决定购买今年的成衣。两人约定好由Yuki和买办协调让对方打折。虽然是成衣，但晚礼服的话也应该相当昂贵，但是瑞枝觉得没有关系。不知何时起，瑞枝的心中萌发了和祥子对决的决心。据说祥子虽然外表光鲜，但实际上经济状况并不好，所以她应该不会穿着新礼服参加宴会的。

但是，当天早上，郡司说自己也要去参加宴会。

"反正客人的名字是夫妇联名的吧。"

"你之前不是说今晚有个重要的接待吗？"

"我是想去那边的，村田他们也说要去今晚的宴会，说是非常豪华有趣。"

郡司还补充说，还有很多女演员和艺人要来，很值得期待。郡司像这样把自己对美色的嗜好当作一般的玩笑来说，也是他想要证明自己内心无愧的方式。瑞枝想象了一下和丈夫一起参加晚会的情景。今晚瑞枝打算要和丈夫形影不离。尽管他最近腹部长出了赘肉，但或许是看惯了的缘故，丈夫身穿晚礼服的样子也不坏。而紧挨着他的妻子，穿着崭新的高价晚礼服，无论在谁看来，都是一对年轻有为、拥有一切的耀眼的夫妇吧。两个人之间没有任何缝隙可以让祥子插入。为了今天晚上能够让祥子品尝到这种挫败感，瑞枝什么事情都愿意做。

"那么，你五点之前回来吧。因为晚上是在三田的三井俱乐部，傍晚有可能会堵车。"

"知道了。帮我准备好无尾晚礼服，之前做的那套。"

郡司和他的朋友们对F1的热情始终不减，今年甚至还去了摩纳哥观赛。用难以置信的价格预订了游艇。之后，也不知道以什么样的心境，郡司顺道去了伦敦，在有名的裁缝店里订了无尾晚礼服，而且一下子订了三套。这些礼服好不容易才刚刚从伦敦寄过来，之前过了约定的日期对方也没有任何联络，郡司使用公司的传真、让秘书打国际电话催促了好多次。可能之所以决心去参加今天的宴会，也是想要试穿新礼服吧。

最近郡司对服装的讲究越来越过分，尽管七米长的衣橱里已经挂满了阿玛尼的西装，还是要继续买。难道对美色的嗜好，和对衣物的执着是完全成正比的吗？两者都要和肌肤接触，都不是出于必要而是全凭兴趣进行选择，还都需要花钱。而且都很难放弃……意识到自己在想多么愚蠢的事情之后，瑞枝不禁苦笑了一下。

从美容院出来，瑞枝去了预约好的美甲沙龙。虽然美容院也可以做美甲，但还是专营店的技术要好很多。

一走进店里，就发现面向院子的窗前的座位上，一位年轻的女性正抬腿坐着，因为刚做完美甲，正在烘干脚趾甲。感觉到有人进来，她回过了头。

"啊，瑞枝小姐，好久不见啊。"

用热情过火的声音打招呼的是加奈子，她是一家知名娱乐制作公司的社长夫人。她的丈夫最近也参与了电影制作，各种投资都大获成功，如今已有了相当高的声望。关于他进军好莱坞、已经在洛杉矶购买了音响录音室等报道经常在周刊杂志上出现。

加奈子虽然只有24岁，却已经是两个孩子的母亲。据说当年19岁的她本来决定作为新人出道，但在出道现场，45岁社长对她一见钟情。但是，也有别的一些传闻，也有人说是加奈子策划了怀孕，逼迫还没有孩子的社长离婚。甚至还有人说她假装自杀未遂等等。总之，她是成功地和大富翁结婚了。

这样的传言现在还在流传，也和成为社长夫人后的加奈子风评不好有关。她好像是为了拿回因为产子失去的青春一样，每晚都到处玩乐。把幼小的孩子交给保姆，自己就一头扎进六本木的卡拉OK和迪斯科。据说，她还在很多艺人出入的地方和非常年轻的演员玩恋爱游戏。瑞枝还听说，有人曾经看到他们两个人在高级卡拉OK俱乐部角落的沙发上调情。所以，人们都一半不安一半看笑话地猜测那个社长究竟能容忍到什么时候。

然而加奈子这边却若无其事，而且还好像对瑞枝产生了同感。尽管也只是偶尔在派对或者像今天这样在美甲沙龙见个面，她每次都亲切地打招呼。

"瑞枝小姐也会去参加今晚的宴会吧？"

"嗯，打算去。"

"结束之后一起去哪儿玩吧。这次在青山开了家会员制的卡拉OK，非常棒。有很多黑色衣服的门侍认真地检查，一般的人进不来。我刚存了瓶酒，一起去吧。"

瑞枝被领到加奈子旁边的座位上，在加奈子椅子的脚下，放着一个与她的年龄不相称的爱马仕大包。

"今天玲子也来吧。我们几个女孩一起去跳舞吧。我提前预订一下GOLD的VIP房间吧。"

"但是，很遗憾，今晚老公也会一起参加。"

一位穿着白色制服的女性坐在瑞枝的旁边，开始用锉刀为她打磨指甲。两个女人讨论晚上游玩安排的对话，和下午的美甲沙龙的气氛非常相符。

"是吗，我刚才遇到郡司先生了。"

加奈子突然抬起了涂着红色指甲油的左脚。尽管是冬天，没有任何赘肉的修长大腿也非常迷人。

"他正在使用跑步机，很认真，好像没注意到我。"

加奈子夫妇也是运动俱乐部的会员。非常在意体重的郡司，一有空就马上去开车不到 10 分钟的俱乐部。因为不怎么擅长游泳就只使用跑步机。有时候会在有人工草坪的房间里上高尔夫的课。

瑞枝虽然了解这些，却不知为何还是有一种不祥的预感。按照加奈子的口吻来判断，郡司应该是一个人。丈夫当然不会穿着暴露体形的运动短裤和女人约会。更何况虽然最近瑞枝由于专注于育儿完全没去俱乐部，但当初作为家庭会员也注册了。郡司应该不会把女人带到这样的地方。问题是之后的事情，在运动俱乐部里面，也有宾馆作为附属设施开放。虽然只有 20 间，却几乎都是准套间类型的奢华房间。瑞枝之前就发觉郡司把这里当作外遇的场所。根据不小心送到家里的账单来看，郡司在运动俱乐部里流汗之后，就乘电梯下到宾馆的楼层，一直在那里待到夜里。因为不是那种类型的宾馆，所以还是会收取一晚的费用。

所以只是听说郡司在运动俱乐部，瑞枝就感觉很厌恶。性急繁忙的丈夫，最近所有的事情都要兼顾。其中他最中意的应该就是，锻炼身体和外遇一起进行吧。这两件事几乎可以同时进行的场所，就是入会金 1000 万日元的位于市中心的运动俱乐部。

瑞枝似乎忘记了回答。加奈子也没有介意，直接转入别的话题。

也就是些外遇被发现的丈夫的故事，连父母的遗产都进贡给赛车手兼名演员的人妻的故事。加奈子对自己的孩子们几乎毫不关心，瑞枝很喜欢她这一点。如果是其他有孩子的女人们，此刻说的就只有一个主题——

那所学校，比起从小学入学，从幼儿园开始入学要难得多。

那家的丈夫，作为学院的评议员拥有一票……

这类话题是瑞枝最不擅长的。

究竟是从什么时候开始，瑞枝在心中不断告诫自己，再也不能这么贪婪、再也不能这么堕落呢？瑞枝逐渐明白，无论得到多少金钱，郡司和自己都始终被称作暴发户。但是如今这世上，相似的人比比皆是，他们夫妇也几乎都是和这些相似的人交往，所以从未感到过可悲，也没有丝毫自卑感。但是，想想如果自己的孩子进入上流阶层云集的学校会如何呢？已经看到过好几位朋友或者熟人，为了让孩子进入上流学校而痛苦挣扎的样子。其中有人甚至连自己的学历都造了假。

幸运的是，郡司也没有被这种狂热的入学热所传染，他说日花里只要读附近的公立学校就好。瑞枝既觉得这是一种可靠的办法，也怀疑郡司实际上对女儿并没有像对情人那么用心。

"那我先告辞了。我们三井俱乐部见吧。"

指甲油干了以后，加奈子连长筒袜都没穿就站了起来，像欧洲的女性那样直接光脚穿上浅口鞋，鞋子和日晒美黑的腿部也毫无违和感。

瑞枝为了搭配紫色的礼服，就选择了接近黑色的红色指甲油。美甲师建议可以加入点金线之类的点缀，瑞枝拒绝了，拜托美甲师用吹风机快速干燥。

回到车上已经三点多了。之后打算顺道去趟纪国屋商店，为日花里和保姆买些简单加工就可以吃的食物。正好有辆大型奔驰要从停车场驶出，正着急的时候车载电话响了。为了不让甲油脱落，瑞枝小心翼翼地接了电话。

"喂，喂，是我。"电话是郡司打来的。

"今天我还是去不了了。对不住啊，你能一个人去吗？"

三井俱乐部的广阔庭院里，停满了黑色的车。瑞枝也是乘包租式出租车来的。因为郡司和配有司机的车都没有回来，就只好连忙打电话叫了辆。在可能会喝酒的时候，瑞枝绝对不会自己开车。而且穿着晚礼服手握方向盘的样子怎么想都很滑稽。

　　三井俱乐部的玄关装着耀眼的电视灯，两侧围满了媒体的人。娱乐节目和周刊杂志的摄影师们正在等着拍摄今天来这里参加宴会的演艺界人士和名人们。在这样的架势下，穿着礼服走进去是很需要勇气的。他们只要一意识到瑞枝是普通的客人，就会马上把目光转向新到来的车辆。瑞枝趁机上了阶梯。

　　在里面步行也很困难。想要找熟人，也始终前进不了。好不容易才从大厅走进面向露台的房间。这里人口的密度稍稍小一些。

　　最近像这样严守着装规则的宴会也真的是很少见。男士几乎都是无尾晚礼服，女士几乎都穿着长达脚踝的礼服。据说是设计师们从巴黎带过来的，高得让人仰视的模特们正穿着最新的礼服在中间列队缓行。正如名为"太棒了！世纪末"的邀请函上印刷的那样，为了营造颓废的氛围，有一群穿着女装的男性登场了。

　　据说他们是从六本木这种类型的店带过来的。华丽的珍珠礼服配上鸵鸟皮的披肩，不知为何还有人拿着气球。他们戴着金色的假发套，比真正的女性还要丰满的胸可以从礼服窥探到一大半，伴着乐队的声音不停地扭动着身体。

　　既有电视上经常见到的歌手和演员，也有作家和作曲家，还有不知道具体在做些什么，总之被称作名人的男男女女们盛装聚集在这里。能够召集这么多的人过来，Yuki 的手段确实高明，她穿着合体的美人鱼式礼服，和以平易近人著称的亲王殿下在一起。瑞枝想起王妃殿下和 Yuki 应该是有着不太远的亲戚关系。正想过去和 Yuki 打招呼时，有人从后面拍了一下瑞枝裸露在外的肩膀。

"瑞枝，你来得可真晚，我在等你呢。"是祥子。

祥子用翡翠绿的上衣配以薄绸的长裙，中国风的上衣装饰着精美的刺绣，看起来却并不像有名设计师的作品，应该是在欧洲的礼服专卖店里买的。

"你一个人吗？郡司先生呢？"

祥子歪着头，有着海瑞温斯顿品牌独有设计的项链摇曳在她细长的脖子上。

"平常的话，不都是您二位一起来吗，今天是怎么了啊？"祥子用像小猫被轻轻抚摸腹部时发出的甜腻的声音问。她的微笑怎么看都是充满得意。制造秘密、掌握秘密的人经常会露出这种表情。

这个女人，正在等候和丈夫会面。瑞枝在一瞬间察觉了一切。

丈夫因为知道祥子要来参加宴会，自己就缺席了。无论如何不能两个人一起离开。郡司现在一定就在那个宾馆里等待和祥子约会。

"瑞枝感觉怎么样啊，很厉害的派对吧。不愧是 Yuki 啊，一般的人怎么可能召集这么多的名人啊。但是，人太多了有点喘不过气。食物也一下子就没有了，虽然酒有很多，可去取一趟酒太困难……"

祥子仿佛自来熟一样，凑过来紧挨着瑞枝，裸露的胳膊挽上了瑞枝的胳膊。她身上散发着备受欢迎的毒药香水的味道，体毛出乎意外的重，可以感受到她柔软的汗毛。瑞枝甚至有点想吐，这个女人怎么能够如此亲密地接近自己情夫的妻子呢。

相信自己的罪恶应该不会暴露的自视过高和胜利感，让眼前的女人伪装成非常温柔亲切的人。

"瑞枝，你也渴了吧。去拿点什么喝的吧。这可应该是官人们的工作啊……"

把男性称呼为官人，在瑞枝认识的人里也只有她一个人。

"啊，成濑现在在那边，太好了，成濑君……"

人们的肩膀簇拥而成的人海偶然一分开，就发现成濑刚好站在那里。虽然祥子在他的姓氏后面用的是"君"，但他可是30岁年纪轻轻的就成为风生水起的软件公司的社长。他的旁边，站着娇小美丽的妻子，穿着件银色的礼服，一看就知道是今晚的主设计师的新作。

"成濑君，能否麻烦你为我们拿杯香槟啊。我们口渴得要死。"

也不管身边的妻子如何反应，成濑愉快地离开了。成濑的体形像高中生一样纤弱，还戴着高度的近视镜。有媒体把成濑的辉煌成就说成是"宅男族英雄的出世"，见到他本人确实会有这样的感觉。

"Yuriko，对不起啊，让你的宝贝老公帮我们跑腿。"祥子不知何时已经站在了成濑妻子的旁边，发出黏糊糊的声音。她接近有钱人夫妇的本领可是相当有名。

"今晚的礼服，太漂亮了。Yuriko无论穿什么都很得体，成濑君也有给你买衣服的动力啊。"

成濑是第一次结婚，这位妻子却是再婚。据说她从短期大学毕业之后就马上结婚了，还有一个8岁的儿子。但对成濑来说，她是自己高中时代的初恋情人。收获巨额财富的成濑向还是人妻的她求了婚。还有人谣传当时成濑还给她看了50亿日元的存折，可这说法也太过荒唐，应该是谁编造的。

如今这世界，像郡司和加奈子的丈夫那样，一有了钱就会见异思迁、更换妻子的情形非常普遍流行，所以成濑的纯情则被视作美谈广为流传。

成濑很快端着两杯香槟回来。看来在人潮拥挤中很是辛苦，完全不合身的礼服的前面也敞开了。

“成濑君，谢谢你啦。”祥子大声表示感谢后，接过了杯子。还正想说任务完成了时，成濑夫妇已经离开了。

“成濑君，现在正在建房子呢。在松涛的繁华地段。据说光建筑费就要花 5 亿日元。”祥子就像要说多么重大的事情一样，把嘴贴到瑞枝的耳边说。“而且，还说家里的装修要全交给那个 Yuriko。你能相信吗？不久前还住在社区里，只知道超市的家居卖场的女人，说是家居必须得要意大利的，还跑到米兰去买。女人啊，只要三天，从超市的家具到去米兰就是理所当然的。啊，好恐怖。”

瑞枝觉得这个女人竭尽全力辱骂的不是 Yuriko，而是她自己。

对面相机的闪光灯齐聚，玲子就站在正中间。就算最近没有工作，女演员就是女演员。这种时候，媒体的眼睛都是很尖的。玲子穿了件非常简洁的黑色礼服，可能是为了衬托今晚派对“太棒了！世纪末”的主题而特意佩戴着新艺术风格的饰品，高高盘起的发髻也端庄得体，今晚的她要比平常美丽十倍。瑞枝直到此刻才深刻地体会到，女演员的确一到这种场合就会散发出特别的光芒。

玲子看到了瑞枝，微笑示意马上就过去。可是一看到祥子在旁边，就马上露出明显的厌恶表情。据说是因为，玲子有一位很早就认识的男性朋友，从事西洋餐具进口的工作，从感情到工作都被祥子害得非常惨。之后，玲子就一直毫无顾忌地说祥子是“诈骗犯”。当然也知道其中缘故的祥子，慌乱地把目光移到别处。

“我先告辞了……室田产业的室田先生来了，这次他们还要再在浦安建一家宾馆，所以要商量很多事情……”

祥子说着就以熟悉派对的人独有的敏捷离开了瑞枝，身后只残留着香水的味道和满满的恶意。真的是不可思议，自己已经拿到了好几个她是丈夫情人的证据，祥子的甜言蜜语里也充满了恶毒。尽管如此，瑞枝却不能拒绝祥子。特别是在公开场合还亲切地接受了她。作为妻子的矜持不允许自己厌恶祥子，祥子也明白瑞枝的这种心理而刻意靠近，这才形成了这种恶性循环。

"那个女人，究竟是怎么回事啊？"挤过人群，终于靠近过来的玲子说，"见不得人的人就老实待着多好。"

充满憎恨地回过头来的玲子，用的也是毒药香水。三年前开始出售的这款香水非常受欢迎，如今东京十分之一的女人都在用。"毒药"这个名字，至少对这两个女人来说是非常合适的。

"今天郡司没来吗？"今晚已经是第六次被问及这个问题了。

"说是突然有急事来不了了。"

"哦，是吗？……"玲子别有深意的表情和其他五个人是一样的。

结果在派对上什么都没吃，瑞枝和玲子夫妇又一起去了六本木的西班牙料理店。因为感觉即使穿着无尾正装和晚礼服也不会太过突兀，玲子的丈夫选了这家店。吊灯、波斯绒毯再加上钢琴演奏，这家店的氛围确实奢华，可是玲子却开玩笑说，穿着无尾正装的男人怎么看都像侍者，穿着晚礼服的女士怎么看都像是钢琴演奏者。

瑞枝由于太过紧张，前菜的冷肉一点都吃不下去。刚才去洗手间的时候顺便给运动俱乐部的宾馆打了个电话。这种时候，如果问"郡司先生是在这里入住吗"，对方会有所警觉。要以明确知道入住的口气，若无其事而且是很着急地打电话，虽然谁也没有教过瑞枝，但瑞枝却很清楚该如何做。不忠诚的丈夫，会自然地教授给妻子各种各样的智慧。

用波澜不惊的语气说完"请接郡司的房间"，不是专业宾馆服务员的前台女接待员马上就回答："好的、请稍等。"

这种时候，像全天下的妻子都希望的那样，瑞枝也很期待对方说

"郡司先生没有在这里办理住宿"。可是天不遂人愿，对方回答："现在为您转接。"

如果打通就糟糕了。没有告诉过任何人的宾馆的电话响了，正要接时又突然挂断，即使是粗枝大叶的郡司也会感觉奇怪吧。

"不用了。因为有要送交的东西，我直接送过去吧。房间号是多少？"

"572 房间。"

如果是一流宾馆一定不会告知这些信息的。看来无论价格多么昂贵，这里毕竟只是运动俱乐部的附属设施。接下来的瞬间，瑞枝默默念叨了两遍"572、572"，牢牢地把丈夫外遇的房间号记了下来。

"不好意思，我先告辞了。"很庆幸没有点主菜，瑞枝起身，把前菜和两杯红酒的钱放在桌子上。即使和有钱的男人结婚了，玲子的吝啬在朋友们中间也是有名的。有人说这可以看出出身，但也无人深究。不怎么深究正是瑞枝喜欢的。瑞枝顺利地从店里中途离开。

郡司加入的运动俱乐部，是在国营公司的开阔旧址上由民间开发而成的，入口也建得很宏大，瑞枝坐着的车缓缓地爬着坡。

在大门前的停车场看到了郡司的奔驰车，司机原田正开着车里的顶灯读着体育报纸。这个担任郡司专车司机的 40 岁男人的想法，瑞枝很难理解。在埼玉的汽车销售公司工作了一段时间以后，当了出租车司机，看到报纸的招募启事后来到郡司这里工作。他是一个沉默的身材高大的男人，给比自己年轻得多的男人当司机，像这样郡司和别人偷情的时候也得一直等着，他的心里究竟会如何想呢？如果说是为了钱还勉强可以接受，瑞枝每次想要探寻他的内心时都会意识到自己的胆怯。坦率地说，瑞枝害怕这个男人。可能沉默地忍受屈辱的人，经常会令人感觉畏惧吧。

瑞枝在玄关那里匆忙下了车，身穿晚礼服的自己不可能不显眼，如果被原田看见就麻烦了。好在原田坐的那辆车前面，还有两辆大型的外国车。

站在前台的男服务员，向瑞枝微笑致意。虽然不能马上说出偶尔才来的瑞枝的名字，但是知道是这里的会员。

"欢迎光临！"

应该觉得自己是要去上面酒吧的客人吧。没有任何觉得可疑的表情。瑞枝按了电梯的按钮。不是运动俱乐部所在的楼层，也不是餐厅所在的楼层。宾馆层5的这个数字瑞枝是第一次按，马上就亮起红色的不祥的光。

伴随着微小可爱的响声，电梯的门打开了。安静的空间豁然开朗，织花的绒毯、花纹的壁纸，让人觉得害羞的浪漫装修……如果走廊不是那么宽广，一定会被当作欧洲的便宜旅社。

按照指示往右拐，马上就到了572房间。瑞枝把耳朵贴到门上听里面的动静。瑞枝从来没有想过自己会做出这么卑鄙的事情。但是一站到门前，想到丈夫在里面，瑞枝就很自然地做出了这个动作，心想即使被人看到也没有关系。瑞枝心里真正害怕的只有一件事，那就是如果丈夫和祥子正在做爱自己又该如何？

瑞枝害怕看到那个场景。如果看到赤裸的丈夫和女人纠缠在一起，自己应该会惊声尖叫。仔细想来，瑞枝还没有见过郡司的外遇"现场"。就像是尸体一样，即便知道它的存在，但只是想想就会害怕得发抖。丈夫的周围笼罩着关于女人的流言和外遇的迹象，就像尸臭一样。但是，瑞枝没有到过这样的"杀人现场"。

可以折返回去。可是在瑞枝的心中，激发了清楚的决心"拿出勇气"。

拿出勇气去确认，不这样做的话自己会一直后悔的。与为了不明真相的传言所苦恼相比，看清痛苦的现实进而失望才是更重要的。失望应该会消失吧，如果不消失的话自己也只能一直手足无措，一生都呆立不动吧。

瑞枝敲了门，用自己的手堵住猫眼。与从猫眼看到自己相比，因为猫眼变得昏暗觉得奇怪而打开门的几率要高很多。

赌赢了，瑞枝听到了丈夫毫无戒备的声音——就像是在银行排队被叫到时开心回答的声音，瑞枝很受打击。难道是错把自己当成来送三明治的服务员了吗？

门从里面打开了，穿着浴袍的郡司站在那里。穿着浴袍的男人一般看起来都比较愚蠢，他也是如此。白色厚重的浴袍，清晰地勾勒出他日益肥胖的身体。

"你究竟怎么回事？"

瑞枝没有看丈夫的脸，径直走了进去。一个很大的房间，靠门的沙发上坐着一个女人。幸运的是女人穿着衣服。女人不是祥子，比祥子要年轻得多，美丽得多。染成栗色的波浪状头发显示着她不是普通的白领。

女人不愉快地侧看脸，侧脸也很漂亮。郡司走过来，瑞枝理所当然地相信他会先向自己打招呼。他会找什么借口呢，自己会原谅他吗？

然而郡司靠近的，不是妻子，却是另一个女人。

"不要生气。"他说，"真没想到老婆会过来……你不要生气。"

杀青宴

这封邮件看完就删了吧，如果被谁看到就麻烦了。因为接下来我要写一封火辣辣的情书。

我现在非常感谢你，如果那个时候被你拒绝的话，我可能这辈子都不会再见你了。你完全成为我的女人的时候，我的那种喜悦超乎你的想象。和你分别回到京都的家以后，我的心情也一直难以平静，一直把自己关在房间里品味着我们在一起的点滴。非常偶然地找到了一本书。

是柴田翔的《别了，我们的生活》。或许你没有看过，但是像我这么大的人基本上都看过。我就是那种典型的不关心政治的学生，本来我们上大学的时候，学生运动也已经烟消云散。但是，我想让你明白那些充满激情的日子的感触。

书中有这样一段：

思念如同狩猎人的角笛声

在风中角笛声逐渐消逝

这是从崛口大学的《月下的一群》中引用的一段，我读完觉得很吃惊。确实在人的记忆中，声音可能会消失。尽管你所穿衣服的颜色、发型甚至你的笑容我都记得起来，但还是记不起声音。唯有你特别可爱的笑声，清楚地刻在了我的记忆里。

我们所生活的时代，像胶卷上的影像一样逐渐浮现出来，可毕竟是无声电影的世界。我们像卓别林一样，慌张地做着各种滑稽的动作。

你可以尽情地笑我，我经常对你说："一直回顾过去，就是在消极生活。"

可在得到你之后，我却热衷于回忆过去。只要回忆起 10 年前你的样子，就感觉好像我连那时候的你都占有了。

你笑我任性也没有关系。好久没有感觉到恋爱竟是如此单纯的事，真的是很开心。不只是深爱之人的现在，你的过去我也想占为己有。

下个月我还去东京。因为想要见你。我就是这样一个愚蠢的男人。

高林宗也

瑞枝凝视着屏幕上的文字，读出"在风中角笛声逐渐消逝"这句话。高林说在人的记忆中声音会消失，真的是这样吗？瑞枝集中精神想要想起各种各样的声音，然后很容易就想起了。日花里小时候的笑声，向母亲撒娇的声音，也有不愉快的记忆，就是郡司的声音。

"你让我放弃那些女人，那是不可能的。我要从她们那里获取活力。她们应该也明白的……"

还有初次发生关系时，高林的低语："你太漂亮了。拥有多么完美的身体啊……"

做爱本身，就是双方共同拥有的秘密记忆，其中声音也是重要的因素。听到对方发出在街上绝对不可能发出的沙哑声音，这份记忆才完整。高林这样说："不只是深爱之人的现在，你的过去我也想占为己有。"

其中没有"未来"的字眼，当然是他故意没有使用。瑞枝觉得如果是19岁的恋人，情书上一定会写入未来的。虽然如此，这么想也并没有令人不快。恐怕是因为高林是一个诚实的男人，他想要从一开始就提前说清楚，他自己有妻子孩子，不可能离婚。

自己和高林接下来要怎么办呢？这样的事情不用问也很清楚。高林以后每个月一次，或者两次去东京的时候会和瑞枝见面吧。两个人有约会的时间。可这又能持续多久呢？到瑞枝40岁之前，还是50岁之前呢？突然意识到自己有些意兴阑珊了。恋爱的草图能够提前绘制出来，是外遇的基本特征。除去屈指可数的成功案例，其余的结局都可以清楚地描绘出来。

液晶屏变了。"删除该页和已选的邮件"，瑞枝点击了一下，如今这世界真是方便，怀有内疚的恋人发来的情书，就这样不被任何人看到就消失了。

点击下一页，出现了一张地图，是《我的记忆》杀青宴的通知。之前就听说会在赤坂的民族餐馆举行。

电视剧拍摄完成之后，出演的演员和工作人员举行宴会，是这个业界的习惯。无论是多么小的角色都会被邀请，参加人数高达百人以上，规模巨大。

《我的记忆》的收视率一点点提高，之前第9集的收视率在关东地区达到了 15.2%。对于差点就被中止的电视剧来说有了显著的提高，因此杀青宴也会变得愉快起来。瑞枝之前参加过好多次杀青宴，如果收视率低的话大家都提不起兴趣。制片人的致辞也容易变得沉闷。但是，如果收视率达到 15% 的话，"在好评中迎来了杀青……"之类老套的话，听起来也不会是讽刺了。

"日花里，日花里。"瑞枝走到走廊，和起居室的女儿说话。还以为她是在看电视，可日花里正在看书。贴着图书馆标志的书上写着外国作家的名字，正在看书的女儿的侧脸是那么老成，让瑞枝惊奇不已，不由得呆立了一会儿。

"怎么了？"

"明天我们去逛街吧，已经好久没去了。"

"妈妈还真的是很难得去逛街啊。"

"下周有杀青宴。我得去买宾戈游戏的奖品，一起去吧。"

杀青宴上一定会玩宾戈游戏。提供奖品的一般都是主演级别的演员、原著作者、编剧。也就是被认为收入高的人，要慰劳那些辛苦的后方演职人员。瑞枝到现在为止提供过立可拍照相机、小型音响、旅游联票之类的东西，提供现金和商品券的人也很多。曾经有一位当红演员提供了写有"三个月房租"的目录，那位抽到的负责照明的年轻人惊喜若狂，一度被作为轶闻广为流传。

"这次，妈妈很努力，大家也很努力，所以想要豁出去给他们买些好东西。买什么好呢，最新的摄影机怎么样啊？"

"挺好的啊。"日花里终于把视线从书上移开，"久濑也说想要现在广告中正在播放的那款数码照相机。就是拍的东西可以马上看到的那款。"

瑞枝心中涌起明显的不快。看来自己外出的时候，聪经常给日花里打电话。日花里说之前聪还带她去了白金新开的三明治店。

"我说，日花里，最好不要总说久濑、久濑的。"

"为什么呢？"日花里睁大了眼睛。因为睫毛浓长，看起来就像描了眼线一样。

"久濑先生非常忙。工作的事情都忙不过来，哪有时间陪你这样的小孩子啊。"

"这么说很奇怪啊。"日花里啪的一声把书合上，"久濑先生总说，和日花里在一起很愉快。我说的话，久濑先生也总是微笑听着，还让我多说一些。"

"那是因为他是个温柔的人。"瑞枝感觉自己有些焦躁，"而且，他和妈妈还有工作关系，他是出于对妈妈工作上的照顾，才照顾你的。你是妈妈的女儿，所以才格外照顾你的啊。"

"很奇怪。"日花里站了起来。女儿的身高，要比平日所想的还要高，"关于久濑先生和我，妈妈说这么多真的很奇怪。就像是在吃醋一样。"

瑞枝为日花里的话吃惊不已，许久没能说出话来。训斥她不要说奇怪的话确实很简单，可这样可能会被她误解成恼怒。瑞枝有些张皇失措，"总之……"好不容易才组织好语言，"妈妈很反对你从孩子时期就和演艺界的人来往。我不希望你进入这个世界。"

瑞枝想起了一位演员的孩子的事情。拥有大明星父亲的她，从小开始每年光压岁钱就能收到近百万日元。

电影、音乐会的票从相关人士那里免费拿到是理所当然，之后带着朋友去后台也是理所当然，在这样的教育方式下，她不能适应日本的高中，现在在美国留学。说是留学也只不过是名义上的，业界传言她已经因为持有毒品被逮捕了好几次。就算不是大明星，像瑞枝这样稍稍有点权力的编剧，也有很多演艺界的人为了获得工作而故意讨好。久濑的事情里还有别的因素，就更为复杂了。这当然是没法和日花里解释的。

但是，日花里说的"就好像在吃醋一样"，却令人吃惊地萦绕在瑞枝脑海里。难道不仅仅是孩子的无心之言吗？从年龄来说，可能只是想试着使用一下从电视剧学到的台词，进而看看大人的反应吧，瑞枝无数次这样说服自己。但是女儿却是在充分了解这些话的含义的前提下使用的，这就让瑞枝很受打击。再过 10 年，不，可能只用四五年，日花里就一定会这么说，"这是我和他的事情，和妈妈没关系。"

日花里所说的话，就好像是未来事情的预兆。瑞枝决定，自己和高林的事情绝对不能让女儿知道。

举办杀青宴的日子来临了。瑞枝没有告诉日花里。因为是久濑也一定会参加的宴会，如果女儿对自己说，"帮我向久濑带好"，自己可能还是无法冷静。总之，有关久濑和女儿的事情，瑞枝很不开心。

认真考虑之后，瑞枝选了件黑色的夏季针织衫配黑色的阔腿裤。虽说是宴会，也不过是拍摄完毕的流程，大家的打扮都比较随便。因为还有二次会、三次会之类的，可能玩个通宵，所以男士几乎也都不系领带。虽说如此，当天不在拍摄现场的编剧，也不能太过随便，所以瑞枝在针织衫上面加了条丝质的白色披肩。既能够在空调屋里保暖，又因为丝绸的光泽整体也更显华丽。正想打开珠宝箱寻找合适的饰品时，电话响了。

"喂，是我。"一旦两个人之间有了秘密，男人通常都不会再说自己的名字了，高林也是如此。虽然之前收到了他的邮件，但是两个人发生关系之后还是第一次打电话。他的声音里渗透着自信和厚颜。这种微妙的感觉如果没有发生过关系就注意不到。

"邮件里说了，我明天去东京，能见面吧。"

"不知道呢。"

因为害羞和对他的反感，瑞枝的口气变得有些强硬。就像 20 岁的小女生一样，瑞枝马上就感觉后悔，可也没有办法。

"今天是电视剧的杀青宴，回来就得快天亮了吧，会一直睡到中午，总是这样。"

"那也不会一直到晚上吧。"

高林的声音里含着点儿轻微的焦躁，也含着点儿男人的天真，就是相信一旦发生过关系，就应该无论如何都马上想见面，马上响应对方的要求。

"但是积累了很多琐碎的工作。托电视剧的福，女性杂志请我写散文，也必须得赶出来……"

"不要这么故意推脱。"他的愤怒爆发了，当然只是争风吃醋之类的不满情绪，"我是多么想早点儿见到你，想尽办法安排好工作过来的，这些你都知道吗？"

"嗯……"瑞枝的内心被甜蜜的感觉所充满，像这样被男人用强烈的口吻告白已经好久不曾经历了。

"那么你也安排一下。明天傍晚我给你打电话。"

拿着已经挂断的话筒，瑞枝想，啊，又要开始恋爱了啊。对女儿和保姆编造借口，晚上打车出去的那些夜晚。一边在脑中盘算着截稿的日期，一边为男人沉迷着。并不想说男人都一样之类庸俗的话，但恋爱的过程都很相似。更何况离婚 8 年以来，瑞枝的对象都是有家室的人，烦恼和担忧也都完全相同。相处顺利的时候，确实可以从中品尝到恋爱的甜蜜，可不顺的时候随之而来的就只能是注定的悲哀了。

无论如何在开始之前，没有考虑过分手。瑞枝想就算分手是注定的结果，但至少在这个过程之中，高林应该能带给自己足够的激情和心动。然后瑞枝就开始继续翻着珠宝盒。说是珠宝盒，但真正的宝石只有两三颗，大都是仿品。瑞枝选了银色的耳环和手链，由意大利设计师设计的那套首饰，配初夏的服装特别适合。

写连续剧剧本的时候，除了工作洽谈之外基本没出过门，所以在别人眼中略显苍白的皮肤，像这样在荧光灯下也会发出细腻滑润的光泽。瑞枝再一次检查了镜子中银黑浑然一体的装扮，心想自己还依旧美丽，还保持着能够被男人所爱，能够和男人发生关系的身姿。已经很久没有体会到这种幸福了，瑞枝觉得真的应该感谢高林。

瑞枝提前 10 分钟到达餐馆，却发现座位几乎都已经坐满了，大家都在畅饮啤酒。一问才知道原来拍摄比想象的结束得早，大家就马上转战这里了。

一般的电视剧都是如此，大结局一般都会写成主要演员几乎都出场的故事情节。所以，杀青宴一般都在大结局拍摄完毕之后进行。

《我的记忆》以池田建造的大楼被拆除，主要演员注视着这一幕的场面告终。主人公森冈佳代子决定去美国工作，和孩子一起离开的结束方法虽然要简单得多，但是不得不做出修改。因为前夫池田浩一在中途被杀，所以到处都是破绽。佐佐木奈美秘密地生养了池田的孩子，但还是被丈夫发觉了。狂怒的他去找池田理论，结果就把池田杀害了。瑞枝一边写着这样的故事，一边怀着暗淡的心情想这部电视剧究竟会结局如何呢。但是，最近开始，"故事像过山车一样展开"之类的评价在剧评里屡屡出现，收视率也逐渐提高。

今天晚上大家可以开心地举行杀青宴也是因为如此。如果收视率真的跌到被业界人士讥讽的个位数字的话，宴会的气氛就会完全不同。

"瑞枝，等你呢，这边，这边。"

文香眼尖，看到瑞枝后把她带到中央的座位上。虽说是开怀畅饮的宴会，但还是有严格的座次，这个桌上坐的都是主演、制片人、编剧等。扮演佳代子的川村绘里子、扮演佐佐木奈美的古川爱等人，正在用这家店有名的泰国啤酒频频干杯。

"泽野小姐，对不起。我们提前开始了。拍摄进展得很顺利，大家都提前到了 30 分钟。"这个时候，尽管是当红演员，也相当面面俱到的绘里子微笑着跟瑞枝打招呼。

"当然没关系了，请便，请便。"

入座以后，瑞枝不自觉地寻找聪的身影。他坐在旁边的桌子上，那里是导演们和副主演级别的座位。

聪原本也是应该坐在主桌的，但他说和年轻的工作人员们坐一起更好。他端着深色的杯子——应该不是啤酒，穿着黑色的衬衣，和往常一样上面的扣子敞开，可以露出项链。看到瑞枝只是轻轻点头致意，他这种若无其事的样子虽说也理所当然，但瑞枝感觉有些失落。如果他对自己抱有超出好感的想法，不是应该做一些更耐人寻味的表情吗？

固定的仪式开始了。首先是电视台的局长致辞，然后是制片人文香。已经喝了不少酒的工作人员们中间甚至有人大声呼喊文香的名字。

"真的非常感谢大家。"文香鞠躬致谢。

"最初的时候让大家担心，收视率逐集升高，才能够迎来今天。观众们已经明白了我们想要重新审视泡沫经济时代所做出的挑战，非常感谢大家一直那么努力。"

文香获得了比局长更为热烈的掌声。接下来轮到瑞枝。瑞枝从站起来之前就开始紧张。这个时候编剧是孤独的，对那些一起在拍摄现场摸爬滚打的人来说，瑞枝是比较陌生的。在道具服装和戏份较少的演员中，有很多人甚至都不认识瑞枝。

"我是此次担任编剧的泽野瑞枝。"瑞枝再次介绍了自己的名字后鞠躬致意，"这次的工作对我来说，并不轻松。"即使文香她们的发言听起来有些像是讽刺也无所谓了，正是因为收视率好转才有可能这么说。

"作为编剧，我从来没有像这样深刻地感觉到制作电视剧之难。为了重现那个时代到处咨询，为了获得观众的喜爱绞尽脑汁，说实话也有过气馁的时候。但是，之所以能有今天的结果，都是多亏了各位出色的演员和辛苦工作的工作人员们。真的是非常感谢大家。"

虽然气氛没有文香发言结束的时候那么热烈，也响起了温暖的掌声。第1集、第2集收视率不振，不仅要改写剧本，还不得不对电视剧整体做出调整的事情，有很多人都清楚。

"只要结局好，一切就皆大欢喜……"听到了扮演佐佐木的演员的感叹。

主演们简短的致辞之后就是干杯了。就像是壶塞一下子被拔开一样，喧闹充斥了整家店。服务员们穿着模仿泰国服装的制服，不断地把菜肴送上来。充满香料的菜肴勾起了食欲，啤酒、红酒也一瓶瓶打开。文香说今天有130多人参加。即使是便宜的民族餐馆，也是相当大的费用。这样的预算当然是包含在制作费里，演员们所属的经纪公司的社长、经纪人们，作为贺礼包个红包也是业界的习惯。这个行业虽然屹立在时代的先端，但令人意外的是，其中也有很多地方是按照传统的规则运转的。

这一点看一下二次会、三次会的安排就更能明白。主演们、制片人这一级别的人要去的店已经决定了，配角和基层工作人员们是不能参加的。虽然大家都已经喝得酩酊大醉，但自己接下来应该去的店、应该回去的时间却都很清楚。编剧的座席位次比较高，瑞枝被带往参加二次会的店，是位于六本木星条旗大街的 Pub。据说是川村绘里子常去的店，里面已经提前备好了一张大桌子。瑞枝坐在了文香旁边，前面是穿着内衣一样的连衣裙的古川爱。虽然赛车女王出身的她屡遭非议，但每部作品都很投入，在这次的电视剧里也表现出了几乎要赶超主演绘里子的演技。但是，很快她就会出全裸的写真集。

瑞枝突然想起她在娱乐节目上曾经说过："我不想一直这样坐在只要稍微努力就可以胜任的演员的座位上，总想尝试一些新的挑战。"女演员真的是很不可思议，就像出身不好的女性那样，特别在意社会地位和演员的身份。想要出演电影，想要获奖，彻底拒绝脱戏。但是一旦地位确保，就马上开始做大胆的事情。古川爱的全裸写真就是其中之一，人们在背后悄悄地说是"返祖"。

在酷爱红酒的绘里子的指示下，拉菲特·罗施尔德的酒栓被拔开了。一瓶不够就直接开了两瓶。这里看着像是红酒的专卖店，从第3 瓶开始就是备受专业人士好评的意大利红酒。7 个人喝完 6 瓶红酒的时候，聪进来了。好像是之前就约好中途过来。

聪硬是挤到瑞枝和文香中间，像是喝了很多酒，满身酒味。

"瑞枝，刚才的致辞，你可以再多说一些的。"

瑞枝慌忙看了看左右，好在是绘里子掌握着话题的主导权，大家都在为她并不好笑的玩笑而大笑呢。

"难道不是吗，那么随意就把剧本改变了。坂卷先生突然就被杀了。我呢，强迫和年长的女人发生关系最后还被拒绝，乱七八糟的。"

"那是因为我作为编剧水平不够。让演员们这样想我感觉很失败。"

"不是这样。我们是对电视台的做法很不满。今天坂卷先生没来不就是证据吗？"

扮演池田浩一的坂卷优一，因为在京都拍摄电影今天没有出席。但是，为了能让他出席今天的杀青宴，经纪人和经纪公司应该会想尽办法协调时间的，果然还是因为中途被拿下而生气吧。

电视剧的情节发生了大的改变，曾经被誉为泡沫经济的宠儿的池田浩一从大楼的安全梯跌落死亡。因此，除了回忆场景以外，池田这一角色就不再出场了。据说文香和导演向坂卷说明情况的时候，他也只是说"在电视的世界里偶尔也会有这种情况。我也还有别的工作"。

但是，围绕这次降格使用，一部分周刊杂志做出各种猜测之后，坂卷就生气了。因为有的地方竟然写道：收视率不振的原因在坂卷，为了承担相应的责任就必须在电视剧中被杀死。

"说得再清楚一些，电视剧的剧情中途改变，登场人物的性格也突然大变，非常难演。"

"所以说，这是因为我的能力不足。是我给大家添麻烦了。"

文香应该听不到聪所说的话，聪明的她正忙于装作专心倾听绘里子的话呢。

杀青宴一般都不会风平浪静，这时候演员、工作人员之间经常会爆发一些积怨；在共同出演的过程中相互爱慕的男女，也会在今晚有所行动，这是一个会有人把心中的热情坦率表白的夜晚。

绘里子开始讲一个有名的女编剧的故事。业界都知道她是同性恋，所以她的电视剧中起用的女演员，大都被叫作"性伴"。据绘里子说，其中新加入了一位年轻的当红女演员，具有最近很少见的古典风格的美貌，在广告方面人气也迅速提高。

"这事，我也听说过。"古川爱很兴奋地点头，"据说那个女孩，之所以没有一点和男人的绯闻，就是因为是'蕾丝'（女同性恋）。从不拍恋爱戏、床戏也是因为这个原因。"

"真好啊。蕾丝也没有被周刊杂志、娱乐节目什么的追究过，还一直扮演清纯派。"绘里子窃笑着自己倒满红酒，其他的人也都喝多了，就没注意到。

"出去吧。"

"嗯。"瑞枝虽然看似很吃惊地抬起头，但她心里明白聪之所以来这里就是为了邀请自己。

"这附近有家很好的店，我们两个人去喝一杯吧。"

瑞枝的手腕突然被聪抓住，被迫和他一起起身。

"我们稍稍出去一下，马上就回来。"

"怎么回事，是要向瑞枝表白吗？"一位导演打趣问。

"是的。要是成功了就不回来了，那时就请见谅了啊。"

在大家各种"努力吧""年轻人真有干劲"之类的送行声中，两个人出到店外。瑞枝已经没有那么年轻，也没有那么单纯，所以已经不会为这样的事情而害羞或者困惑。中途退席的时候，为留下来的人提供这种程度的玩笑服务也是理所当然的。尽管如此，聪的沉默也有点儿太长了，直到表参道，聪都只是沉默地走着。偶尔有迎面而来的年轻白领小声嘀咕，是久濑聪吧，瑞枝就会忐忑不安。像这样和名人一起的话，还是马上进入哪家店比较好。

到了防卫厅的前面之后，继续朝着乃木坂的方向走去。来往行人马上就变少了。

"要走很远，"聪终于开口了，"肚子饿了吧？"

确实如此。在宴会上只顾着喝了，都没怎么吃东西。

"有家韩国阿姨开的很好吃的店。我经常过去吃晚饭。"

乃木坂这地方非常热闹，即使在小路上也开满了各种时髦的店，聪带瑞枝去的却是一家木造的二层小楼，让人不由得惊叹竟然还保留了这样的店。一打开拉门就是柜台，说是阿姨，其实也就 40 多岁，正在煮什么东西。旁边坐着两桌工薪族，静悄悄地喝着酒。

"好久不见，最近忙吗？"女人用完全没有方言的日语打招呼，她拥有韩国女人特有的通透肌肤，眼睛也很大，是个美人。尽管如此，聪却一直阿姨阿姨地叫。

"来点儿啤酒、往常的煮菜和沙拉，之后再来点儿煎肉。"

"不点烤肉吗？"

"这么说的话，阿姨会生气的。"聪笑着说，"阿姨就是因为一说起韩国料理就马上说烤肉、烤肉之类的特别生气，才开了这家店的。这里只有韩国的家庭料理，绝对没有烤肉哦。"

"是吗？"

开胃菜的白芝麻拌蔬菜，萝卜和牛肉的煮菜等摆在了柜台上。大蒜的味道和日本的不同，但是肉的香味完全渗透到萝卜里，非常好吃，两人用啤酒干杯。

"辛苦啦。"

"聪君，真的非常感谢。"

尽管从刚才开始一直在喝酒，酒精却在这一刻再一次浸透全身。可能是因为刚才和主演们一起会紧张吧。瑞枝心中发出了警告，喝了这杯酒就会马上醉了。

"但是还得继续辛苦吧。还有 3 集没播，从这再滑下去的话，到现在为止所有的努力都白费啦。"

"没关系。到了这会儿数字就只升不降了。最初的时候说实话真是提心吊胆的，人人都说成为个位数是迟早的事呢。"

瑞枝修改了无数遍剧本，不仅做了主人公曾经的丈夫被杀死的关键性修改，与此同时也加入了大量的情爱场景。仰慕绘里子扮演的中年女人的聪，强迫她和自己发生关系的场景便是其中之一。把女人按倒在沙发上，撕破她的外套，导演还让聪用上了更热情的演法，最后让聪把脸埋在绘里子的裙子里。绘里子和聪都是专业的演员，对此并没有抱怨，也是从这一集开始收视率逐渐提高。但是，聪却并不觉得愉快。

"我不想再演文香的电视剧了。"

"是吗？"

"文香，虽然长得很漂亮，但是性格太好强了。就算再怎么为了收视率，也不能把剧本改得乱七八糟，胡乱安排日程，用尽各种手段，都说她太狠了。"

"你知道一个女人那么年轻就做制片人有多么难吗？不狠不行啊。"

"可那个女人，中途还说要换编剧……"

"Stop!"瑞枝用手掌堵住了聪的嘴。

"不用再说了，文香和我，今后可能还会一起工作……"

有一种不可思议的感觉。为了堵住聪的嘴附上去的手掌，感觉到了温暖和柔软。聪不只嘴唇，连舌头也在蠕动。瑞枝大吃一惊正要把手拿开的瞬间，手腕被牢牢抓住。从瑞枝的手移过来的聪的目光，和瑞枝的目光交汇在了一起，然后手腕被松开。瑞枝把自己的左手放在柜台下面偷偷地看，看到手掌的感情线周围沾满了唾液，瑞枝悄悄用披肩的一角擦拭着。

"日花里……"瑞枝又喝了一口啤酒，"日花里对你很痴迷。非常谢谢你陪她做了那么多事情。她很开心。"

"我才得说谢谢呢。那个年龄的女孩子真的是很有意思，能和我一起玩真是太好了。"

"我都在想，那个孩子是不是会说出要和你结婚之类的话。"瑞枝本来是想和聪一起笑的，可聪完全没有笑，甚至还有点认真地说："再等8年，也很有可能啊。日花里应该会长成一个大美人吧……日花里18岁，我37岁……也不是很奇怪的组合啊。"

"不要胡说。你还是考虑一下好好地结婚生孩子吧，这不是更现实吗？"瑞枝的声音不由得凶起来。

"好可怕。当然是开玩笑的。我再怎么样，也不会想那么淫乱的事情啊。"

"我也不是真的生气，只是作为母亲，很讨厌女儿被那样色眯眯地看。"

"很奇怪啊。是你突然说的结婚什么的啊。"

日花里什么时候说的那句，"妈妈就好像是在吃醋"，不时会浮现出来。难道是自己故意找机会嘲笑女儿吗？虽说是母女，所做的事情和女生之间闹别扭并无不同。

韩国阿姨不断地送上菜肴。韩国风煎牛肉很好吃，放入芝麻的沙拉也一口没剩。最后的牛尾汤两个人分着喝了之后，瑞枝感觉吃得太饱，一动都不想动。

"好久没有吃这么多了。"瑞枝突然意识到不知不觉地摸小腹是中年女人独有的姿势之后脸就红了。

"那我们去下一家店吧。"

"是要回刚才的那家店吧。但是应该会有很重的大蒜味吧，不想被人嫌弃。"

"那我们去一家别的店。"

在十字路口的前面往右拐，走一会儿就能看到左手边有一家巨大的迪斯科。虽说是泡沫经济崩溃之后建成的，经营濒临危机，但是出租车一停下，就有服务生上前招呼，客人们仍然络绎不绝地登上巨大的阶梯。

"我不喜欢迪斯科。酒足饭饱了，动不了。"

"我们不去那种地方。"

又走了一段，道路突然变窄了。六本木是一条不可思议的街道，进入一条大路后突然会有死胡同出现，也有可能突然发现有墓地横在前方，这都是之前强行开发造成的。商业街住户的民居整齐地排列着，也有放下了百叶窗的小酒馆。瑞枝知道前面还有几栋中等规模的公寓。

"我们去哪儿啊？"

"我最想去的地方。"

聪突然搂住瑞枝的腰，吻上瑞枝的唇，舌头粗暴地掠夺着。确实有大蒜的味道，因为是两个人一起吃的，就变成一种甜蜜性感的味道。瑞枝想起来了，沿着这条小路往左手拐，就会有宾馆。是六本木好久之前就有的那种类型的宾馆，可以说相当高级，瑞枝也曾经去过两三次。

"可以吗？"

"什么？"

"能和我一起去我最想去的地方吗？"

"就算你想去，我也未必想去啊。"

"但是你要是不来的话，我会伤心的。"

瑞枝意识到自己正在和几天前高林的邀请作比较。与 40 多岁男人温柔的恳请不同，聪年轻聪明，毫不掩饰自己的情感，他清楚直接突入效果最好，就像野兽一样狡猾。

"喝醉了这样最不好。我们还是回刚才的那家店吧。"

瑞枝从容地决定要享受一下这个男人的求爱方式。年轻帅气的男人，像这样清楚地邀请自己，还真是很令人开心。快感汹涌而出。问题是接下来要让这种快感发展到什么程度。轻轻地避开他，只停留在接吻的程度就告辞才是成熟女人该做的。可是，如果这样做的话，快感尚未点燃就熄灭了。虽说如此，瑞枝对顺利进入宾馆，让快感全部爆发也有抵抗心理。和高林做爱还是刚刚发生的事情。在两周之内，和两个男人吃饭，然后回来路上一起去宾馆，还是有些过分吧？

　　但是，不知为何，在瑞枝的心中有一个声音在私语。那是一种因酒精和饱腹感而产生的慵懒奔放的声音。就算和两个男人睡了，又有谁知道呢？难道自己是抱着罪恶感，爱着其中的一个男人吗？

　　瑞枝沉默着。以瑞枝的心和半开的嘴为目标，聪把舌头硬塞了进来。大蒜的味道更重了。竟然会有人讨厌这种味道，真的是不可思议。如果是自己吃的，再也没有比它更丰富更温柔的味道了……

　　"好吗？"聪离开瑞枝的唇间，"我讨厌不听话。"

　　聪和年长的女子交往的传言，应该是真的吧。就像任性的孩子一样直奔主题。但这听起来确实很诱人。

　　"去那样的地方……"瑞枝说，"像你这样谁都认识的人，不行吧。名人不能做这样的事情。"

　　"说什么傻话，和那没关系。"

　　瑞枝的左手手腕被聪抓住，但并不是被硬拽着。瑞枝是自己走到宾馆门口的。

　　担心的事情一件也没有发生，无论是门口还是走廊，两个人都没有遇到任何人。顺利地拿了钥匙，乘上电梯。

　　聪握着瑞枝的手开了门。一打开门，冷气就把两个人包围了。好像是为了快速消除前面客人的气息和痕迹，冷气开得很足。瑞枝说有点冷，就四处寻找调节空调温度的开关。

已经有好多年没来这种类型的宾馆了。结婚之前的年轻时代，曾经和当时的恋人来过几次。也来过这家宾馆，由于六本木地段收费高的缘故，内部装修很到位。时尚花纹的被子、大型影像装备都和普通的宾馆有所不同。

瑞枝被聪从后面反剪双臂，想要逃开也不可能比年轻男人力气更大。聪使劲把玩瑞枝的脖子，就像对待人偶一样，就像瑞枝的脖子是什么柔软的材料做成的，能够按照自己的意志随意弯曲一样。让脖子转到后面，猛烈地吮吸嘴唇。突然，聪的双手牢牢地抓住了瑞枝的胸。脖子的后面和乳房都感觉到了疼痛，是那种和快乐只有一纸之隔的强烈的疼痛。

"稍等一下……"好不容易得到片刻自由，瑞枝很快地说，"让我冲个澡吧。"

"不要。"聪完全是极力不想归还抢来的帽子的小学生的口气，"就得马上做。"

瑞枝的嘴唇又被堵上。这次他使劲抓着瑞枝的腰，瑞枝的身体失去了平衡，打了个趔趄膝盖就触到了床的边缘，就这样巧妙地，瑞枝和聪都倒在了床上。

首先是大腿感觉到了冷气，意识到阔腿裤和过膝袜被脱了下来。看来这个年轻男人，比起胸更想先把下半身的衣服脱掉。

"灯，暗一些吧……"

还害怕这个要求也会遭到拒绝，聪照做了。眼前昏暗下来之后，瑞枝倍感安心，双腿也放松下来。

这次是胸部冷气来袭。聪表现出了年轻男人的性急，没有把针织衫全部脱掉，撩起来就开始了爱抚。当然，手指和舌头的动作都和高林不同。虽然只是些细微的不同，却带给瑞枝更多的快感。

瑞枝的身体时不时会有疼痛传来，因为聪在用牙齿咬，身体各处应该都会留下咬痕吧。

聪的牙齿接近乳房的时候，瑞枝微微扭转了一下身体，因为乳房是最能暴露女人年龄的部位。聪一定见过很多和他年龄相仿的女孩的像果实一样的乳房。像这样即使水平躺着，也值得夸耀的傲然挺立的乳房，咬起来会发出嘎吱嘎吱声音的乳房。

就像自己拿高林作比较一样，聪在黑暗中应该也会把自己和其他女人进行比较。男人和女人就是这样，悄悄地互相背叛着对方。

瑞枝觉得自己因为有太多的顾虑，应该不会马上到达高潮。然而，事实却并非如此。聪终于进入了瑞枝的身体，以很快的节奏掠夺着，与引导女方走向快乐相比，是一种首先让自己享受的任性的节奏。尽管如此，连自己都感觉意外的是，瑞枝也很快到达了高潮，最初发出了声音，为了抑制这种声音瑞枝把自己左手的食指和中指插入到口腔深处。

可是，瑞枝的手指很快就被察觉到这些的聪拔了出来。就像犯了罪的人一样，瑞枝的双手被紧紧地按在了床单上，因为完全没有依靠的无助感，瑞枝发出了更大的声音。尽管身体的自由完全被剥夺，高潮和快感却一阵阵袭来。

瑞枝的声音近似尖叫，仿佛就在喊"救救我"一样。

聪把脸颊紧紧地和瑞枝贴在一起，他的呼吸也很急促，应该是两个人同时到达了高潮。两个人就这样待了很久。

"瑞枝，我爱你……"之后，他的耳语也没什么特别的，"非常漂亮，最棒了……"

瑞枝想这是一个多么温柔的青年啊。对一个比自己年长的女人，也特意组织语言，给予赞美。

"是吗，谢谢……"这样冷静正常的声音确实不应该从床上发出，但是也没有办法，羞怯一下子笼罩了瑞枝。10 分钟以前，自己发出了那么有失体统的声音，自己张开了双腿。虽然没有反省的打算，但是羞怯的感觉还是不断涌现出来。

"我一直想和你这样，你知道吗？"

虽然瑞枝一直这么觉得，但却不能承认。"不知道啊。"瑞枝的声音，逐渐带有白天的色彩。

"不会的。我一直喜欢你，你应该是知道的。我一直相信我们一定会这样的……"

"我看着那么好色吗？"

"不是，我那么喜欢你，你不应该感觉不到啊。"聪解释说，"正是因为喜欢，才会那么厚颜无耻地跑到你的公寓，因为胆子小还一直担心如果被你讨厌了该怎么办。"

都说他是个声音非常好的演员，确实如此。在这么近的距离，能够发出带着被床单包裹的温度和湿度的完美声音确实不容易，瑞枝好像要沉醉于这种来自耳朵的愉悦，同时也为这样的自己感觉羞怯不已。

"是吗，我还以为你是萝莉控，要以我们家的日花里为目标呢。"

"别乱说。"他的声音稍稍有点失衡，"不是说射人先射马吗？当然日花里很可爱，我也很喜欢，又没有别的突破口。我想如果和她把关系搞好的话，慢慢和你的关系也就会好起来。"

瑞枝并没有因此产生胜利感。瑞枝算了一下日花里的年龄，现在 10 岁的女儿真正了解男人应该是在七八年后，不，现在的孩子也可能是 5 年以后。那时候，日花里就会和母亲处于相同的立场。不能和男人发生关系的女人当然是处于绝对劣势的，但是日花里在肉体方面已经不输于任何人了。那时聪会说和现在一样的话吧，只是"人"变成日花里，瑞枝成为"马"的可能性相当之大。

"今天很开心。"瑞枝把音调降低了些，把嘴靠近男人的耳朵，这就是所谓的慰劳的话。以前在别的电视剧里写过。作为年长的女性，说这种话是一种礼貌，对方的男士也应该会很开心的。

"今天会成为非常宝贵的回忆。今晚是杀青宴，我还想能发生点什么快乐的事情该多好，结果就实现了。聪君，谢谢你！"

瑞枝轻轻地亲了一下男方的嘴唇，可是聪的嘴唇却没有反应。他的嘴唇因为愤怒而紧闭着。

"你真是个讨厌的女人。"他叫道，"你是打算再也不见面了吗？我决不会让你这样的。"

瑞枝在天亮之前回到了家。

为了不吵醒日花里，开门的声音、刷牙的声音瑞枝都很注意，女儿耳朵特别尖。有时会对母亲说这样的话，"妈妈，昨天你凌晨4点还没睡吗？""你是在厨房做什么吗？"

瑞枝像日花里这么大的时候，无论怎么摇晃，或是在旁边呼喊，天不亮就是不醒。晚上要醒好几次的日花里，拥有一种敏锐的感觉，是不可否认的。应该不会察觉到自己和聪的事情吧，接下来言语的细微之处就必须得注意了，瑞枝感觉好麻烦。

卸完妆，在上床之前，突然想起什么，打开了笔记本电脑。正如预想的那样，高林发了封邮件过来。

今天的杀青宴如何啊？我虽然没有经历过，应该很快乐吧。或许也喝了不少酒吧。

但是，明天和我见面的力气还是有的吧。总是吃意大利料理很对不起，因为京都没什么像样的意大利餐馆，不由得就又想吃了，还是之前的那家店，7点钟见面可以吗？如果不方便，请打我的手机。但是，请不要让我伤心。

瑞枝盯了画面好久。和高林做爱时的情景鲜明地浮现出来。真是不可思议。就在两个小时之前，还和别的男人纠缠在一起，可是和他的记忆就和这封邮件一样不能马上删除。

瑞枝感觉自己变得无精打采。有点想要故意放纵一下，和女友们商量一下该如何办。瑞枝的周围，应该没有人会皱眉吧。不仅如此，应该还会被赞叹和表扬，她们应该会说出这样的话吧。

"全都是好事啊。一下子就走桃花运了啊。"

"同时被40多岁的好男人和年轻帅气的20多岁的小男人求爱，真的是好羡慕啊。"

然而瑞枝自己不打算拿事情的进展开玩笑。甚至感觉自己和这两个男人的邂逅都是出于命运的安排。由于把自己的过去写成电视剧而从本该已经流逝的岁月中浮现出一个男人。在制作电视剧的过程中又出现了另一个男人。

到目前为止并不是没有和男人发生过纠葛，但那些说成"情事"可能更为恰当。和他们既没有约定，也没有誓言。男人究竟如何对待自己，通过话语和肌肤的感觉可以了解，通过男人的归处可以了解，通过女人被安排的归处也可以了解。与这些相比，高林明显不同。不是因为他有钱有地位，而是因为他尽心竭力想要打动人心的真挚充分传达了过来。

聪那边瑞枝也说不清楚。虽然刚刚发生过关系，但年轻男人的心很难捉摸。

"我绝对不是淫乱的女人。"瑞枝自言自语说，"我不可能期待着和两个男人的性爱，和他们同时交往。所以我必须要选择一个。"

这样想的话，高林可以说是那个期望的对象。他拥有因年龄和经历形成的教养和知识，建筑师这一职业所需要的年轻心态和浪漫也充分具备。他还轻松地越过了恋爱的第一道关——在一起很快乐。可是，这一切都必须以做外遇的对象为前提。

瑞枝绝对不认为自己是个遵从道德规范的女人。事实上，曾经和好几个有家室的男人交往过。可是难道同样的故事又要重复一遍？这样的顾虑越来越重，这才是瑞枝无精打采的原因。

尽管如此，恋爱开始的初期，那种坐立不安的热情期待、那种蓬勃的情感这次也都确实发生着。瑞枝开始敲击键盘。

"刚刚从杀青宴回来，回来就已经是上午了。"

瑞枝受冲动所驱使，很想继续写顺道和年轻演员去了宾馆的事。想让对方嫉妒，也是爱情萌发的证据吧。

"因为完成了剧本，无论是内心还是身体都很兴奋。小睡一会儿，应该就能恢复精神，7点的约定收到了。不过，因为还有一份稿子要截稿，我打算吃完饭就告辞回来。"

瑞枝觉得这是一封很令人不快的信。这可是刚刚有过肌肤之亲后，男女的第一次见面。双方应该都在考虑这件事，可瑞枝却委婉地提前拒绝了再次发生关系。这是因为，瑞枝有个更大的期待。那就是希望40多岁的高林，能像20多岁的聪一样积极主动，强烈地渴求自己。

这个时候电话响了，瑞枝的心有些摇摆。与半夜相比，黎明打来的电话更能攻破人心。瑞枝知道是谁打来的。这个时间打来的一定是聪。

"喂，是我。"

高林也是这样。只要有过肌肤之亲，男人就决不会再说自己的名字。他们只会说"是我啊"，或者"是我"，想要通过使用代名词，来夸耀自己对这个女人来说是独一无二的男人。

聪低声说："还以为你要休息了呢。"

"不是想要休息，是正在休息呢。"

瑞枝故意刁难地说。恐怕聪总是这样给刚送回家的女人打电话吧。

"对不起，把你吵醒了吧。"

聪连忙道歉，老实得让人感觉意外。

"没事，不用介意，一会儿接着睡就行了。"

"瑞枝，今晚真的好开心。"

年轻的女孩在这样的场合会说什么呢？娇滴滴地说"我也是"应该是礼仪吧。瑞枝没有回答。因为感觉现在无论说什么听起来都像谎言。

"你或许不会相信，我从很久以前就开始喜欢你了。一直在想，从前面那部电视剧开始就能和你在一起该多好啊，这次和你一起工作，感觉更加喜欢你了……"

"是吗，谢谢。"

"不要用这种方式说话。我是认真的。"

"上了年纪的女人是很多疑的。这样的话听起来虽然很开心，但绝对不会当真的。"

"说什么上了年纪，和我只不过相差9岁。"

瑞枝想起了电视剧第 10 集中的对话，是森冈佳代子和三山阳介的爱情戏。

阳介："我绝对不会让你因为比我大而感觉自卑的。我真的爱你。"

佳代子："年龄差就像是堆雪人。会在骨碌骨碌不断滚动的过程中逐渐变大。只靠爱情是行不通的，我还没有笨到连这个也不明白。"

阳介："变得笨笨的也挺好的啊。我们两个渐渐地变笨，只管好好地相爱，笨笨地相爱，爱到让别人都忍不住嘲笑。我们马上变成笨蛋享受幸福吧。"

正好 7 点瑞枝推开了意大利餐馆的门。正如预想的那样，高林已经到了。和往常一样穿着变领衬衫，应该是件新的，白得有些发青，这白色好像是要表达他的心意一样。

"前些日子，非常感谢。"

"哪有，应该谢谢你。"

两个人僵硬地互相低头致意。像之前一样，高林掌握着主导权，决定了点菜的内容。

"前菜要芝麻菜沙拉，意大利面要意式辣番茄酱的怎么样？这家店的这道菜可是招牌。"

"意式辣番茄酱意面，是加大蒜和辣椒的很辣的那个吗？"

"瑞枝是讨厌大蒜吗？"

"没有啊。"

来这里之前，瑞枝吃了片防口臭的药。昨晚和聪吃的韩国料理的余味很重。连日花里都大声喊："妈妈，你吃什么了啊？大蒜味好重。"对现在的瑞枝来说，大蒜的味道就意味着情事的残渣和精子的气息。

一下子和两个男人保持关系是多么困难的一件事情啊，瑞枝不由得叹息起来。

"我不要意式辣番茄酱的，我要奶油味的酱汁。"

"是吗，那我要意式辣番茄酱。"

瑞枝想，一会儿从店里出去后，高林一定会亲吻自己的，连续两天自己都接受了有大蒜味道的男人的嘴唇。

点好菜了之后，两个人用白葡萄酒干杯。说了祝贺电视剧杀青之后，高林又加了句"为了我们"。

"我从来没有像这次这样期待着来东京。"

他凝视着瑞枝，那目光中满含着真挚和恳切，发出像年轻的聪一样的强烈光芒。瑞枝明白，这个40多岁的男人是在竭尽全力地追求自己。高林现在应该是幸福的。瑞枝从未想过自己还残留着能给予男人如此幸福的力量，感觉自己绷紧的心渐渐柔软下来。

那个能够给予男人幸福的，足够美丽的女人，就是我。

"我可能也是这样。收到你的邮件，我很开心。"瑞枝微笑着说，高林因为这耀眼的微笑而不停眨眼。

出了店门，像预想的那样，高林扶住瑞枝的肩，把两个人的嘴唇重叠在了一起。微微的大蒜气味，还是让瑞枝想起了聪。昨晚的大蒜气味更加强烈，还混杂着汗水的味道。

"今天也……"高林小声说，"能来我的住处吗？"

瑞枝摇头，连她自己也很吃惊竟然这么快地做出这个动作。

"今天不方便。"

"是吗，是那个吗？"

高林温柔地点头，瑞枝感觉到了一丝厌恶。有时候会有这样的男人，一旦和女人发生了关系，就想把她的生理周期记在脑中。瑞枝心想，高林是想尽快把和自己的性关系固定下来吧。

"那我们再去一家吧。附近有家我特别喜欢的酒吧。"

"就像邮件里写的那样，今天还有很多工作。而且，这段时间一直也没顾上女儿，至少今天想早点儿回去。"

"但是，今天有我在，再多待一会儿不好吗。"

瑞枝因为高林的反问笑了起来，就像由此获得了勇气，高林紧紧地握住瑞枝的手，"你是在为什么事生气吗？"

"没有，可能只是觉得你有点太过急躁，有些不知所措了。"

"可恋爱，总是很急躁的吧。"

这个男人比他自己想象的还要浪漫得多，瑞枝盯着高林的脸。如果不是浪漫主义者，怎么会这样向女生告白呢？

"因为我们 10 年前就认识了，直到最近才突然有这样的交集，所以我有些吃惊。"

"没有办法啊。那个时候你是别人的妻子啊。"高林再次亲吻瑞枝。

"好吧，我们还有足够的时间。慢慢来吧。"

和之前一样，两个人的眼前出现了一辆出租车。瑞枝抬起手叫车。

"那你好好休息吧。"

高林在车窗外轻轻挥手。瑞枝把自己深埋在座位里。好不容易才能够避免在两天之内和两个不同的男人做爱。自己并不是一定要遵守道德规范的女人，但是至少还保持着美的意识，瑞枝为此稍感安心。

大结局

连续剧的大结局，编剧可以通过各种各样的形式收看。有的编剧会和制片人、主演们一起包一个酒店的套房，以派对的形式收看，也有的人会一个人在自己的房间里收看。瑞枝选择的几乎都是后者。

电视前面的沙发上，不知何时日花里已经严阵以待了。最初的时候，因为有过火的爱情戏场面，瑞枝还想避免和女儿一起观看，今天这集应该还好。瑞枝对大结局的剧情可是了如指掌。

作为回忆的场景，华美的祇园夜景出现了。有一群男人被艺妓、舞妓包围着，热闹地喝着酒。那个时候一到周末，这群东京男人就会乘坐新干线来京都玩，池田是他们的中心。这一部分会被浓墨重彩地渲染。这其中插入了两个场景，最后是池田死后，他所建的大楼被拆毁的场景。森冈佳代子、佐佐木奈美那些曾经爱过他的女人齐聚在一起，并没有回顾过去，而是讲述着未来的梦想各自离开。虽然已经看过样片，可是和通过电视画面实际看到的印象还是完全不同。

连续剧《我的记忆》，收视率一点点地提高，上一集终于达到了15%。因为同一时段有好几部电视剧都超过了20%，这并不是一个多么令人欣喜若狂的数字，但是到了这个数字，无论如何都可以说是成功了。重播、影碟化已成定论，瑞枝除了剧本费用，还会有不少的钱入账。有一大笔钱入账，能够让瑞枝的心情稳定很多。去年年末，瑞枝还被生活所迫，不得不考虑接受剧本学校讲师的工作，现在和那时候的心情可是截然不同。

那个时候，不可能和聪产生任何工作上的接触，那个时候的自己恐怕也不会接受高林。因为会有很多不必要的猜疑，比如说怀疑他会轻视带着孩子一个人打拼的自己。

瑞枝从冰箱中取出了罐装啤酒。看这部电视剧的大结局时，应该还是会迸发出各种各样的情感吧。9点半开始的新闻结束了，开始播放广告。门禁的对讲机响了。日花里迅速拿起话筒后转告说："是久濑。他说现在在楼下。"

对于久濑的到来，瑞枝并没有那么吃惊。瑞枝曾经想过在播放大结局的最后一天，他一定会做点什么出格的事情。

日花里就像理所当然的一样，打开了门口的自动锁。

"晚上好，打扰了。"传来了聪热情得有些不自然的声音。和日花里在玄关嬉闹了一会儿之后，日花里提着白色的超市袋子返回起居室。"久濑让把这些放进冰箱。"

"那是用来庆祝的夜宵材料。"聪也马上出现了。几天不见头发剪短了一些。可能是现在的流行，一边垂着的额发和他很相配。看到瑞枝，他微笑着，可能是因为雪白的牙齿，并没有同案犯的卑怯，只是洋溢着单纯的见面的喜悦。

"快点儿坐下吧。马上就要开始了。"瑞枝还是像往常一样，爱答不理地说完指了下沙发，"冰箱里有啤酒，尽管喝。"

"谢谢了，那我就去拿了。"

隔着日花里，三个人一起坐在电视前。与想象的相比，心情也并不坏。

聪一出场，日花里就小声赞叹"真帅"。聪所扮演的三山阳介，是一位仰慕佳代子的年轻精英。先不说帅气端正的脸型，聪穿着西装的样子，看起来就和那些做酒水生意的人有天壤之别。可能是因为他一直坚持跳舞和体育锻炼，体格健美的关系吧。

佳代子拒绝了阳介的求婚，告诉他自己要带着孩子调职到美国。

<第六场> 白天·高层建筑的中庭

佳代子：三山君，真的是很谢谢你。是你给了我自信。让我明白了即使是这样的自己，也会被男人爱上，这对于我来说，是活着的力量和勇气。

阳介：这么说，好像我就是试情牡马一样。

佳代子：笨蛋，试情牡马是还有别的男人时才能说的。

阳介：反正我就是倒霉的差事。

佳代子：为什么啊？到现在为止，我从来没有像这样感谢过一个男人。

阳介：就算感谢，也不愿意爱我……

日花里小声嘟囔："这句台词真老土。"聪提醒她不要说话。

即使刚开始时 直假装洒脱，到了白己出场的时候，聪还是变得严肃起来。就和拍摄期间盯着监视器检查时的表情一模一样，认真地确认自己的演技、灯光和演出的状况等等。

中间的广告播完的时候，聪才逐渐放松下来，开始逗乐。到了回忆戏的祇园场景时，不停地啰嗦。

"真好啊，还有这样的外景地。我都是在台场的大楼里走来走去啊。"

"下次再演戏的时候，我也要演个有钱人。"

瑞枝笑了。

"编剧老师，得给我写一个能够和喜欢的人真正在一起的角色。"

聪在玩笑的语气中隐藏了满含深意的信号，在日花里面前，瑞枝选择了无视。

终于到了最后一个场景。那是在涩谷拍的实景。为了寻找被破坏的建筑，导演到处奔走，回报就是拍到了涩谷最好的风景。

池田死后，他在鼎盛时期修建的大楼由银行经手拆毁。佳代子正在眺望这一幕，不知何时奈美也站到了她的旁边。知道奈美的孩子实际上是池田的孩子之后，奈美的丈夫杀死了池田。但是，奈美并不感觉抱歉。因为佳代子已经不再是池田的妻子。在曾经爱过池田这一点上，两个人的立场是相同的。

<第六十二场> 白天·繁华街道的一角·正在施工的大楼的对面

奈美：所有的一切都没有了。

佳代子：大楼的消失、人的死亡都是一瞬间就轻易发生了。

奈美：那个人，最后什么也没有留下。

佳代子：不是啊，他不是留给我们每人一个孩子吗？

奈美：但是，只是这样太过寂寞了。我好希望那个时代能再来一次。那个时候真的是很开心。

佳代子：那是不可能的，只要没有时光机就不可能实现。

奈美：上了年纪真是很痛苦啊。总是想起过去的事情。

佳代子：我在想，就像每个人都有青春一样，这个国家也有青春。不，与其说是青春，不如说是成人阶段最后的辉煌更为恰当。我们的青春曾经和这个国家的辉煌重合在了一起。所以我们才背负了对过去如此执着的命运。但是已经必须要把这一切忘记了。

从瑞枝的眼睛里，突然流出了滚烫的东西。

究竟是为什么呢？这大结局已经看过录像了。最后的一幕，也因为修改了两次，几乎都在说空话。即使如此，瑞枝还是泪流不止。

"我是怎么了啊？"慌忙取了抽纸，擦了鼻子。日花里很不安地看着这边，瑞枝从来没有在孩子面前哭过。

"我写的台词，连我自己都感动得要哭，真是太了不起了。"瑞枝想要开个玩笑掩饰过去，可是泪水还是不停地流，反而让气氛变得更加紧张。

"啊，我想做点儿御好烧，却忘了买红姜。"聪突然大声说，"我想去买点儿，能告诉我附近的便利店吗？"聪没有对着日花里，而是对着瑞枝问，"日花里，能把妈妈借我一会儿吗？"

"好的，当然可以啊。"

日花里好像也觉察到了事态的不妙，微微地点头。瑞枝还是有些茫然，泪水还在不停地流，只知道如果想要停下来，就必须先远离电视，所以就毫不犹豫地跟在聪身后。出门的时候，还把抽纸盒和手提包一起抱在怀里。

在访客用的停车场，停着之前见过的奔驰旅行车。一坐到副驾驶席上，就有一阵更为强烈的感情袭来，瑞枝放声痛哭起来，发出了绝对不会在女儿面前发出的野兽一样嘶吼的声音。

不知过了多久，瑞枝一抬头就看见，正看着挡风玻璃的聪的侧脸。

"差不多可以出发了吧……"

"要去买红姜是吧。"瑞枝自己打趣说，自己也为这种奇怪的语气笑了起来。

"一会儿哭，一会儿笑，你可真忙啊。"

"没有办法啊。这部电视剧，对我来说很特别。因为收视率上不去改变了情节，杀死了主角，做了很多努力，一想到这些，眼泪就止不住。"

"你的心情我懂。想哭的话，就多哭一会儿吧。心情会舒畅很多。"

汽车朝着高速匝道行驶。

在车里瑞枝不停地诉说着心事。"这份工作，对我来说真的很难。出于固执才一直坚持到现在。佳代子和我已经完全重合在一起，让我备受折磨。最后那个场景的台词，虽然是自己写的，还是猛地刺痛了我的心。"

"'我们的青春曾经和这个国家的辉煌重合在了一起。所以我们才背负了对过去如此执着的命运。'是这段台词吧？"

"看了一遍就记住了啊。"

"我可是演员啊。"

车在台场下了高速。为了拍摄实景，租借的大楼就在这附近。就是佳代子和阳介工作的地方。车子经过这座大楼，朝着日航宾馆的方向驶去。周末这附近会有很多情侣，但工作日来往的车很少。这座凝聚着现代建筑精髓的建筑物林立的未来都市，被黑暗和静谧包围着。聪把车停在了一栋正在建设的大楼旁边，树丛隔断的对面可以看到大海。东京港联络桥的灯光，像只有一半的手镯一样闪耀着。

"在这里，可以尽情哭泣。"

"你这么说，谁还哭得出来啊？"

可是，泪水还是和鼻涕一起，再次流过脸颊。瑞枝拿出抽纸。

"真是不可思议。年轻的时候才会这样哇的一声哭出来，已经好久不曾这样了，上了年纪之后泪水就只会滴滴答答地流个不停。是因为一直忍耐，积攒了太多泪水吗？"

"都是你平常那个不好的习惯。总把自己说成是上了年纪的人。"

"等你也到了 30 多岁就明白了。"瑞枝继续说，"会非常痛苦。很痛苦，因为还残留着一些年轻，所以还不能彻底把自信和骄傲抹去。但是，自己也明白已经不会再发生像过去那样的事情了。所以很痛苦。"

"像过去那样的事情，是像这样吗？"聪面向瑞枝，像对待少女一样把瑞枝的刘海儿慢慢地撩起，用男人的手拂过前额，瑞枝已经无力抵抗，乖乖地接受了男人的嘴唇。

"你很完美，很漂亮，将来想要和你接吻的男人要多少有多少。"

"但那都不是真心的。亲吻 30 多岁的女人，结局都看得到。"

"你怎么知道？"聪的声音因为生气有些含混不清，"你无论什么时候，都在说着轻视自己的话。说什么已经不再年轻，说什么已经是阿姨了之类的，就是想让别人对你说，不对，不是这样的吧。你真是个令人讨厌的女人。"

"令人讨厌的女人的家，你不来不就好了。"

"因为已经喜欢上了，没有办法啊。"

聡的手再次伸了过来，瑞枝以为他是想抚摸头发，可并不是这样。瑞枝的乳房被大把抓住，同时，嘴唇也开始被吮吸。和刚才安慰的亲吻完全不同。聡的前牙，抵着瑞枝的前牙连续地轻咬发出轻微的声响，舌头和唾液一起注入瑞枝的口中，这吻不会这么就轻易作罢，就像前戏一样。聡的手从乳房慢慢滑落到瑞枝的腰部，然后猛地撩起了瑞枝的裙子。

"稍等一下。"瑞枝逃离聡的嘴唇，好不容易说了句，"难道你是打算在这里吗？"

"别人又不会知道。"

"不要。你好歹也是名人啊。不该在这样的地方。"

虽说没有行人，但偶尔也会有车后灯投射到两个人身上。瑞枝为聡的不羁感到愕然。

"我们是出来买红姜的吧。怎么会变成这样啊？"

"不知道啊。你一直哭就没去了。"

"一看到哭泣的女人，就想做爱，你是不是有点儿变态啊？"

聡什么都没有说，直接把自己的重量压在了瑞枝身上。瑞枝的头被抵到了玻璃车窗上，本来还想着在车上不可能做出这样的姿势，瑞枝的腿被尽可能地扩张开。一条腿感受到了座位上布的柔软，另一条腿则感受到了仪表盘的硬度。

响起了拉链的声音。聡真的是要这么做。

瑞枝想起几年前，自己也曾在电视剧里写过这样的场景。在车里正要分手的年轻情侣，突然间关系好转，情不自禁。看了剧本之后，在闲聊的时候，当时大红大紫的年轻女演员突然走嘴说了句："我不怎么喜欢车震。因为很疼。"让大家苦笑不已。

可能是想确认角度，瑞枝的上半身被上下挪动了几次，终于变成了放倒的姿势。

"不要……"

还想最后抵抗一下却完全不起作用。瑞枝很忐忑，万一有人经过，或者被车灯照见该怎么办呢？仿佛聪也考虑到这些，并没有脱去瑞枝上半身的衣服，淡蓝色的针织衫依然保留着。聪计算着旅行车车体的高度，看来是打算这样做爱了。

瑞枝又重复了一句不要，可却清楚地意识到自己的身体已经足够湿润。这样的地方，这样的姿势，瑞枝害羞得几乎要失去理智。

"瑞枝，"不知从何时起，敬称已经被省略了，"瑞枝，我真的喜欢你。"

聪缓缓地进入，开始了和高林不同的节奏。不是年轻就一定会很快，聪先是观察着瑞枝的反应缓缓地抽动，之后才慢慢地加快速度。

"已经无可救药了，我爱你。"

之后就剩下用身体来诉说一切了。瑞枝的身体里放入了一根柱子，他使之不停地震动。瑞枝不想发出声音，瑞枝觉得在这样的车里，内裤被褪至膝盖自己不可能会达到高潮。可是，这个想法在中途动摇了。闭上的眼睑内侧，就像是用刷子刷了一样瞬间变成空白，其中还混杂着浅粉色，想要一探究竟时，大脑就突然出现一片空白。瑞枝感觉很快就能抓住点什么，可正在这时，聪开始在耳边低语，是那种男人想要获得许可时发出的那种微小无奈的声音。

"我，已经不行了，可以了吗？……"

瑞枝本来想说不行，却发出了尖叫。是那种完全不敢相信是自己发出的，尖锐拖长的声音。什么都抓不住的那种焦躁聚成一团，在瑞枝的身体里到处转动。不停地转动，逐渐地远去……

就像是预见到两个人已经同时到达高潮一样，连续几辆车通过。

瑞枝慢慢地起身，迅速地把衣服整理好。

"去哪儿兜兜风吧，"瑞枝照了照镜子，"刚做完爱的 30 分钟内，是不能出现在孩子面前的。"

聪点头表示同意。

结果，开车到了广尾的天现寺，在一家营业到深夜的咖啡店里喝咖啡。聪令人意外地好像是那种既爱喝酒又爱吃甜食的人，往店里的明星产品戚风蛋糕上加了满满的鲜奶油，兴致勃勃地吃起来。

"瑞枝也吃一半吧。"聪把吃了一半的蛋糕递过来。

"稍等一下……"

瑞枝看了一眼四周。由于地理位置的缘故，这家店有很多时髦的客人。时间也接近 12 点了，旁边桌子上喝着啤酒的情侣看起来也不像是普通的工薪族。到目前为止没有遇见熟人，但这里一定是个媒体、演艺界人士比较多的地方。在这样的地方，那么亲昵的称呼、还分吃蛋糕会惹出什么样的乱子呢？

自己暂且不说，聪是名人，很快就会传言四起吧。而且虽然说是在车里草草了事，但两个人毕竟刚刚发生过性关系。这样的男女身上散发出来的甜蜜的疲劳和失态，即使是在昏暗的店里也能清楚地感觉到，瑞枝为此忐忑不安。

"在这样的地方，不要只叫我的名字。"瑞枝低声说，"别人听到了会觉得很奇怪的。"

"觉得奇怪也无所谓啊。我们都是单身。"

"我可是女人，不要说这么不负责任的话……"

瑞枝停了下来，因为注意到旁边桌子的女人明显在偷听自己的对话。她装作很开心地和男人交谈，但实际上一直注意着这边。这一点一看就能明白，因为她总以不自然的表情附和男人。因为感到了不快，瑞枝放下了杯子。

"好吧，回去吧，我们上车再说吧。"

坐到旅行车的座位上，正在系安全带的时候，瑞枝就迫不及待地发作了。

"能不能多少注意点儿，为了我。"

"我挺注意的啊。"

"你无所谓。像我这样的阿姨也能弄到手，会成为勋章的一角之类的炫耀资本。可是我不一样。和比自己小的男人在一起，会成为大家的笑料的。只是玩玩的话女人不是要多少有多少吗，我们就到此为止吧。"

之前在车里那么轻易就让他得逞——瑞枝开始后悔了。

"你一时兴起所做的事情，可能会伤害女方，或者破坏对方的名誉。怎么连这些都不懂，你毕竟已经不是孩子了啊。"

"我是认真的。"聪闯了一个红灯，往外苑西大街驶去，"我比你想象的还要认真一百倍。"

年轻男人口中的"认真"，究竟是什么呢？瑞枝感觉有些扫兴。他是想说至少不只是性伴吗？

"我想和你结婚。"

瑞枝大吃一惊，如果说完全没想过结婚那是谎话。和聪发生关系以来，或许有可能会结婚的这种想法，尽管非常微弱却确实残留在瑞枝的心中。哪怕只有千分之一或者两千分之一的可能性都一定会考虑结婚——这是女性的本能，所以说自己厚颜无耻可能有些不太合适。可是瑞枝现在想要完全扼杀这千分之一的可能性，于是刺耳地笑着说："不要说这种蠢话。这是不可能的。"

"为什么呢？"聪马上变得怯懦起来。

瑞枝因此更加生气，"不说你也应该明白吧。我比你大很多，还有孩子。这样的我，不可能和没结过婚、还很出名的你结婚啊。"

　　"不会的。我很喜欢日花里，相信我们能相处得很好。"

　　"是因为那是别人的孩子，才不负责任地这么说吧。你这么年轻，是不可能抚养别人的孩子的。你会后悔一辈子的。"

　　"不会的，我真的很疼爱日花里。而且，我们在一起的话，迟早也会有孩子的。"

　　瑞枝从内心深处感到吃惊，目不转睛地盯着男人的侧脸，那是一张还保持着漂亮的线条的 20 多岁男人的脸，瑞枝凝视着，从脸到咽喉。这个男人是想让自己为他生孩子吗？这是一种新鲜独特的情感。认真想想 38 岁的自己，也不是没有怀孕的可能性。对方是年轻的男性，就会有更高的概率怀孕吧。聪是考虑着这种可能性，向自己求婚的。

　　"放弃吧，这样的事情……"瑞枝叹息着说，"这样的事情是不可能的，绝对不可能……"

　　瑞枝命令聪在公寓前让自己下车。因为已经很晚了，聪也老实地答应了。

　　"但是，夜宵的材料怎么办呢？"

　　"你带了什么来？"

　　"猪肉、包菜、豆芽，都是御好烧的材料。我明天过来做吧。"

　　"我做吧。"

　　"那可不行。日花里说过，妈妈真的不擅长做饭，不是夹生就是烤焦。这可是我的拿手菜，不能让你来。"

　　"那个……"瑞枝看着这个男人，如果这时候不说点儿严肃的话，无论是身体还是心灵都会一下子沦陷的，"如果以后还来家里，在日花里的面前，绝对不能直呼我的名字。"

"好可怕啊。"

刚好到达公寓门口。瑞枝住的公寓，绝对称不上豪华，但对一般的工薪阶层来说还是难以企及的。停车场停放着与之相配的汽车。虽然也有奔驰，但大多是高级的国产车。聪把车停在停车场的前面，想要去抱瑞枝的肩。

"在我们家门前绝对不行。而且，今天不是已经抱了好多次了嘛。"

"没有关系吧。"

告别吻出乎意料地简单。

"那我明晚，应该说是今晚，来做御好烧哦。"

瑞枝终于从男人的手里解放出来。从车里下来，踩到地面的瞬间，左腿的大腿根部隐隐作痛。应该是因为刚刚的姿势不对导致的。

打开了门，日花里早就已经睡了。只留了起居室的一盏小灯，其他的都已经熄灭了。瑞枝安心地舒了口气。因为还残留着和聪的情事的余味，还是有些忌讳就这样回到女儿面前的。

桌上放着日花里的留言。女儿的字迹和身高一样，几天不见就会进步很多。日花里不知道从什么时候开始，已经能够写一手漂亮的字体和文章了，看起来比她的实际年龄要成熟得多。

"妈妈，你因为工作看起来非常疲惫，我很担心。但是我觉得是一个很好的结局。虽然过程可能很辛苦，但是妈妈最棒了。有好几个电话都说电视剧写得很好，有 TNS 电视的高桥先生、奥村先生。"

奥村就是那位经常打电话来的，很毒舌、还喜欢男色的同行。

"还有 个德岛的姓郡司的人。"

再看了一眼，日花里确实写的是"德岛的姓郡司的人。"前夫郡司打来了电话。

他对日花里说了自己是她的父亲了吗？日花里察觉到了他是自己的父亲了吗？日花里当然知道自己原来的姓氏是郡司。但是即使对方说自己姓郡司，日花里也有可能把他看作是父亲的亲戚。虽然早熟但毕竟还是个孩子。也有可能听说郡司这个姓氏，就当作是某个有亲属关系的人而不予深究吧。总之不试着问一下日花里就什么都不知道。因为没有记录对方的电话号码，也没有别的办法可以确认。

瑞枝看了下表。已经过了凌晨一点，无论如何也不能把孩子叫醒，瑞枝想，明天早饭的时候再问吧，可到早饭还有将近 7 个小时的时间。今晚看来是睡不着了。因为 8 年前离婚的丈夫突然打来了电话。他大概是看了电视剧吧。

《我的记忆》开始播放之前，瑞枝专门调查了德岛是否也会播出。结果是德岛当地的电视台不转播新东京电视台的节目，所以不会播放。瑞枝当时非常安心，如果知道郡司每周也会收看的话，自己一定会很发怵。可郡司在大结局播放完毕的这天打来了电话，究竟是怎么一回事呢？

为了缓和自己难以平静的内心，瑞枝想要起身喝杯啤酒，这时电话突然响了。因为工作，这么晚打来的电话也并不少见，瑞枝猝不及防地使劲咽下一口口水，心想，是郡司，是前夫打来的电话。和丈夫最后一次说话是在 7 年前吧。当时是为了商量因为丈夫事业不振，之前约定的日花里的抚养费如何支付的问题。

郡司的好友之一，郡司在鼎盛时期请他喝了无数次酒，还带着他去海外旅行过的律师束手无策地说："所谓的巧妇难为无米之炊，看来是真的啊。我连想都没想过竟然连郡司也落到这步田地。"

正在律师劝导瑞枝说就算提起诉讼，也需要花费大量金钱和时间的时候，郡司直接打了电话过来。

那个时候具体说了什么瑞枝几乎没有任何记忆。只知道双方互相说了很多恶毒的话。分开的男女，竟然为了金钱那么丑陋地争执，现在想来连瑞枝自己都不敢相信。

竟然连独生女儿的抚养费，郡司也想讨价还价。

"对离婚的老婆的留恋和憎恨混杂在一起，不想再出一分钱。"当瑞枝向女友们这么抱怨的时候，正在离婚大战中的她居然笑出声来。

"女人一般都这么说。可这不过是个太过美丽的谎言。其实对方只是真的爱惜钱财而已。"

这或许是真的。过了不久，郡司就从债权者们的面前消失了，甚至一度被媒体热议。抚养费的事情不但敷衍塞责，甚至连提都不敢提。

世人会评判说："反正已经收到大笔的赔偿金了。"实际上瑞枝拿到手的只不过是人们谣传金额的五分之一，用作最初几年的生活费，还有为了自立的投资已经花去了一大半，可即使这么说大家也不会当真的。离婚的女人并不少见，但是和有钱的男人离婚的女人，就经常会被偏见和好奇的目光所包围。瑞枝不憎恨郡司。虽然没有憎恨过，但是发怵的心情还残留着。害怕因为金钱或者孩子激烈争吵的自己再次出现。连自己都觉得吃惊，竟然不知从哪里学了这么多粗野的话，和郡司争执的时候就一下子迸发出来。真想让高林和聪看看自己当时的样子，他们的爱慕之心一定会在瞬间一扫而空。

瑞枝很犹豫是否要接电话。电话执拗地响了很久，终于挂断了。这次是包里的手机响了。不是郡司打来的。他就算知道家里的电话，也不应该会知道瑞枝的手机号的。

"啊，打通了。"是高林的声音。一种手机通话特有的沙哑的声音，"现在在哪儿呢？"

"在家呢，刚刚回来。"

"老实说郡司给我打了电话。"

"知道了。我不在家的时候他也打过来了。"

"说是在大阪出差的时候，在宾馆里看了大结局。"

"在大阪看的吗？"

"通过周刊杂志知道有这么一部电视剧，实际看到这是第一次。"

"他在生气吗？"

一说出口，瑞枝就开始嘲笑自己，为什么会说出这么懦弱的话。经过各种矛盾和斗争，自己才决定要写自己的过去和与丈夫之间的事情。不是已经说服了自己，作为编剧不能太过顾虑别人的感受吗？

"没有，他没有生气。还笑着说，那个被杀死的男人，应该是以自己为原型的吧。于是我也回答说可能是吧。"

"我家的电话号码，是你告诉他的吗？"

"不是，好像是之前从律师那里听说的。律师让他好好和你联系，和孩子见面，但是他还没有准备好。"

是呢，对啊，因为他还没有给抚养费呢，瑞枝好不容易把这句话吞了回去。在仰慕自己、刚刚发生过关系的男人面前瑞枝还是忌讳说钱的事情。

"他很为你高兴，一直感叹你竟然能够成为在一流电视台工作的编剧。"

"是吗？"

但是瑞枝并没有觉得感伤。两个男人在讨论自己的事情。高林把最近和瑞枝再会、之后也不时见面的事情告诉郡司了吧。但两个人发生关系的事情应该没说。瑞枝可以想象出当时高林的优越感。郡司曾经是高林的大赞助商，甚至是金主。可高林刚刚和曾是他妻子的女人发生了关系，恐怕会洋洋得意地把瑞枝的近况告诉郡司吧。

"怎么了？"可能是因为瑞枝的沉默太长，高林关切地问，"是让你感觉不舒服了吧。但是，还是找个机会和他见个面比较好吧。我迟早……"在这里他犹豫了一会儿，"我迟早要把和你的事情告诉他。因为和他也是老朋友了，所以我不打算向他隐瞒和你的事情。虽然没有必要得到他的许可，但我还是想要说一声。"

"高林，"瑞枝问，"现在，这个电话是从哪儿打过来的？"

"嗯，怎么了？"高林惊讶地问了句，但好像马上就明白了瑞枝的意图，"京都，在我的房间。"

高林的家瑞枝虽然没有去过，但曾经从别人那里听说过。据说是以低成本建成的实验性的房子，杂志上也刊登过好多次。为了让三个孩子茁壮成长，尽可能不做房间的隔断，所以起居室非常大，处处通风，阳光充足。他的书房应该位于其中的一角吧，使用家里的电话有可能会被妻子用内线听到，所以即使音质不好，高林也用手机打过来。

"这么晚打电话非常抱歉。但是想告诉你郡司打来电话的事情，也想听听你的声音。"他又补充了句，"实在是太想听你的声音。"

"是吗，谢谢。"

和外遇的男性交往并不是第一次。可为什么会有这么令人不快、蛮横无理的想法呢？"挫败锐气"这个词最能概括瑞枝此刻的想法，就像是从最后一幕开始看的电影一样。高林越是抢先说点什么，瑞枝就越会觉得扫兴。

是因为他和自己的前夫有关系吗？

还是因为自己的世界里出现了另一个年轻男人，并向自己求婚了呢？

应该是这两种因素复杂地纠缠在一起吧。尽管有些扫兴，但内心也一直难以平静，之所以把自己别扭的想法说出来，是因为瑞枝在心中想向高林撒娇。瑞枝为自己的欲念之深感到恐怖。想让男方为难，以此确定他对自己的爱情，是年轻女人才有的特权。尽管如此，38岁的自己此刻却特别想这么做。如果不这样，今晚别扭的心情就无法疏解。

"这么讨厌我从自己的房间给你打电话吗？"

"没有……只是觉得男人也挺不容易。以后你不要这样打电话了，晚上，还得偷偷在自己的房间。"

"不要为难我。"高林压低了声音，"我已经说过很多次了，我对你的爱不可能熄灭，无论如何都不能。想你也要被这样责备吗？"

瑞枝觉得自己和高林在来回兜圈子。恋情才刚刚开始，男人说只要相爱不就好了，女人故意闹别扭说这段恋情从一开始就能看到结局。就像男女之间的绕圈子经常会变成打情骂俏一样，瑞枝和高林的对话中不知何时也飘荡起甜蜜的味道，这一点连瑞枝也无法否认。

"对不起。"瑞枝说，"今天我的情绪有点激动。看了电视剧的大结局竟然还哭了，好奇怪。这时候郡司还打来电话……"

另外还在车里被年轻男人拥抱、求婚。

"我明白。"高林补充说明白你很不容易。此刻的安慰，充满了40多岁男人特有的温柔和诚实。如果像聪那么年轻，就说不出这么亲切的话。

"我是个自尊心很强的令人讨厌的女人，戒备心也很强。所以才不能诚实地回应你的感情。"

"没有这回事。"高林的声音稍稍有些沙哑，是那种男人想要婉转求欢时发出的声音，"我已经得到你了，真的很开心。"

瑞枝突然开始思索，之后和高林能见多少次面呢？是10次还是

20 次？因为东京和京都两地分居，见面的频率会降低，相应地两个人的交往时间就会变长吧。小说或者电影中有时会有这样的故事，两个互相深爱的男女，秘密共度 10 年或 20 年的岁月。但是自己和高林不属于这样的类型。即使拥有猛烈的互相渴求的爆发力，也没有一起度过 10 年时光的持久耐心吧。

也就 3 年吧，对一个 30 过半的女人来说，3 年的时间意义非凡，几乎可以和正当年华的那些 20 多岁的女孩相匹敌。从 30 岁到 40 岁，即使肉体上并没有多大程度的变化，内心也会被 40 岁那张网牢牢地束缚。如果是 30 岁的现在，尽管也很犹豫，可还能够在男人的面前展现自己的身体。但是到了 40 岁，同样的事情还有可能会发生吗？

"把我的青春还给我！"瑞枝突然想起了这句台词，是很久以前，电视剧中的一个年轻女孩说的。

挂断高林的电话后，瑞枝横躺在床上，浅睡了一小会儿，被闹钟的声音吵醒，刚好 7 点。最近从没这么早起过，所以日花里总是自己热牛奶、烤面包吃。

瑞枝从冰箱里取出培根和鸡蛋，把平底锅放在炉灶上。培根虽然稍稍有些过期，但加热后油脂溶解，慢慢地收缩，看起来也很好吃。看来又会被女儿说是吝啬，不过也没有办法。今天，瑞枝确实是对日花里满怀愧疚。

首先，昨晚再次和聪发生了关系。然后是郡司突然打来了电话，竟然让日花里自己直接面对。特别需要慎重的是后者，所以必须要若无其事地问她。

7 点 15 分稍过，日花里出现在了餐厅。她已经穿戴整齐，白色的 T 恤衫搭配灰色的裙子。好像是最近学校流行的发型，松松地梳三个辫子，这和日花里齐整的脸型很配，可是后面的分缝就有些弯弯扭扭了。瑞枝想起自己小的时候都是妈妈帮自己梳头发，就很心疼日花里。母亲说，分缝丑的话会很难看，就用梳子柄的尖头在头上笔直地划线。瑞枝对于不能给日花里做饭并没有太多介怀，可是因为没能给日花里梳头，却让瑞枝感觉非常痛苦，这确实很令人意外。更何况，日花里已经长得如此美丽，谁见了都夸。

"昨天对不起了。"瑞枝一边盛着培根蛋，一边背着脸说，"竟然哭了，妈妈也不知道是怎么回事。"

"无所谓……没办法啊。妈妈太辛苦了。"

"久濑先生后来听妈妈说了很多，妈妈完全冷静下来了。"

无意中对孩子搪塞了一下。不过，无论日花里多么敏感，10岁的她也不可能想象到车里究竟发生了什么。

"还有，"瑞枝帮女儿往面包上涂了黄油，日花里说可以涂得更薄一些。"昨天有一个德岛的姓郡司的人打来电话了吧。"

"嗯。"

"那个人，没说什么吗？"

"什么指的是？"

"所以，那个……"

在母亲支支吾吾的时候，日花里直截了当地问："那个人，就是我的爸爸吧？他说，是日花里啊，还好吗？"

"是吗？……"

瑞枝突然感觉全身乏力。到目前为止也没有刻意向日花里隐瞒父亲的事情。想着要寻找机会慢慢告诉她，可一直没有机会。从这部电视剧开播到她的父亲突然打来电话，瑞枝一直保守着的，想一点一点地向日花里吐露的秘密，就像决堤一样倾泻而出。

"原本是想和你好好谈谈之后再让你和他接触的，在此之前就让你接了电话，对不起。"

"无所谓，没有关系的——啊，妈妈，牛奶要溢出来了。"

瑞枝慌忙跑过去，炉灶上的小锅里泛起了泡沫，马上就要溢出来了，她慌忙关了火。牛奶就好像是故意的一样，稍稍离开一下，就会突然沸腾着从锅里溢出。倒进碗里之后，日花里就急着开始喝了。瑞枝想要从这个动作探寻丈夫对女儿的遗传影响有多深。在瑞枝看来，比起郡司，日花里遗传自己的东西要更多。到现在为止，自己几乎没有因为日花里和丈夫有相似的做派和言行而吃惊过，或者这也是出于瑞枝的偏心吧。

"妈妈，你不用这么担心。我们班里有好几个人的父母都离婚了，并不只有咱们家特别。"

这么冷静的说话方式，郡司是绝对不具有的，他总是那么兴高采烈地说话，看似率直，实际却是自我陶醉。

"电话里说什么了？"瑞枝故意省略了主语。

"他问你妈妈在吗，我说刚刚出去了。他问总是这么晚都不在家吗，我说没有，工作的时候从早到晚关在家里，今天是电视剧的大结局所以出去了。他说了句是吗，然后说明天再打电话来。"

瑞枝很介意郡司的问题。"总是这么晚都不在家吗"的语气中充满着非难和指责。抛弃了妻子和女儿的男人有资格问这样的问题吗？真是多此一举。

"日花里，爸爸的事情，你应该都不记得了吧。毕竟是你两岁时候的事情。"

"是的，一点儿都不记得了。"本来还以为她会说出口头禅"无所谓"，可老实点头的日花里却看起来更加可怜。

"早晚会有机会让你和你爸爸见面的。如果日花里无论如何都想早点儿见到的话，也可以的。"

"我都行。"

日花里开始吃面包。因为在意有两颗上牙开始外凸，都不怎么敢张大嘴。最近必须得让她去做牙齿矫正了。

"但是，他只叫我日花里的时候，真的好吃惊。因为男人里只有已经去世的横滨的爷爷这么叫过。"

"是呢，的确是这样。"

日花里平时接触的男人，朋友的父亲、附近的店主，连聪也是这样，一定会在日花里的名字后面加上敬称。所以突然被直呼其名，一定会感觉新鲜和吃惊的。

瑞枝突然想起昨晚在车里聪也对自己直呼其名。听到对方省略了敬称，女人自此明白了自己被这个男人所拥有，那个瞬间真的非常开心。母亲和女儿，两个女人几乎是在同一时间里有了相同的体验。

培根蛋还没有动，日花里就起身了。

"这可是好不容易做好的，吃了吧。"

"不用了，我早上吃不了那么多。牛奶和面包就可以了。"

日花里出门之后，瑞枝把培根蛋吃了。虽然是很用心煎的，但是蛋黄凝固的一侧还是有点焦了。冲了杯速溶咖啡，一下子灌入喉咙。最近从未这么早起过，瑞枝也没什么食欲。打开了电视，正好在播放wide show。一位有名的女演员被爆出离婚传闻，被记者们穷追不舍。她是来年瑞枝执笔的连续剧的主演候选人之一。据制片人说已经基本得到了经纪公司的承诺，只是在对手戏演员的人选上稍稍有点分歧。

无论她离婚与否，对制片方都没有什么损失。即使她真的离婚了，也会因为是恢复单身之后的第一部电视剧而吸引媒体蜂拥而至。

不知道郡司什么时候打电话过来，瑞枝希望最好是白天日花里不在的时候，所以时不时地瞄眼电话。

wide show 的头条新闻结束后，刚开始播放一个从没听说过的艺人的婚宴时，电话响了起来。

9 点 15 分，这个时间一定是文香打来的，为了通知昨晚的收视率。

"瑞枝，早上好。"文香的声音很激动，应该是不错的数字。

"昨晚的大结局，收视率终于提高到 16% 了……"

"是吗，真是……"

每逢改编期的 4 月，各家电视台都会对电视剧大力投入，争相确定人气偶像们的日程，先行开始造势。凡是这样做的电视剧，收视率一般都可以达到 24% ～ 25%，和这样的数字比较，16% 这个数字并不算高。可是，主要集中了 30 岁年龄段的演员，以回顾过去为主题的《我的记忆》能达到这个数字，已经是相当厉害了。毕竟是差点被中止，剧情还进行了大幅修改的电视剧。

"瑞枝，真的是非常感谢，多亏了你才总算能走到现在。"

"不是，全都是文香你的功劳，你直到最后都没有放弃，一直很努力。"

相当虚伪的对话。最初收视率不振的时候，文香他们还曾经秘密地想要更换编剧。尽管最后没有这么做，但文香强迫瑞枝修改剧情，杀死男主人公，做了不少过分的事情。为了让故事情节能够合情合理，瑞枝不知度过了多少个不眠之夜。因为不知道之后该如何展开，瑞枝甚至真心想要中途辞职。如果没有日花里，瑞枝很可能已经这么做了。

可是这一切都已经结束了。无论中途起过什么样的冲突，只要工作能够顺利结束，就假装云淡风轻，友好地握手，约定以后再一起工作，这是这个行业的习惯。文香当然也遵照这个惯例。

"虽然发生了很多事，但能和你一起工作真是太好了。还会和我一起工作吧？"

"当然了。"

瑞枝快速盘算了一下。收视率达到 16% 的话，下一个企划的编剧应该还会采用瑞枝的。从文香的工作安排来看，明年的制作应该已经赶不上了，被邀请参加后年制作的概率很高。这样一来，瑞枝就会连续三年编写电视剧。这应该已经算是进入了当红编剧的行列了吧。

刚挂断文香的电话，电话铃就又响了。瑞枝心想应该是得知了收视率的哪个工作人员吧。

"喂，你好，我是泽野。"

电话那头有一瞬间的沉默。"好久不见，我是郡司。"

"啊！"瑞枝不由得发出了吃惊的声音。虽然知道他会打电话过来，但完全没有想到会这么早。

"应该已经起了吧……是否方便？"

郡司不断致歉，也让瑞枝感觉不快。昨晚他问日花里你妈妈总是这么晚了还不在家吗，好像一开始就把自己当成晚上寻欢作乐早上蒙头大睡的女人。瑞枝一开始就这么敏感挑剔，无非还是因为对方是自己的前夫。

"昨晚，听到孩子的声音我很吃惊。分开的时候还是个小婴孩呢，真没想到已经像小大人一样地说话了……"

瑞枝心想你怎么说得那么轻松呢，女儿从两岁长到 10 岁你都在干什么呢，甚至连女儿的抚养费也不了了之。

"昨晚，在宾馆第一次看到你的电视剧非常吃惊。从高林那里稍稍听说了一些，真的是以过去的我们为原型写的吧。"

"也不全是。写起那个时候的生活，很自然地就变成这样了。也没有刻意想要以你为原型。"

瑞枝很小心，虽然对方并没有故意找碴，但是被他说几句也是无可奈何的事情。不过如果只看了大结局，应该并没有了解电视剧的全部剧情，瑞枝多少还是有些侥幸心理。

"但是，非常令人怀念。甚至还很开心。"

即使只是通过话筒，瑞枝也能感觉到郡司的声音和之前有些微妙的不同。那个时候他的声音非常洪亮，并不是刻意地大声说话，而只是因为很享受和别人交谈或者是发号施令，声音里充满了浑厚的力量。现在，郡司的声音明显变得低沉。瑞枝想，恐怕白发也增加了吧，男人声音的低沉程度和白发的数量是完全成正比的。

"你也很努力，我真的很开心。虽然我这么说可能听起来像假话。"

瑞枝回答说："你能这么说我也很开心。"但这回答应该是一半出于真心，一半出于礼貌吧。瑞枝突然想起了一句老话"一笑泯恩仇"，不过瑞枝自己可做不到。和前夫握手言和，互相问候受苦了之类，瑞枝肯定无法做到，毕竟瑞枝还太过年轻，对过去的一切都还记忆犹新。

"听说你来大阪了。"

"高林已经给你打电话了吗？"

郡司用稍稍不满的口气问。看来是没想到昨晚高林会和瑞枝通电话。

"高林先生是有些担心才打电话的。你突然打电话来，他可能想看看我是否会太过激动。"

瑞枝尽可能撇清关系。尽管高林说迟早要告诉郡司，但在瑞枝看来，自己和高林的事情，前夫是不可能觉察到分毫的。

"总之知道你很好，我就很开心……"

郡司流露出了一种叹息之情，但怎么都感觉有些假，他应该是在努力地寻找说下一句话的机会。瑞枝听到他身后传来机场特有的华丽噪声，拖拉的播音和人声的嘈杂。

"你是在机场打来的吗？"

"是的，马上起飞的航班，去博多。"

瑞枝本想说去大阪、博多出差看来是很忙啊，还是忍住了。虽然已经听说了他还在做房地产中介的工作，但还是很怕听到具体的内容。不想让他说起悲惨的故事，更不想听逞强的空话。

"能见一面吗？"郡司很快地问了句，"之前也很想有这样的机会。我下下周去东京。那个时候能见一面吗？"

"我考虑一下吧。"

要这么轻易地满足郡司的请求吗？但是瑞枝心有愧疚或者说是良心受到了谴责。昨晚迎来大结局的连续剧，如果没有这个男人是写不出来的。不客气地说，瑞枝这几个月都是把这个男人当作写作素材在赚钱。所以见一个小时左右的面也是应该的。

"但是还不能让你和日花里见面。"

"明白，这个道理我还是懂的。"

之后郡司说到了东京之后再联系，确认了打这个电话是否可以，就把电话挂断了。

瑞枝朝着床，就这么躺了下去。这样的自我堕落似的午休，也只有连续剧的工作结束之后才可能有。而且，昨晚以来真的发生了太多的事情。

一看完电视剧的大结局，就一下子有好几件事情蜂拥而至。首先是自己的严重失态，看了自己写的电视剧竟然在孩子的面前哭泣。之后，和聪去兜风，竟然有了在车里做爱的初次体验，而且，聪对瑞枝不是简单地求爱，而是求婚，甚至还说到迟早会有我们两个人的孩子，让瑞枝震惊不已。然后回到家中，高林打来了电话，低声倾诉爱意。再加上今天早上，竟然听到了前夫的声音。这期间还从文香那里得知了电视剧取得了高收视率。

瑞枝觉得真的就像是电视剧的大结局一样——一般都会尽可能地让电视剧的主演们都出场，比如说为了给谁送行举办个派对，大家都来参加，就是很常用的手法。

瑞枝人生中的主要人物，从昨晚到今天早上全部聚齐了。瑞枝想着就这样小睡一会儿的话应该能做个梦，随着意识逐渐淡薄，瑞枝真的进入了梦境。

瑞枝穿着派对的礼服，站在装饰了很多花的大厅。穿着漂亮衣服的美丽女人们大声说笑着。瑞枝注意到她们全是和丈夫郡司发生过关系的女人，其中有祥子。站在她身边的，是曾经做过艺人的混血儿，在演艺界混不下去之后去银座做了女招待。她在帝国宾馆的 Imperial Tower 一天就花了近 300 万日元。瑞枝偶然看到了郡司信用卡的账单，为金额之高吃惊得半天没说出话来。瑞枝没有见过她，但是一听名字马上就知道了，因为她主持过一段时间的深夜娱乐节目。

站在后面的是个 20 岁左右的年轻女人，可能郡司在她身上花的钱是最多的。她是一所无人不知的顶级女子大学的学生，实际上郡司被脚踩了两只甚至三只船，她是一个长着可爱的容颜实际上却像娼妇一样生活的女人。

"怎么净是这些低级的女人呢？"瑞枝满含愤怒直言不讳地刚说完，马上就响起了郡司的声音。

"说什么呢，你才是真正的婊子呢，你摸着心窝想想自己究竟都做了些什么。"

高林曾经说过回忆常常是无声的，可此时郡司的声音却极有张力，回响在整个房间。与电话里的声音完全不同，郡司的声音恢复了昔日的高亢。

"这个女人可是个假正经，刚和我的朋友睡过，今晚又要和年轻的男人鬼混，昨晚还在车里做了呢。"

以祥子为首的女人们，一齐露出不屑的表情。

"多亏了我，她才过上了原本一生都不可能拥有的奢侈生活。离婚时已经给她够多的补偿金了。可她还一直不满，一直憎恨着我……"

瑞枝知道这只是在做梦，再过一会儿应该就会醒来，可是她还是被郡司的话深深地伤害了。

瑞枝想开口说，不对，不是这样的，你错了，但是从嗓子眼儿里什么都说不出来。就像被惩罚的美人鱼一样失去了声音。在拼命张口说不对、不对的时候瑞枝清楚地看见了屋顶的荧光灯，终于从梦中醒来。

看了眼枕边的表，从躺下到现在只有 30 分钟。虽然从以往的经验知道越是短时间的打盹儿就越容易做令人讨厌的梦，果然还是应验了。

瑞枝慢腾腾地起身来到厨房，想喝点儿乌龙茶，一打开冰箱就看到个不记得买过的高级超市的购物袋，里面放着猪肉、包菜、豆芽、山芋，是聪带来的说是要做宵夜用的东西。他说今天会来，自己好像是同意了，记不清楚了。

对于聪的强势，瑞枝有时候会觉得讨厌，有时候也会觉得开心。虽然确实被他的魅力所吸引，但这种感情总是伴随着强烈的不安。瑞枝问自己，年轻男人的心究竟是否值得相信。而和高林的关系则要稳定得多。虽然瑞枝想让高林为难的时候总是说"已经看到了结局"，但是正是因为已经看到了结局，才产生了这份令人感觉熟悉的情感。

作为恋人，应该说高林要更为适合自己。不是般配，而是组合起来更为有利。

陷入三角关系，被两个男人所爱也不是第一次了。在学生时代、年轻的时候也曾有过这样可爱的烦恼。那个时候的瑞枝只管享受这种苦恼和困惑就好，可是现在就不一样了。毕竟还有孩子。

这天日花里 3 点一过就回到了家。连续剧的工作结束了，最高兴的应该就是女儿了。这几个月的时间，头发蓬乱的母亲要么是把自己关在工作室里，要么就是出去谈事，能够看到母亲轻松地待在家里她很开心，所以放学之后哪儿都没去就直接回来了。

"妈妈在，"日花里一放下书包就说，"木田老师说昨晚看了妈妈的电视剧，说太好了，自己都看哭了。"

木田老师是日花里的班主任，她有两个孩子，很快就 40 岁了。家长们对她的评价并不太好，说是因为太过专注于培养自己的孩子，对学校的事情不怎么关心。日花里对她也不是很仰慕，但是自己母亲的电视剧被她夸赞就是另一回事了。

"还说妈妈的台词特别能打动人心。一想到这已经是最后一集，就感觉特别难受。"

"是吗？"

瑞枝想起了木田的样子，虽然和自己差不多年龄，却显老得不像是自己的同龄人。瑞枝最后一次见她的时候，她剪着短发，微胖的身体包裹在一件完全不合适的运动衫里。有些不敢相信那位女教帅会为自己的电视剧哭泣。可能是对孩子说的有些夸张吧。虽然听到了赞赏的话，与喜悦相比，瑞枝更多的是反感。瑞枝不喜欢她在学校里和女儿说这样的话。《我的记忆》是在晚上 10 点播出的，里面有很多床戏，瑞枝甚至都不想让女儿和自己一起看。至少在学校里，瑞枝想让女儿远离这些东西。她应该不是在班里，在大家面前这么说的吧，应该是在午休偶然路过时若无其事地对日花里说的吧……

"妈妈，今天久濑先生会来吧？"日花里突然问了句。她要去冰箱里拿果汁时刚好看到了昨天的袋子。

"会吧，不知道呢。"

"一定会来的。因为食材都放在那里了。他说要给我做特制的御好烧，今天一定会来的。"

日花里的眼睛里闪烁着光芒。那眼神，是从心底里责备母亲昨晚为何突然哭泣。

傍晚时分才终于写完女性杂志约稿的随笔。最近有很多这种类型的工作，《泡沫经济时代，女人们如何生存》《了解泡沫经济时代的女人们的今天》之类的题目，和电视剧相关的约稿不断。

外行人或许会说不都是写作的工作吗，但随笔和剧本完全不同。随笔不能随意换行，必须以很短的文章明确主题，瑞枝修改了无数遍，一篇只有 800 字的文章竟然花费了将近 3 个小时。

"妈妈已经没有做晚饭的精神了。我们出去吃吧，吃日花里喜欢的东西。"瑞枝对女儿说。

"但是，"日花里吃惊地睁大了眼睛，为了抗议噘起了嘴，"久濑先生会来的啊，来给我们做御好烧，我们不在的话他会为难吧。"

"久濑君来不了了。"瑞枝焦躁地说，"人家很忙的，可能昨天有空，今天就不知道了。光指望他的话，我们就吃不了晚饭了。"

"反正，不能出去，我就要外卖的比萨吧，也不怎么饿。"

一定会在 30 分钟之内送达的比萨，这几个月已经不知道点了多少个了。日花里之前不是还说一闻到那个油腻的味道就够了吗？尽管如此，为了聪她竟然说今晚就吃比萨。对于女儿心中的执拗，瑞枝稍稍有些厌恶。

"妈妈，那家的比萨还是算了吧，反正都是点外卖，我要瓢屋的鸡肉鸡蛋盖饭吧。"

"那我也要这个吧……"

点完外卖之后，瑞枝回到了工作室看书。明年预定的连续剧，不是原创，需要改编一位年轻作家的作品。瑞枝没有听说过这位作家的名字，只听说最近在女性中间非常受欢迎。制片人说不只要看原著，也要看看其他的作品，就一下子拿过来 6 本书。瑞枝看着文字，是一种频繁换行、像诗一样的文体，心想现在的年轻人就喜欢这样的文体吗？这个时候，对讲机响了起来。

"妈妈，是久濑先生。说是过来做御好烧了。"日花里从门缝里探出了头，得意扬扬地笑着。

"今天真的很热啊。"

正如所说的那样，聪穿着白色衬衣。那种老式的开襟衬衫最近反而成了流行，往常的链子不见了，可以看到光滑的浅黑色胸部肌肉上，有几个小黑痣。瑞枝既感觉好像见过，又觉得是第一次见。

"日花里，昨晚对不起了，饿肚子了吧？"

"没有，我马上就睡了。"

日花里的话让瑞枝深感不安。昨晚和聪发生关系不是在公寓里，而是在东京临港区的黑暗中。日花里应该什么都不知道，可还是觉得那句"马上就睡了"好像另有所指。

"今天我还买了炒面用的鸡蛋，今天我们来个豪华两掺吧。"聪高高地举着另一家店的袋子。日花里就像小猫一样依偎在他身边。

"哇，听起来就很好吃的样子。我都没怎么吃过御好烧，加炒面的还是第一次吃，一定会很喜欢的。"

女儿兴高采烈的样子，让瑞枝感觉非常不安。这种不悦的心情，究竟该如何说好呢。瑞枝想到了三角关系这个词，马上就慌张起来。自己究竟在想什么呢，为什么会恐惧年幼女儿的青涩情感呢？

瑞枝为了早点驱赶走自己的胡思乱想，就像往常那样话中带刺地说："因为不知道久濑君是否会来，我们已经点了外卖了。鸡肉鸡蛋盖饭，应该马上就要送到了。"接着语气强烈地加了句，"日花里，吃盖饭就可以了吧。"

"不要，盖饭放着明天再吃。我要吃久濑先生做的御好烧。"

这个时候，就像算好了时机一样，对讲机响了。是两人份的盖饭送到了。瑞枝和日花里对峙着，日花里的眼睛里写满了坚决，就像用箭直射着母亲一样说，如果你要做让久濑先生不开心的事情，我绝不允许。

门铃响了，瑞枝拿着钱包走出去，一个不认识的男人拿着食盒站在门外。

"谢谢惠顾，瓢屋的外卖。今天好热啊。"

他说了和聪同样的话。送来的用红彩餐盒盛着的盖饭还是热乎的，可能这个季节点盖饭的客人很少吧。

桌子上摆了两份鸡肉鸡蛋盖饭，还有用纸包好的小的发泡塑料袋，这里面应该是装着两块现在很少见的使用了色素的金黄色腌萝卜。

沉默继续着，这两份盖饭里，纠缠着母女二人的心思。

"OK，那就这样吧！"聪突然大声说，"这个盖饭看起来很好吃啊，我肚子也饿了，能请我吃点儿吗？分成三份的话，应该也没有多少吧。之后，我们再做御好烧吃吧。"

"就是，就这么办吧。"

日花里笑了，她笑的时候，就一下子恢复了 10 岁少女的可爱。蹦蹦跳跳地跑到橱柜前取来了小碗和筷子。瑞枝一看没有办法，就泡了茶，从冰箱里找出了被当作礼物送来的薤头和佃煮盛放在小碟里。摆上各种小碟和酱油瓶之后，原本只放着盖饭的冷清的桌子也突然有了家庭的色彩。

日花里小心地打开了盖饭的盖子，已经没有热气冒出了。

"那么，我从久濑先生那里取一半，从妈妈那份取一半。"

"稍等一下！"久濑大声说，"数学课，应该已经学了除法了吧。二除以三，应该是三分之二吧。你要是从我和妈妈那里都拿走了一半，一半加一半日花里可就吃了一份完整的盖饭了。只有日花里一个人占便宜了啊。"

"啊，是吗？"

"所以，应该像这样，日花里从这份和那份分别取走三分之一。"聪用筷子熟练地从两份盖饭里把米饭和配菜盛出来。毫不犹豫地把筷子伸向瑞枝的那份，为日花里重做了一份新的盖饭。聪的筷子使用得非常熟练，日花里的盖饭的配菜非常平整，完全看不出拼凑的痕迹。

两个人同时说："那么，我开动了。"刚才甚至让瑞枝想到三角关系的紧张气氛，一下子就消失了。一种温馨包围了整个餐桌。

"日花里，"聪一边把鸡肉放进嘴里，一边说，"我很喜欢你的妈妈。"聪继续说，那口气和刚才说要在御好烧里加入炒面时一样，"几年前见到你妈妈的时候，我就觉得她是一个很好的人。这次一起工作，我就更加喜欢她了。我想和你妈妈结婚，日花里能同意吗？"

"你说什么呢？"瑞枝大声喊，"你说了什么啊，在孩子的面前。"

"可是结婚的话，日花里就是我的孩子了啊。所以必须和她商量一下……"

聪窥探着日花里的表情。瑞枝心里想着不要这样啊，不要这样啊，想要加入进去，却没有做到。这时候瑞枝最先想到的是女儿会如何受伤。虽然说青春期还早，但这段时间日花里的表情和行为已经有了很丰富的含义，她已经是很难把握的年龄了。尽管如此，聪在完全没有了解她内心的情况下，扔给了她一个这么重大的话题。自己第一个喜欢的异性却对自己说"我喜欢你的妈妈"，少女会如何想呢？这种事情即使不是编剧也能想象得到。10 岁女儿的心灵，应该经受不了这么沉重的打击。

瑞枝提心吊胆地看着日花里的脸。可是，日花里的脸上表现出来的，既不是惊讶、愤怒，也不是悲伤，只是洋溢着单纯的天真无邪的欢喜。

"我一直觉得就是这样。"日花里重重地点头，"我很早以前就觉得久濑先生喜欢妈妈了。虽然妈妈总是故意刁难久濑先生，但是我一直觉得她一定也是喜欢你的。"

"就是这样。"聪抱着日花里的肩轻轻拍着说，"我也很喜欢日花里。所以，以后我们三个人一起好好相处吧。"

"稍等一下，别开玩笑了。"瑞枝总算恢复了正常，对聪抱着女儿的肩，这么早就开始做父亲一样的动作感到生气，"日花里，先回你自己的房间，妈妈要和久濑先生说重要的事情。"

"一说完，我就给你做御好烧哦。"聪若无其事地打开门送走日花里。瑞枝打开电视提高音量，不想让女儿听到。

"究竟是怎么回事，你究竟是什么打算？"

"什么打算，我就是打算好好地说出我心里所想的。"

瑞枝盯着男人的眼睛，毕竟是经历过偶像的特殊时代，他的眼睛细长清秀非常美丽。如果自己再年轻一些，可能就会义无反顾地沉溺于这双眼睛中。可是，38 岁的瑞枝可能是因为太想从这双眼睛中读出更多的东西，所以总是很疲惫焦躁。

"我一点也不想隐瞒和你的事情，和你结婚的话，我会把日花里也当成自己的家人，这样的话一开始就说清楚不是理所当然的吗？"

"真可笑。"瑞枝摇头，"我们没有做过任何约定，我们只是……"

只是做过爱这句话，就算听不到，瑞枝还是不想在有女儿在的家里说出来。

"虽然没有约定，但是我们是真心相爱的啊。"仿佛是察觉了瑞枝的想法，聪接着说，"我觉得你也真的喜欢我，我有这个自信。已经说了很多次了，我是认真的。虽然也经历了很多，这是我第一次有这样的感觉。这种话我从来没有对其他女人说过，这是第一次。"

"你知道我和你差几岁吗？和比你年纪大，还带着孩子的女人在一起，你会成为别人的笑柄的。"

话一说完，瑞枝就意识到这句话不意味着很大的让步吗？女人细数自己的缺点本身就是对男人的告白。

"这种事情，完全没有关系啊。"聪咂着嘴看着瑞枝，完全是教训不懂事的年轻女人的表情，"如今谁还在乎这些事情啊，至少咱们的圈子里不会有的。"

"你好好考虑一下自己的处境。"这次轮到瑞枝说教了，"你可是艺人啊，这种职业人气最重要。你不能把自己推入窘境。"

"你好像误解我了，我过去确实因为人气吃了不少苦。就是不想成为一直靠人气为生的人，我才做了演员。我觉得你应该能够明白的。"

瑞枝想要把自己所知道的聪那些断断续续的过去衔接起来。10多岁的时候，聪作为偶像团体的成员之一出道，也曾风靡一时。杂志和电视就不用说了，作为造型商品也出现在孩子们的垫板和书包上。但是过了20岁，见异思迁的少女们，就把注意力转移到更为年轻的男子团体上。聪和其他人从团体单飞的新闻，也没有引起多大的关注。

在团体成员中，聪选择了一条最踏实的道路。其他的成员在临近30岁的时候，也只是在娱乐节目、旅游节目的现场报道偶尔出现一下，聪却走上了演员的道路。挑战了舞台剧的演出，忍受了严苛的艺术训练。虽然成为主演的希望比较小，但是因为容貌出色演技到位，三号、四号级别的人物一定会把他列为候选人。对于这些，聪一定拥有相当的自负。所以才会说出"人气什么的无所谓"的话。

"总之，"瑞枝说，"我还什么都没有决定，你就对日花里说那样的话，我很为难。"

"那你就快点决定吧。"聪握住瑞枝的手。好像感觉到日花里在哪里偷看一样，随即又把手缩了回来，"我是个很好的人。比你想象的还要认真诚实。我相信和你在一起的话，一定会很顺利的。"

"你怎么能知道啊？"

可能是刚才又不小心对瑞枝直呼其名的缘故，聪的声音小了很多。

"那是一定的啊，我是第一次这么喜欢一个女人，第一次想让女人给我生个孩子。不可能不顺利的。"

"这些事，你肯定没有认真地考虑过……"瑞枝凝视着男人的脸，之前就为他的乐天精神惊奇不已。他竟然坚信自己会和瑞枝结婚，组织新的家庭。

"你以为我多大了？怎么可能那么简单，世间的事情不是你想象的那样单纯。"

"但是人们在结婚之前都会变得单纯。就是因为鲑鱼只考虑着幸福这一件事，才能逆流而上。我们不可能做不到。"

瑞枝说："我不太明白你在想什么。"把自己被握着的手指一根根抽出来，"刚开始交往就马上求婚，对我们家的日花里还说出奇怪的话，你究竟要做什么呢？"

"你还不明白吗？"聪再次握住瑞枝的手，比刚才要用力得多。

"从这次的工作一开始，我就一直注意着你，但是，因为没有靠近你的机会，我就先和日花里搞好关系。在这样的过程中我也很喜爱日花里，想着如果能三个人一起生活该有多好。但是，结婚后，我们也要马上有自己的孩子……"

瑞枝终于明白了自己不安的根源。聪对于家庭的想法为什么会这么幼稚呢？他认为自己所希望的事情，明天就一定能实现。

"家庭可不像买个莉卡娃娃的房子那么简单，我曾经失败过一次，所以可以清楚地告诉你，事情不会像你所想的那样顺利的。"

"但是，人就是这样啊，有了想要与之结婚的女人，就必须要和她结婚。想要的东西就一定要得到啊。"

聪抚摸着瑞枝的头发，就好像是要确认瑞枝的存在一样。他在媒体上也没有怎么说过，所以不清楚他出道之前的经历，究竟是幸福的成长经历呢，还是度过了悲惨的童年时代？聪的这种强势和乐观，应该不是一般的经历可以造就的。

"你是想让我经历第二次失败吗？无论如何这都不可能。"

瑞枝本来是想要自嘲的，却变成了不可思议的明快笑声。聪好像理解成另一回事了。

"我也并不是说明天就要结婚。只是想让你认真地看待我，把我当作结婚的对象。还有，我也不想瞒着日花里，见面就光明正大地见。我会经常来这里的。"

聪突然站起来，打开了门，朝着走廊的方向喊："日花里，我和你妈妈已经说完了，过来吧。我们开始做御好烧。"

日花里蹦蹦跳跳地讨来了。瑞枝发现女儿的刘海有些乱，应该是趴在床上了吧。

绿风

午餐点了杯白葡萄酒，喝到一半的时候，豆子沙拉送上来了。表参道的这家店，虽然是家开放式餐饮店，但料理却是出了名的好吃。瑞枝之后又点了蒸方头鱼，味道也不错。

坐在对面的文香，说刚烤出来的法式长棍面包很好吃，已经开始品尝了，她又点了一杯红酒。上次和文香见面，还是两周前的杀青宴。文香作为制片人一直都很忙碌，好像已经开始了新的企划。具体的也没说，应该是一部以空姐为中心的电视剧。

"这不是过去那种令人憧憬的空姐故事。现在那种签约空姐，时薪非常低，待遇比一般的白领还差。有的公司还让空姐打扫机舱。如果拍一部反映空姐现状的作品应该会很有意思吧……"

"据说本期新东京电视台一共拍摄了五部电视剧，没有一部收视率超过20%。后来听说《我的记忆》的收视率排名第二。"

"其他的电视台也都差不多。看来电视剧已经逐渐被人们厌烦了，也没有办法。"

"书是早就不看了，CD 也卖不出去，如果再不看电视剧，这些年轻人们晚上究竟要干什么呢？"

"谁知道呢。"文香摇了摇头，"看电视剧是需要体力的。为了看电视剧还得拼命往回赶，一定会令人不耐烦吧。就是因为现在世上的一切，都令人不耐烦，所以经济才一直这么不好的。"

之后就是牢骚了。"大家都觉得电视台可以随便花钱，其实完全不是那么回事。我们台很早就废除了出租车票报销。领取文具的时候，会看到到处都贴着'请再检查一遍桌子，避免浪费'的标语，这穷酸的样子真是让人受不了。"

"上面的人还相当苛刻地说，如果拍摄比较早结束，就不要再发盒饭了。电视台连盒饭的钱都不舍得花，也太让人难以置信了。"文香把送来的葡萄酒一饮而尽。中午这么喝酒可是有点过头。

"盒饭的事情已经很过分了，制作费整体也在逐渐削减。我们以前都是独家制作，现在也逐渐开始卖广告了。"

所谓的卖广告，就是把 15 秒的短暂广告时间分割出售。

"制作费逐渐减少，最可怜的就是相关的从业者。群演呀、拍摄呀之类的费用一减再减，我们就被当成了恶人。"

瑞枝开始写电视剧剧本的时候对这些事是无可置喙的。可最近也时不时听到一些电视台的内部消息，觉得文香刚才说的有些太过夸张。瑞枝所了解的电视业界，制作费动辄过亿，盒饭也是几十盒几十盒的浪费。

"我也是在泡沫经济时期进入电视台的，我一直觉得电视台就是一个有钱的地方。入职前去研修的时候坐的也是软席车厢，每次用餐都非常奢华。那个时候出租车费和交际费也随便使用。我被前辈们带着吃了无数次河豚呀、法国料理什么的。"文香感慨着这都只不过是八年前的事情，又拿起了酒杯。"所以，在这样的环境，我也开始考虑结婚了。"

"是吗，这可要恭喜你啊。"

瑞枝慌忙在脑海里过了一下，文香作为年轻漂亮的女制片人有着各种传言。经常传被当红演员表白，和自由制片人同居好像也是真的。还听谁说过她和上司也有不一般的关系，难不成这次真的是横刀夺爱？

"讨厌，你这会儿脑子里是不是掠过一堆男人啊？"文香哧哧笑着，"你想的那些男人，一个都不对。那都是老皇历了，我要和大学同学结婚。"

文香说对方在一家大型出版社里担任杂志编辑。"出版社和我们电视台一样状况也不好，但那边毕竟规模大，现在报酬还很不错。两个人结婚的话应该还不错……"

瑞枝凝视着文香，米色的外套配着本白色衬衣，虽然妆化得很淡，但长短参差的漂亮发型、流行的口红，怎么看都是生活在都市最前沿的女人，怎么也没想到能从她口中说出这样的话。

"我之前还觉得文香你会一直独身呢。"

"大家都这么说。"文香好像事不关己一样接着说，"进入 30 岁以后，无论对工作还是恋爱来说都是最好的时候。大家都说让他再等一段时间不也行吗。可我一想到还要重复同样的事情，就觉得还是结婚好。"

"以你的年龄，说这样的话是有些早了。"

"但是我的同学们，一过了 30 岁、31 岁就马上结婚了。虽然说着急结婚是 20 多岁小姑娘才做的事，可是大家过了 30 岁就会想得更多。"

文香毕业于一所著名大学的文学部，她的同学们大都在媒体相关行业就职。

"因为做着这样的工作，就会觉得 30 岁的女人还可以玩下去。说可以玩可能有点儿不太合适，经常会受到有妇之夫的青睐。虽然也有人是出于真心，但是我们已经和二十三四岁的小女孩不同，已经不能走这样的弯路了。"

瑞枝听到弯路这个词，不由得苦笑了一下。

"现在开始外遇的话，就得浪费三四年的时间吧。反应过来的时候也得三十五六岁了。我们台里就有这样的人啊。下条阳子就是。"

下条阳子是新东京电视台的播音员，曾经也因为主持黄金时段新闻节目而颇有名气，可最近就完全不受关注了。瑞枝心想，她也才将近 40 岁，可能和自己差不多同岁。

"她和上司的事情已经闹得无人不知了。如果下条再年轻 10 岁，就会被现在的女主持偶像热潮所牵连，一定会成为大丑闻的。她那么漂亮高雅，就是太没有决断力才会闹成这样。"

"但是，真的喜欢也没有办法啊。"瑞枝说了句连自己都觉得太过陈腐的话。

"但是，我最近开始觉得，爱一个人，和让人幸福完全是两码事。"

瑞枝一边哎哟哎哟地吃惊感叹着，一边盯着文香的脸。和从事媒体相关工作的其他女性一样，文香身上也充分体现着成熟和年轻的完美结合。讲究的服装和发型看起来比同岁的女人要精力充沛得多，可是眼角却隐藏着睡眠不足造成的疲惫，皮肤也比较粗糙。

"恋爱确实很快乐，但到了我这个年龄，因为已经经历过很多次，感觉结局都是可以预测的。所以就不愿意再承担着巨大的风险去外遇了。"

瑞枝觉得文香就像是看透了自己的内心一样。高林和自己的关系就是这样。即使被高林告白，自己也确实动心了，但瑞枝一直觉得和有妇之夫的恋爱是没有任何未来的，而且还觉得自己这样的想法很功利，一直引以为耻。而文香还很年轻，又是独身，所以就可以若无其事地这么说。

"我们的工作明天会如何谁也不知道。现在连电视台都严重亏损。可能你会说我太保守，可我现在就想要一些实在的东西，像家庭呀、孩子呀之类……虽然也明白这些东西和工作兼顾起来会很难，但是我不想错过时机。"

"是啊，可能确实是这样。"瑞枝脑海中浮现出日花里的脸。日花里可是这个世界上独一无二的自己活着的证明，但这样的话当然不能对别人说。

"但是，瑞枝，"不多说闲话也是文香的一个特点，看来是要进入正题了，"你明年的工作安排得怎么样了？"

文香开始了试探，这样的消息她应该早就听说了。别的电视台已经决定，来年 1 月开始，由瑞枝担任电视剧的编剧。因为《我的记忆》毕竟也算是取得了成功。

"是呢，收到了很多工作邀请。"瑞枝也含糊其辞。这和去年的瑞枝完全不同。去年圣诞的时候，瑞枝手头几乎完全没有工作，甚至想要去当剧本学校的讲师，那时接到文香的邀请电话，瑞枝非常高兴。可是现在的瑞枝，已经有了足够的资本讨价还价了。

"知道你现在已经是红人了，不过还是想和你一起工作啊……"

文香也完全明白瑞枝心里是怎么想的，故意避重就轻地说：

"秋季开始的 10 点档，还是由我来负责。因为是明年的工作，什么都还没有决定，剧本还是想拜托瑞枝你来写。"

"是吗？"

能够同时拿到新春连续剧和秋季连续剧，对编剧来说可是莫大的幸运。收入方面自不必说，社会上的认知度和在业界的影响力也会大幅提高。

"文香你应该也已经听说了，我从春天开始要写富士电视台的电视剧剧本。要是接下来没隔多久就再写一部，就会有点担心。担心能否写出好的作品……"

虽然瑞枝也配合文香，含糊地回答着，可其实从文香提出邀请的那一瞬间，瑞枝心里已经决定要接受这份工作了。可问题是，现在两个人的关系发生了一些微妙的变化。瑞枝从心里希望再也不要发生之前那样的事情。以收视率为借口，无数次要求修改剧本，还命令中途改写故事情节杀死男主人公。这样的事情，瑞枝再也不想经历第二次。

可是，现在的瑞枝还没有大牌到那个地步。

大结局16%的收视率，虽然说已经很不错了，但和大受欢迎还是相差太远。在电视业界，也存在几个灰姑娘的故事。一个职业编剧中途退出，临时提拔了一名新人编剧，剧情就完全改变了。她把之前老套的电视剧完全改写成了鲜活的爱情故事，收视率很快就超过了20%。还有一位新人编剧，接受了一份时间段不理想、企划多次流产、连制片人都自暴自弃的工作，可是居然能让收视率逐步提高，成为电视剧史上屈指可数的热门节目。她们直到现在还作为毋庸置疑的著名编剧在业界拥有重要的地位。可自己还远远没达到这个程度。

瑞枝判断这次连续剧的工作，主要还是因为和文香的个人关系才得到的。如果是这样，比起来回推辞，还是痛快接受比较好。

而且，无论电视台多么不景气，瑞枝的报酬也不会比之前降低。由原来的每集80万日元，提升到每集100万日元以上毕竟也是多亏了文香。为了今后的发展，瑞枝满含着感谢之心这么回答：

"但是，你能找我来做，我还是很开心。我们就一起努力，再创辉煌吧。"

"瑞枝，我好开心。"文香就像女同性恋一样，轻轻地握了一下瑞枝的手，"我们再一起制作一部好的电视剧作品吧。我已经开始考虑各种各样的事情了，比如说成年男女的纯爱之类……"

"纯爱吗？"瑞枝的脑海中很快闪现出各种零零碎碎的想法，"现在这世道，纯爱会受关注吗？而且还是成年男女的纯爱物语。"

"但是，最近这个主题好像很受欢迎。不是那种浓重的肉体之爱，更多是精神方面的。之前走红的那部电影，就是主打的纯爱才一炮而红的。"

文香已经完全恢复成制片人的表情，介绍了好几组分析和统计的结果。还抱怨说，现在因为经济不景气，企划很难通过，必须得像广告公司那样把这些选题的理由准备充分。

"最近都在争取年轻女性观众群，就像在会议上听说的那样，大家都是一样的。如果别的电视台行得通，我们也会稍微改变一下做同样的事情，电视台就是这么现实的地方。"

文香最后笑了。她说去青山大街的音乐公司有事，瑞枝决定也陪她走一会儿，散散步，顺便也去外苑前的服装专卖店逛逛。从表参道穿过小道，马上就是 Killer 大街。往 Bell Commons 商业大楼去的这条路，曾经也是郡司的大楼矗立的地方。文香说起了这件事。

"你知道的还真是清楚。"

"因为我看了很多和郡司相关的资料。确实应该是在这附近啊。"

"已经没有了。看吧，就是那片停车场。"瑞枝指着那边，"虽然不是很大，但是栋精心设计的大楼。电梯是透明的，中间是楼梯井。因为太过崭新，即使转交给别人也会为用处犯难。好像有一段时间租给了一个时装厂家，可他们也因为经营不善搬出去了。之后就是去年拆除变成了停车场。"

停车场树立着停车计费器的招牌，由于位置的关系，看起来利用率很高，九成的车位都停了车。

"是吗，那和《我的记忆》的最后一场戏不是完全相同吗？那时也是以大楼被破坏告终的。你是把真实的事情写成电视剧的吧。"

瑞枝站在停车场的前面，虽然不愿意但还是想起了12年前的事情。和摄影师会合，访问了那所大楼。大楼里摆着意大利产的家具，装饰着各种花，甚至会让人觉得数量有点儿多。虽然是办公大楼，但是资料和机器之类繁杂的东西都不知道隐藏在哪里，就像样板房一样整洁冷峻，毫无现实感。在里面工作的女人都很年轻漂亮，让人不禁怀疑她们只是来了客人倒杯茶，之后就无所事事地坐一天，完全不像是那些生龙活虎工作着的白领。

"这里的那幢大楼，消失得无影无踪，你究竟是什么感觉呢？"文香突然直接地问，"这也不是普通的大楼，毕竟是你前夫拥有的。消失了你不觉得心疼吗？"

"没有办法啊，如果是我的东西可能会觉得很可惜……"

瑞枝沉默了，心中想着怎么才能解释清楚呢，最后终于意识到没有必要把自己的心情说得那么清楚。

"大家都说那个时代的事情就像做梦一样，可能真的是这样。这块土地好像最初就是停车场，郡司大楼的建成才好像是做梦一样。而且，郡司可能也是这样，我们在年轻的时候失去了很多的东西，但这并没有成为伤害。可是上了年纪之后，才会吃惊失去的速度是那么快，这么想可能才是最正确的。我的周边还有很多身无分文的人，但大家都很乐观，甚至会让人感觉吃惊。"

"是这样吗？即使失去了很多也乐观地活着？"文香一脸不解地站在那里。麻混的米色外套上，洒满了阳光，有的地方还闪烁着白色的光芒。瑞枝突然想到，是不是连初夏的阳光都莫名惆怅的日子也造访我们了啊？

"年轻本身就是一件很伟大的事情。我周围的男人，在 30 岁、40 岁经历了最初的失败，但他们并没有气馁。从来都没有听说过自杀之类的事情。大家依然在某个地方努力地忙碌着。"

瑞枝心里想，为什么今天自己总说些说教的话呢，但是没有办法，舌头不听使唤。这应该是因为被文香的意外告白所打动，今天是个特别的日子吧。

"郡司先生也是这样吗？"

"应该是这样的。"

瑞枝自然地舒展了嘴唇，因为感觉意志消沉的郡司是难以想象的。

"现在他如何生活呢？确实是在四国吗？"

"今天约好了见面。"受午餐时不可思议的气氛所影响，瑞枝不由得向文香透露了重大事宜。

"是和他见面吗？"文香一点也没掩饰自己的吃惊，使劲睁大了眼睛，这种好奇心与其说是出自年轻女人的本能，不如说更多是出于媒体人的敏感。

"是的，大结局播放那天打了电话，说是要来东京能否见一面。约的就是今天。"

"好像电视剧的情节一样。我周围和前夫见面的大有人在，一点儿也不稀奇，可瑞枝你就不一样了，一直都没有联系不是？"

"还有很多孩子的事情，通过律师也多少联系过吧。"

瑞枝开始为自己的坦白后悔了。早知道文香会这么感兴趣，最初就不应该告诉她。烦恼和厌恶就像腋下的汗珠一样一点点沁出来。瑞枝不由得反省，难不成自己竟然会因为和前夫的见面而感到兴奋，这才顺口说出来的吗？

瑞枝在途中和文香告别，自己朝着外苑前常去的那家服装店走去。想去买衣服也不过是一时兴起，可能文香也会觉得很奇怪吧。

虽然初夏时分黄昏的来临时间很难推测，但约定的时间已经快要到了。

犹豫了很久，瑞枝还是披上了中午刚买的那件深蓝色上衣。这件意大利制造的衣服，作为夏装价格相当昂贵。乍一看颜色和样式都很平常，但是仔细看就会发现质地和做工都是极好的。平时对衣服很讲究的郡司一定不会注意不到的。

谁也没有告诉过自己，和前夫见面竟会让人如此紧张。必须得考虑服装也很令瑞枝气愤。有一个朋友正在进行离婚协调，因为孩子的抚养费有争执，她曾经告诉瑞枝见前夫时要尽可能穿得贫寒一些，可是瑞枝出于女性的自尊不可能这么做。如果让他认为自己的经济状况良好也不太好，但至少要挺起胸膛告诉他自己过得并不悲惨。毕竟对方是连日花里的抚养费都没给的男人。女人独立抚养孩子是多么辛苦的一件事，会远远超出他的想象，他又不是那么愚蠢的男人，至少应该道个歉吧。

被道歉的感觉应该很好，瑞枝希望自己可以落落大方地接受。

最初的时候，关于两个人见面的地点瑞枝也想了很多。宾馆的餐馆、酒吧之类的地方绝对不行。虽然前夫也不可能预约个房间邀请自己，但是瑞枝完全不想和郡司共享宾馆周围弥漫的那种甜蜜华丽、随意散漫的气氛。

正在想如果郡司提出在宾馆的大厅或者酒吧见面自己该如何办时，郡司就告知了指定的地点，是西麻布的意大利餐厅。郡司以前经常去，瑞枝和高林初次单独见面也是在那里。

"那里的店主经营得还好吧。"郡司在电话里悠闲地说着，"我去的话，他会不会像看到幽灵一样惊奇呢？"

"不会的。之前我们去的时候，人家还说很怀念呢。"

一说出口瑞枝就后悔了，很害怕以刚才的话为契机，暴露自己和高林见面的事情。即使知道一起吃了顿饭，也不可能猜到两个人的关系，但自己和高林的事情绝对不想让他知道。瑞枝突然咋舌不已。又不是和别人通奸，对于已经离婚的前夫，为什么还要这么费心呢，瑞枝的心情很奇怪，夹杂着滑稽和不安，很是复杂。

瑞枝本来想按时到的，可青山大道出乎意外地拥堵，结果推开门时已经晚了 10 分钟。

侍者一看到瑞枝就点头致意说："已经到了。"瑞枝虽然对侍者的表现有点儿不爽，还是跟着他走进店内。一进去就看到了郡司的背影，虽然 8 年没见，还是马上就认出那是曾经的丈夫的后背。在日本人看来，郡司的肩背部肌肉比较厚重，非常适合穿西装，郡司也经常以自己的肩部为豪。郡司正和店主聊着些什么，还是店主先注意到了瑞枝的到来，郡司听到店主的问候声扭过头来。

正如瑞枝预想的那样，郡司胖了许多，向这边转头的时候，两重下巴也好像在摇动一样。但是这种富态，也更好地突出了他的乐观和爽快。

"啊，好久不见。"郡司举起了手，虽然多少有些羞怯，可是完全没有瑞枝所恐惧的扭曲和阴暗。

"刚刚和郡司先生聊了很多，真的是怀念啊……"店主高兴地拉出靠墙的椅子，请瑞枝坐下。

瑞枝和郡司相向而坐。白发果然是增多了。瑞枝为郡司平凡地步入中年男人的生活轨道感到吃惊，同时也有些安心。

"预约的时候，还觉得应该早就忘了我的名字，但听对方说会为您准备往常的座位时，特别开心。"

"您说什么呢？郡司先生怎么都忘不了啊。"

两个男人在瑞枝的面前畅谈了起来，应该是郡司对马上和瑞枝两个人独处还有些踟蹰，店主察觉了这点。

"我还以为会看不起像我这样落魄的人呢。"

"您说什么呢，那个时候努力工作的人现在都很落魄。所以没关系的。"

店主很直白地这么说，郡司也看似开心地笑着。

"首先为了祝贺两个人的再会来点儿香槟吧？我这儿可有珍藏品。"

"我现在可点不起像过去那么贵的酒了。你给来瓶良心价的吧。"

"我明白，交给我吧。郡司先生的爱好，我还记得很清楚。"

店主离开之后，两个人终于正视对方。

"你和过去没什么变化。不，比过去更加年轻漂亮了。"

两个人独处之后，郡司说出的第一句话太过陈腐老套，瑞枝微笑了一下。但是郡司好像把这当成了好意的微笑，接着说起来。

"第一次在电视上看到你的名字时，我很吃惊。还差点儿以为是同名同姓的其他人。但是听了律师村上先生和高林的话，说你在电视界很活跃，我真的很开心。真是很开心……"

"是因为你可以逃脱责任了吗？"

瑞枝想象了无数种和前夫见面的情形，这其中确实也有发泄怨恨的部分，说出这种程度的讽刺话也不有悖于自己的人生观。

　　"是呢，我确实对不起你和日花里。但是就像村上律师说的那样，无论花多少年也会好好履行之前的约定……"

　　这时店主送来了香槟，酒瓶上贴着不常见的标签。

　　"这是我今天奉送的。日本很难进口到的——××公司的产品。"

　　店主说了一长串名字，郡司对此并无反应，像是已经失去了对红酒的好奇心。瑞枝心想郡司之前在这家店究竟花了多少钱买红酒呢？在今天这样真正的红酒热潮来临之前，那时候的风潮是只喝价格昂贵的知名红酒。虽然这里是意大利餐厅，郡司却只喝法国红酒。玛歌、柏图斯即使现在想起来都让人觉得脸红的、闻名于世的红酒他几乎每晚都喝。

　　两个人沉默地干杯。因为香槟的到来，郡司的道歉也中断了。但是这样其实更好。圆脸双眼皮的他和道歉悔恨之类的东西完全不搭。

　　"你现在都在做什么呢？"

　　郡司马上就变得话多起来。"虽然是这样的经济状况，但还是有很多可以生财的土地和金钱。特别是地方上的那些老奶奶们所持有的金钱之多，甚至有点儿让人难以置信。因为已经不相信银行，大家都把钱放在家里，我就开始想办法利用那些储藏在家的资金。只要一个人相信了我，之后就会介绍无数的人给我。之前我做了把大阪的一块零星土地进行分割建造住宅的中介。缺少资金的建筑公司非常开心，因为可以拿到高额利息老奶奶们也很感激。"

　　香槟喝到一半之后换成了红酒，郡司看了酒单之后选的。把酒杯斜放确定颜色，时不时地晃动酒杯，他的手应该对这些动作还有记忆。

　　"已经不可能发生像过去那样的事情了。这个我也很明白。但是人还是很愚蠢的，随着时间的流逝，总有一天就会忘记那些痛苦的事情，朝着快乐的方向前进。"

"在我还是大学生的时候，发生了石油危机，你也应该有印象吧。那个时候日本全国就像举行葬礼一样，银座和新宿的霓虹灯消失了，连手纸也从商店消失了。各种节约窍门流行起来，大家都说日本人必须得改变生活方式。但是过了 10 年之后大家就忘记了这些事情，不仅仅回到了石油危机之前的状态，还变本加厉。为了买手纸排队的那些女人和在海外购买奢侈品的女人完全是同一批人。你看着吧，再过三年这世道又会变了。等大家厌倦了贫困和节约之后，又会抓住什么契机再次奢华起来……"

瑞枝因为好久没听过这样乐观幼稚的言论，扑哧一下笑了。郡司好像意识到了这笑的含义，看起来很生气。

"所以我才说啊，我已经不可能再像过去那样了。如果那样的事情再发生一次就奇怪了。在日本那些走运的家伙像下雨一样倾盆而出。雨总会变小，但是谁也没有想到会那么突然地停下来。但是也没有办法，我们还年轻，谁也没有教给我们如何面对失败。"

"我现在在和两种想法做斗争。一种想法是，在甜蜜的回忆中安享平凡，你在 30 岁的时候也曾享受了很多难以置信的奢侈生活吧。把那些作为回忆偶尔拿出来欣赏，接下来的人生就可以朴素地无声无息地度过。另外一种想法是，机会一定会再有的，经历了失败和挫折的你已经不再是 10 年前的你。等下一次浪潮来临时一定可以成功地驾驭。现在的我可能正处于这两种想法的中间，所以过着住在德岛、偶尔来大阪和东京出差的生活。"

瑞枝突然想到了一个必须要问的问题。从目前的谈话进展状况来看，应该也不会太突兀。

"已经结婚了吗？听说你和女人生活在一起。"

"这个嘛……"

郡司突然看似深刻地皱了下眉，但马上就可以明白这不过是演技而已。

"去年年末登了记，因为有了孩子。"

"那恭喜你啊。"

为什么高林没告诉我这件事呢？他是担心我会受伤吗？瑞枝心里想着，又问道："是男孩还是女孩？"

"女孩，又是个女孩。"

听到"又是个女孩"这句话，瑞枝的心里一惊。有朋友说前夫无论是要结婚还是要生孩子，她都完全不为所动。这一定是假话。日花里还有一个从未见过的妹妹这一事实，让瑞枝感觉非常厌恶。离婚之后在母女二人为生活奔波的时候，郡司却建立了新的家庭。

"如果我现在过着悲惨的生活，我一定会非常恨你的。"借着酒意瑞枝直率地说出了心中所想，"我会当场骂你浑蛋，泼你一脸水，怒问抚养费怎么办。"

"是呢。"郡司点头，"不过现在的老婆真的是很辛苦，很烦恼到底生不生孩子。事到如今她应该是在考虑是否要和我在一起吧。和你想象的那种幸福的家庭完全不同。就像是虽然搭好了脚手架，但是不知道什么时候就会突然停工的建筑工地一样。"

瑞枝本想说些更尖锐的话，却一时想不起来。在郡司编造借口的期间突然有一种强烈的疲倦充满全身。

"已经结束了，早就结束了。"说完这句话，瑞枝终于从愤怒中解放了出来。

饭吃好了。又要了一杯意式咖啡之后，郡司从钱包里取出了信用卡，信用卡闪烁着金黄色的光芒，让瑞枝感到非常意外，即使破产的人过了一段时间之后也可以拿到金卡。

郡司的人生恐怕就是失去信用卡和家庭，再得到信用卡和家庭的一种反复的过程吧。

喝完咖啡后两个人走出了餐厅，店主一直送到门外。

"郡司先生，欢迎下次光临，真的是非常期待。"

"我虽然会偶尔来东京，但是你们家太贵了。"

"您又开玩笑，请再把我们这里当成您家的食堂随便使用。今天能见到您真的是非常开心。"

店主的话也并非全是客套，瑞枝再次想起了郡司曾在这个店里的巨额消费。10 年前并不是多么遥远的过去，对于记忆的风化来说这时间还是太短，回忆还散落在各处。餐馆的桌子，街道拐角的汉堡店，Bell Commons 商业大楼，Peacock Store 超市，有时深夜出去买的 Victoria 家的蛋糕也都还保持着过去的样子。人们经常感叹时光的变迁，可时间其实是非常强韧的。从一角开始剥落到沙子簌簌而下，至少需要 20 年的时间。

终于明白了 10 年间什么都没有改变。无论是街道还是人心。即使有一个别的声音在说，一切早就结束了，但是心灵依然会受伤。因为前夫的话，虽然没有流血，但还是新增了伤痕。但是这也给瑞枝带来了一种不可思议的喜悦。瑞枝为自己还拥有鲜活的精神和容易受伤的心灵，而感到开心。

"我还没有老。而且你也是。"瑞枝对着走在前面的郡司的背影说。

本来打算一吃完饭就分开的，因为没有出租车，两个人就慢慢地朝青山大道走去。在 Bell Commons 商业大楼的前面，郡司停了下来。

"从这儿向右拐。"

瑞枝明白他想说什么，从这里沿着 Killer 大道走，不到 50 米的地方就是郡司曾经拥有的办公大楼。

"真是难以置信，我在 33 岁的时候建了那栋大楼。借钱给我的银行很有魄力，建造它的我也正在人生巅峰……"

"我白天偶然从那里经过。大楼已经消失，变成停车场了。"

"这种事情我还是知道的。"郡司小声嘀咕。这是他今天第一次表现出了愤怒，"我打车经过的时候总是不去看它。但是今天如果和你一起的话应该可以再去看一次。"

"是吗，那就一起去看看吧。"

和郡司相反，不知为何变得有些愉快的瑞枝大步走起来。

夜晚的停车场，与白天相比，车的数量大幅减少，可能大家都停在路边了吧。

"大楼拆毁了之后才感觉原来只有这么一小块地啊。可当时却为了这块地的租金那么辛苦。"

"那个时候都没有盖楼的空地，大楼不断地建起，谁也没有注意到这些。"

郡司小声地笑了。Killer 商店街晚上关门的店很多，在黑暗中看不清他到底是什么表情。

"高林曾经说过，土地绝对不会背叛人，土地的价格也从未下降过。"

"哎呀，这可是你的台词啊。"

"不是，我是从他那里学来的，这可是他当时的口头禅。"

郡司回过头，用温和的声音问："高林是想和你交往吧？我感觉他从我们结婚的时候就开始喜欢你。之前我一说起这个他就坦率地告白了。说是和你重逢之后他就再也控制不住自己的感情了。"